D+
dear+ novel
parasitic soul

パラスティック・ソウル unbearable sorrow

木原音瀬

新書館ディアプラス文庫

パラスティック・ソウル unbearable sorrow

contents

illustration : カズアキ

unbearable sorrow

シド・オイラーはミンゼァと一緒に職員棟を出た。午後のおやつは食堂で支給され、午後五時までの間に行けばいつでも出してもらえるし、万が一食べ損《そこ》ねても夕食後に配られる。なので日に三度の食事時のように混雑することもなく、のんびりできる。

今日出されたのはクルミのケーキ。生地がしっとりしてクルミが香ばしくとても美味《おい》しいので、大人気のおやつだ。五個でも十個でも食べられそうだったなとクルミの余韻《よいん》を口の中で反芻《はんすう》しながら、ふと向かいの小さな森に視線をやると、満開に咲いたミモザの木の下をAハウスの二人、ドノヴァンとパオロが横切っていた。

ドノヴァンは赤い犬耳に赤い尻尾《しっぽ》、パオロは白い犬耳に白い尻尾なので、二人が並ぶと色のコントラストがハッキリする。ドノヴァンとパオロは肉体年齢は十六歳で平均的な体格だが、シドは十四歳という肉体年齢のわりに背の伸びが早く、二人の身長を追い越している。顔に残る年相応の幼さをのぞけばもう成人の見た目だ。隣の、同じ十四歳の肉体年齢のミンゼァは平均的な成長曲線を辿《たど》っているので、赤白の二人よりも小柄で背も低い。体格は遺伝子に依《よ》るところが本当に大きい。

ドノヴァンは小脇にサッカーボールを抱《かか》えている。運動場に行くんだろう。運動は特に推《すい》奨《しょう》されているので、みんなよく体を動かしている。肉体年齢にあった活動がないと、夜眠れないなどの不都合がおこるからだ。それをみな、過去の経験から知っている。

パオロが隣を歩いていたドノヴァンの肩を叩き、白い尻尾を振りながら奴の赤い犬耳に何か話しかける。ドノヴァンは足をとめ、こちらを……自分たちを指差してニヤニヤと笑いだした。奴らの感じが悪いのは今に始まったことではなく、前の肉体の時からだ。

空気は少し冷たくて冬の名残《なごり》はあるも、天気はいいのでEハウスの誰かを誘ってサッカーでも、と考えていたが面倒事の気配を察知し「サロンでカードゲームをしようぜ」とミンゼァに声をかけ、運動場とは反対側にあるハウスに戻ろうと踵《きびす》を返した。

「ポンコツ」

背中に言葉が刺さり、上を向いた耳がピクリと反応する。『あのクソ野郎！』と内心歯がみしつつ、湧き上がる怒りに蓋《ふた》をし無視を決め込んだ自分とは対照的に、ミンゼァは勢い良く振り返った。金色の尻尾を感電したみたいにブワッと膨《ふく》らませ、大きな目をつり上げて「おいっ、今何て言った！」と変声期前の子供特有の甲高《かんだか》いトーンで怒鳴った。

垂《た》れ目のドノヴァンが、赤い尻尾をからかうようにゆらゆらと左右に揺らし「俺ら、何も言ってないぞ～」と口許《くちもと》に右手を添え、大声で返してくる。

こちらが見てなかったのをいいことに、惚《とぼ》けている。施設の敷地内は隅々までモニターされていて、事件、事故の検証のために映像は詳細に記録されるが、環境音も重なるため人の声は聞こえづらい。Eハウスのマスター、ワイリに報告すればドノヴァンの暴言にも対応してくれるだろうけど、映像や音声の検証にけっこう時間がかかる。たかが嫌み一つでそれをするのも面倒臭い。やつらもこちらのそういう心理を知っていて、チクらないと踏んで仕掛けてくる。

ミンゼァの肩を抱き「あんなの放っておけよ」と歩くように促《うなが》す。こっちが無視して穏便《おんびん》にすませてやろうとしているのに「何にも言ってないぜ～ポンコツなんて一言もなぁ」とドノヴァンは追い打ちをかけてきた。

「何だとっ」

顔も真っ赤、今にも飛びかかって行きそうなミンゼァを、強引にハウスの方へ引っぱる。

「ポンコツが逃げた！　逃げた！」

背後ではやしたてる声。怒りがおさまらないのか、ミンゼァは頬を食いしん坊のリスみたいに膨らませてフーッ、フーッと鼻息も荒い。

「あいつら全員【乗り換え】に失敗して死ねばいいんだ」

ミンゼァが最凶最悪の呪いを口にする。

「お前もそう思うだろ」

同意を求められる。死ねは言いすぎじゃないかと思いつつ、今のミンゼァは肯定以外を受け入れてくれそうもないので「そうだなぁ」とひとまず相槌《あいづち》を打っておいた。

「ドノヴァン、あいつは昔からそうだ。前の体の時も、Ｅハウスの奴を見つけては『ポンコツ、ポンコツ』って絡《から》んできてさ。あの時はウラが標的になって、虐《いじ》められたストレスで倒れて別の施設に引っ越したじゃないか。その時のマスター、アレクが滅茶苦茶《めちゃくちゃ》に怒って……」

クリーム色の犬耳、尻尾でおとなしかったウラの顔は記憶にあるが、別の施設に移動したことは覚えてなかった。あぁ、またか……落胆と共に苦笑いする。O《オー》は「忘れない」という性質を持っているのに、自分は穴のあいたポケットみたいにぽろり、ぽろりと記憶を落とす。忘れてしまう。

「それにお前のことも『まだら犬』って陰口叩いてるしさ」

ミンゼァは人の背中をバンッと叩いてきた。いきなりだったので衝撃に備えられずまともに食らって、ゴホンと大きく咳《せ》き込《こ》む。

「ビルア種ってみんなかっこよくて可愛いのに、どうしてそんな汚い毛並みを選んだんだよ。だからあいつらの標的になるんだぞ」

「汚いなんて失礼だな。個性的だと言ってくれ」

両手を広げておどけてみせる。ミンゼァが「悪趣味」と眉間《みけん》に皺《しわ》を寄せた。その顔が面白くて「ははっ」と笑っていたら、不意に頭の中で声が響いた。

『ここ……どこ?』

か細い子供の声。あぁまた【本体】が出てきそうになってる。目を閉じた。頭の中で、箱に蓋をするイメージを作る。出てくるな、おとなしくしてろ、と強く念じる。

「……おい、どうした。置いてくぞ」

目を開けた。少し先でミンゼァが振り返り、早く来いとばかりに手招きしている。二人の間にできた距離。その間、自分の足が止まっていたことに気づかなかった。

蓋をしても、その奥から『ねぇ、ねぇ』と声が聞こえる。

「……やっぱりカードはやめた。散歩してくる」

じゃあ俺も、とついてこようとしたミンゼァを「ごめん」とシドは右手で制した。

「ちょっと走りたくて」

それ、散歩じゃないじゃん、と口を尖《とが》らせたミンゼァを残し、全速力で駆け出した。激しい運動で全身に血液が巡れば、脳の血流もよくなり【本体】を押し込められる。それでも駄目な時は……人のいない場所にこもり、消えるのを待つだけだ。

周囲を塀《へい》で囲われた広大な土地、複数の施設を含むこの場所はネストと呼ばれ、その昔、パブリックスクールという区分の十代の子が集《つど》う学校だった。教育制度が変わり、パブリックスクールの名前は消滅したが、施設としての建物は残った。

古い建物をそのまま生かす形で作られたので、ここはクラシックな映画のセットではないかと思うほど、全てが古めかしくて美しい。

ネストの敷地の周囲は、シドの背丈の二倍ほどの高さがある白い石積みの塀に覆《おお》われて、外から中の様子は一切窺えない。

正門はアーチ型で木戸になっており、そこをくぐると視界が一気に開け、正方形の石畳《いしだたみ》の広場が現れる。正面にシンボルとなる三階建ての高さの時計塔が見え、後ろには食堂が併設《へいせつ》された職員棟、その奥に生徒のための寮である三階建ての建物が五棟、等間隔《とうかんかく》で並んでいる。

職員棟の向かいにある小さな森の小道を抜けると、広い芝生の敷地にはサッカー場やテニスコートなどの運動場が見える。南には畑や牧場もある。

今は当たり前の歩く歩道はどこにもなく、移動は自らの足を使わないといけない。肉体年齢的に、歩く歩道は運動の低下を引き起こし、十代にはかえって害悪《がいあく》とされているので、古い施設なりに使い道はあったということだ。

教育棟に並ぶ研究棟の前を抜け、プールの横から塀沿いにひたすら走る。だんだんと息があがり、額《ひたい》と脇に汗が滲《にじ》んでくるのがわかる。荒れた牧場の周囲をぐるりと回り、池の横を通って正門前の広場まで戻ってきたのに【本体】は『はあはあして、苦しいよう』とまだ訴えてくる。引っ込まない。

もっと高い負荷《ふか》が必要なんだろう。それならと石造りの時計塔の中に入った。四角い筒《つつ》状のがらんとした内部は、壁際に沿って階段がある。そこを一気に二階、三階へと駆け上がる。三階のドアから外へ出ると、目の前は腰丈の石の柵《さく》に囲われたバルコニーになっていて、間近で巨大な時計を見上げることができる。

ここからは、塀に囲われたネストの全体が見渡せる。西に傾いた太陽が池の水面に反射してキラキラと光り、サッカー場やグラウンドの芝の濃い緑が目に心地よい。

あんなに走り、階段の駆け上りで全身が心臓になったかと思うほどドクドクと激しく鼓動しているのに【本体】は『ねぇ、ねぇ』と箱の蓋を開けようとしてくる。

こうなったらもうお手上げだ。時計塔から降りて寮であるハウスに戻る。各ハウスの後ろには小さな石造りの建物が一つずつあり、そのうちEハウスの後ろにある建物に入り込んだ。寮の個室ほどの広さのそこは、Ｅハウスの生徒専用のスポーツ器具、野外活動に使う道具をしまうための物置小屋だ。生徒が自由に使用できるよう、日中は鍵をかけていない。

全身汗びっしょりのまま、梯子《はしご》を登ってロフトにあがる。シングルベッドを二つあわせたぐらいの狭いスペース、壁際にはいつのものかわからない古びた箱が置かれている。頭が天井につっかえてしまうので四つん這《ば》いで進み、箱と壁の間からこっそり持ち込んでいる寝袋を取り出す。何かに引っかかっているのか少し抵抗があったが、力を入れて引っ張ると取れた。埃《ほこり》が舞ってるのを横目に、寝袋の上で横になる。

『こ、こ、ど……こ』

【本体】がなかなか諦めてくれない。ここはどこでもない。だからお前は早く眠ってしまえ。そう、出てきちゃいけない。出てくるな。

『恐いよう。あーん、あーん』

あぁ、泣いたなと思ったら、急に目頭《めがしら》が熱くなり、生温かい涙が頬をツッと滑《すべ》り落ちた。

「た……すけて」

勝手に声が出る。慌てて両手で口を押さえ、目を閉じ、背中と尻尾をぎゅっと丸めた。頭の中、箱から出てこようとする【本体】を押し返すイメージで、蓋を力いっぱい押していく。

カーン、カーンと授業のはじまりを知らせる鐘《かね》が鳴る。それは形だけで、授業は出ても出なくてもいい。同族を傷つける、殺す以外のことであれば、ネストの敷地内なら何をしても許される。ここは「自由な場所」だ。

どれぐらい頭の中で戦っていただろう。ようやく【本体】の気配が消えて、ホッと胸を撫で下ろす。なかなか【本体】が消えない時があるが、今日はそのパターンでしつこかった。月に何度か【本体】が現れる。それは大抵、食事の後だ。消化のために血液が胃に下がり、脳の血流が一時的に少なくなるせいだ。

前の肉体の時は【本体】の声が聞こえても無視できるぐらい微《かす》かだったのに、この肉体に【乗り換え】てからは【本体】の声が大きくなり、制御《せいぎょ》しづらくなった。

自分は傷付いた魂《たましい》、Eランクに分類されているが、こんなに頻繁《ひんぱん》に、涙や言葉が出るほど【本体】が強く出現しているとは誰も知らない……知られたくない。

寝袋の上で半身を起こし、両手を握って、開いてを繰り返す。【本体】の感情や動きが出てくると恐いが、今は自分の体を完璧にコントロールできている。そのことに心底、安堵する。

ふと人の気配を感じて振り返った。ロフトの奥に鏡がある。体を動かすと、鏡の中の自分も動く。前からあっただろうか……気づかなかった。近寄ってみると見えていたのはほんの一部。長さはシドの身長の半分ぐらいで楕円形《だえんけい》、縁《ふち》は金属に囲まれて繊細《せんさい》な模様が入っている。さっき寝袋を引っ張り出すときにいつもより重かった。これに引っかかっていたのかもしれない。

古ぼけた鏡に映るのは、白黒がまだらに混ざった犬耳と尻尾、黒い瞳をした、十四歳にしては背の高すぎるビルア種の雄《オス》だ。

「この子はどうかな?」と薦《すす》められた時、お世辞にも美しいとは言えない毛並みに驚き、戸惑った。二十五年も過ごす肉体だ。みな自分が気に入った、もしくは綺麗なものを選ぶ。けれど「おとなしそうな子だよ。この子なら、君もコントロールしやすいかもしれない」と言われたことが決め手になった。

前の前の肉体、灰色の犬耳の【本体】は、こちらが制御不能になるほどの癇癪《かんしゃく》持ちだった。今の【本体】はそれよりもおとなしいが、前の肉体、茶色の犬耳の【本体】よりも表に出てくる頻度《ひんど》が高い。こんなことなら、途中で【乗り換え】せずに、前の肉体、茶色の犬耳のままでいればよかった。

【乗り換え】を決めた時、茶色の犬耳の肉体年齢は八歳だった。それほど困っていなかったから三十歳の満期までその肉体にいるつもりだったのに、コーディネーターのパトリックに【乗り換え】を熱心に勧《すす》められ、断れなかった。

灰色の犬耳は例外として、体感的には【乗り換え】をする度《たび》にコントロールが不安定になっていく。理由はわからないが、自分みたいに傷ついた魂だと【乗り換え】の度に傷が広がり、更なる劣化《れっか》が進んでいるのかもしれない。

いつか肉体を制御できなくなるのではという可能性が脳裏をチラつく。今は【本体】を押し込められているが、いつか自分が負けてしまう時が来るかもしれない。意思を押し込められるのは、精神を牢獄に入れられるようなものだ。そこは暗く、何もなく、そして気が狂うほど退屈なのだろう。ブルッと体が震えた。恐い……とても恐い。想像もしたくない。この恐怖に比べたら、ドノヴァンがまき散らす悪口など、蚊《か》に刺される程度、数秒で気にならなくなる些細《ささい》なことだ。

……西暦22XX年、地球上から全ての国境が廃止され、世界という一つの国になった。人々の移動は活発になり、そのタイミングで致死性《ちしせい》の高いウイルスが蔓延《まんえん》し、多大な死者を出した。

治療の為に急遽《きゅうきょ》ワクチンが開発され何とか事態は収束するも、犬の血清《けっせい》を使ったワクチンの副作用で、接種《せっしゅ》した女性の一部から『犬の耳と尻尾』を持つ子供が生まれるようになり、その子らはビルア種と名付けられた。ビルア種は嗅覚《きゅうかく》と聴覚が敏感ではあるものの、容姿以外は人と何ら変わりなく、今は世界人口の10％ほどがビルア種になっている。

しかしワクチンの影響で生まれたのは、ビルア種だけではなかった。同時に精神だけの種族で非常に高いＩＱを持つ種族Ｏ《オー》が生まれた。Ｏは肉体を持たない。ビルア種に寄生してその精神を押し込め肉体を乗っ取って生きる。ただし五歳のビルア種にしか寄生できず、三十歳で寄生した肉体から強制的に弾《はじ》き出されるので、二十五年ごとにビルア種の肉体を【乗り換え】ていく必要があった。

Oは精神体なので、繁殖《はんしょく》しない。ワクチンの影響で生まれた時が最大数で、肉体の【乗り換え】さえ上手くいけば永遠に生きていくことができる。

寄生したビルア種が三十歳になると、Oはパール状の粒になってその口から吐き出される。その粒を五歳のビルア種に飲み込ませることで【乗り換え】は完了する。ただし吐き出された白い粒の状態はとても脆《もろ》く、固いものの上で踏みつけられたら容易に砕《くだ》けてしまう。

三十歳を迎える前でも、寄生したビルア種が亡くなると白い粒になって吐き出される。病による死であれば最後の時期はある程度予測できるので組織にフォローアップを頼めるが、不慮《ふりょ》の事故だった場合、吐き出されたものが回収される前に運悪く踏まれて傷ついたり、潰《つぶ》されて粉々になってしまうことがある。傷なら何とかなるが、粉々だと寄生が不可能になり、事実上の死となる。

精神体の種族Oが安全に生きていくために【乗り換え】のシステムを管理するカディナという組織を作り、種族の存続を脅《おびや》かす危険に対応する粛清部隊《しゅくせいぶたい》「虫」を結成したソランという通り名のOが、寄生していた肉体ごと火事で焼け死んでしまったというのは、あまりに有名な話だ。

世界中のOはほぼ全員が組織に入り、システマティックに管理され、ソランの死後も【乗り換え】のシステムは順調に運営されている。

自分たちの存在は、ビルア種や人間に知られてはいけない。精神を乗っ取り寄生する魂、そのようなものがいると知られたが最後、待っているのは追い立てられ、狩られる未来だ。

Ｏというのは種族としてよくできていて、自分たちの存在を明かそうとすると、喉《のど》が締まって何も喋《しゃべ》れなくなるなど、肉体が拒絶反応を示す。書き残そうとすれば、今度は手が動かなくなる。いかなる手段であっても、全身全霊で暴露を拒否していた。

【乗り換え】さえ上手くゆけば、何一つ忘れることのない自分たちの種族は、膨大《ぼうだい》な経験と記憶を抱えて永遠に生きていくことができるが、百年ほど前から傷の問題が深刻化してきた。不慮の事故などで亡くなり吐き出された際、パール状の粒についてしまう傷のことだ。少しの傷ならさほど影響はないが、深い傷だと後遺症が残ってしまう。

傷は、完全体だった自身の精神を削《けず》る。それによってどういうことがおこるか……何一つ忘れない筈《はず》の種族なのに、記憶が部分的に消えてしまうのだ。それに加えて、こちらの精神が不安定だったり、体調が悪いなどの悪条件が重なると、押し込めていた筈の肉体に本来ある精神が出てきてしまう。

シドは前の前の肉体の時、通り魔に襲われた。治安のよい都市部の街中で、すれ違いざまに心臓を刺された。自分の胸から勢い良く吹き出す血が、その肉体で見た最後の光景になる。他の部位が刺されたのなら生きていられたかもしれないが、心臓への一撃はまさに致命傷《ちめいしょう》。数分で絶命した。

幸いにも粒はすぐに回収され、緊急用に登録してあった雄に【乗り換え】することができた。

通り魔など予測できない。運が悪かった、仕方ないと納得していたが、ここで問題がおこった。殺された肉体から吐き出された時にどうやら大きな傷がついたらしく、それまで何もしなくても完璧に押さえ込んでいた、乗り換えしたビルア種本体の精神が表に出てくるようになってしまったのだ。

特に事件後、最初に【乗り換え】た灰色の犬耳の肉体が酷《ひど》かった。自分の意識が追いやられ、肉体に本来ある精神に何度も意識を乗っ取られた。コントロールしようと奮闘《ふんとう》するも、この本体に居続けるのは危険と判断され、灰色の犬耳の肉体年齢が六歳の時に茶色の犬耳のビルア種へ【乗り換え】た。茶色の犬耳の【本体の精神】は、灰色の犬耳に比べると格段におとなしかった。頭の奥底にその気配を感じることはあっても、何もない暗い場所でただただ怯《おび》えるばかり。表へ出てくることはなかった。

この肉体がよかったのでパトリックのアドバイスで今の肉体に【乗り換え】たことを後悔している。

パトリックは、寄生するためのビルア種を選択し、Oが安全に【乗り換え】られるようサポートしてくれる寄生体交換のための組織、カディナの職員だ。昔はKと呼ばれていたが、今はコーディネーターとされることが多い。寄生したビルア種が二十九歳の誕生日を迎えると、コーディネーターから連絡が来て、次のビルア種の希望を聞かれる。不慮の事故だとビルア種の性別しか選べないが、そうでなければ人種、髪や肌、瞳の色など、概《おおむ》ね希望のビルア種に

【乗り換え】られる。容姿に強いこだわりがあると、望みのビルア種が見つかり、そのビルア種が五歳になるまで粒のまま「休眠《きゅうみん》」する輩《やから》もいるが、そこまでする者は少数派だ。

寄生した【本体の精神】を押さえ込めないというトラブルに見舞われるまで、コーディネーターが誰かなど意識したこともなかったし、担当はいつも違った人物だった。中身は同じだったのかもしれないが、見た目も名前も変わるので「前も担当してくれましたか？」と聞くこともなかった。

パトリックはコーディネーターとして有名な存在だった。なぜなら【乗り換え】が完了すると、すぐさま本体の家族と絶縁《ぜつえん》してネストに入り、本体の名前を捨てて「パトリック」という通り名に変え、肉体年齢五歳の容姿で継続してカディナの職員としてコーディネーターの仕事に従事する、仕事中毒の０だったからだ。

パトリックはヨーロッパ地区を担当している。希望すればそれに近い容姿のビルア種を必ず探し出してきてくれるということで、とても評判がいい。昔は自分も細部まで容姿にこだわっていたが、今は【本体の精神】がおとなしくコントロールできるなら、どんな見た目のビルア種でもよくなっていた。

灰色の犬耳に寄生していた時、あまりに制御不能だったため、０社会の上層部で自分の存在が問題になった。このままだと我々の種の存在を肉体に本来ある精神が喋ってしまうのではないか、危険だとの意見が出て、しばらく「休眠」させてはどうかという案が出た。傷ついた精神の補修技術が確立したら起こすという話だったが、高いIQを持つOの研究者をもってしても、自《みず》らの種の生態は解明できていない。そんな状態で、修復技術ができるという保証はどこにもない。できなければ自分は白い粒のまま、永遠の休眠、死と同様の状況におかれる。それだけは嫌だと断固拒否した。

シドの気持ちを理解し「休眠には反対です」と上層部と戦ってくれたのがコーディネーターのパトリックだった。パトリックのおかげで、【本体の精神】の出現に不安を抱えながらも、何とか休眠せずに活動できている。

Oは基本、個人主義だ。他人と馴《な》れ合うことは殆《ほとん》どない。あっても表面的でドライだ。しかし本体のコントロールが効かず何回もビルア種を【乗り換え】たことで、パトリックとの関わりは自然と深くなっていった。

パトリックとの出会いは、灰色の犬耳の肉体に【乗り換え】て、初めて目覚めた時だ。当時、パトリックの肉体年齢は十歳で、こんな幼い肉体年齢から中枢《ちゅうすう》機関で働くなんて仕事熱心な変わり者だなと思っていた。

事故死ながら無事に【乗り換え】たと安堵したのも束《つか》の間、すぐに灰色の犬耳はまともにコントロールできないと発覚した。本体を押さえ込めないから、短いスパンで二つの精神が入れ替わる。本体の実家にはとても戻れないので、すぐさまOの保護施設、ネストに入った。ネストでは、魂に傷がないものはA、軽度の傷はB、最も傷がついているものはEとクラス分けされている。そしてクラスごとにハウスという寮に分けられたことで、Aが上、Eが下というヒエラルキーができあがっていた。

表向きはみな平等とされているし、差別発言をしたものは罰せられる。なので自らもリスクを伴《ともな》う、相手の肉体を傷つける虐《いじ》めはないが、傷が可視化《かしか》されない幼稚な言葉で、態度でEが見下されるのは日常の光景になっていた。

それが嫌で、本体の両親のもとで暮らすことを選択するEランクのOもいる。ネストの中では見下されていても、人間とビルア種の社会の中に入れば、高いIQであるが故《ゆえ》に一目置かれる存在になれるからだ。

Eランクになったとはいえ、Oの中身はさほど変わらない。症状として、傷ついた部分に削りとられた記憶がなくなるというのがあるが、それは「乗り換え前の肉体の記憶」であり、記憶がなくなったことに気づかない症例が殆どで、今を生きていく上ではあまり問題はなかった。

肉体にある【本体の精神】を制御できない、こんなに頻繁に出てこられるほど傷ついているのは、このネストでは自分だけだろう。そしてEランクの仲間も、自分が本体の感情に引きずられて泣いたり、喋ったりしてしまうほど重症だとは知らない。今の状況はコーディネーターのパトリックにも話していないし、話すつもりもない。

パトリックはここのネストにある職員棟に部屋を持っていて、研究棟で【乗り換え】を実施したり、Oの希望する容姿のビルア種を探して世界中のコーディネーターと情報共有し、【乗り換え】をプランニングするなど多忙だ。

以前は毎日といっていいほど様子を聞いてくれたのに、ここ数年は昔のような親密さはなく、逆によそよそしくなった。理由はわかっている。自分が、彼の薦めに応じなかったからだ。【乗り換え】をはっきりと断ったあの日を境に、パトリックの自分に対する態度は変わってしまった。

古いパブリックスクールを買い上げてつくられたこのネストは、五歳から十八歳までのOが集団で生活している。ネストの創設者は「古い物の中に、新しい物を隠すんだよ」と言っていたらしく、なかなか皮肉が利《き》いている。

ネストの中に住んでいる、働いている者は全員がOだ。表向きは「教育保護施設」となっているが、教育はしていない。記憶が蓄積《ちくせき》できるOに教育は必要ないからだ。しかし人間やビア種向けに「教育している」とアピールするため、制服はあるし、カリキュラムは組まれ授業も行われているが、参加は自由。学びたい者は学び、昼寝をしたい者は昼寝をし、みな自由気ままに過ごす。ネストは、幼い肉体のOが成年の肉体になるまで安全に気兼ねなく過ごすための巣箱だった。

中にはパトリックのように【乗り換え】てすぐに前の仕事や研究に戻る者もいるが少数派だ。前の生活に飽きて、次は別の環境に身を投《とう》じる者が殆どで、今回の肉体ではのんびり安全に過ごしたいとネストの職員になり、【乗り換え】までここで過ごす者もいる。

　AからEまでの寮、ハウスにはマスターと呼ばれる管理人が一人常駐している。五歳から十歳の肉体年齢のOは、若い脳ゆえに感情のコントロールが難しい面があり、その子らの世話と、虐めへの対応を任されている。AからEに分けたが故に差別がおこるのであり、混ぜてしまえという意見もあったが、そうすると把握《はあく》しきれない差別や虐めが発生すると予見《よけん》され、結局はランク分けし、そのランクのOが自然と固まってコミュニティが作られている。

　現在、このネストでは五歳から十八歳まで、各年齢で二十五〜三十人、職員もあわせると五百人前後が生活している。男性体と女性体はほぼ半々。そして肉体年齢が可能と判断される十三、四歳でネスト内での性交が許可される。同性、異性は関係なく、互いの同意があれば性行為ができる。Oに恋人同士という概念《がいねん》はないので、誰とでも気が向けばする。肉体は借り物という認識で、性行為は正常な性欲の発散、スポーツとして認識されている。

　以前、運動場でサッカーをしようとしてボールを取りに物置小屋に入ったら、隅でEハウスの二人、男女が性行為をしていて驚いたことがある。「お前も混ざる？」と誘われたが、複数での行為が好きではなかったのと、その女性体の匂いが少し苦手だったので「次の機会に」と断った。

　寄生した肉体の特性により、性欲は大幅に上下する。毎日でも性行為がしたいほど興奮する肉体もあれば、そういう行為は面倒だと自慰《じい》だけで過ごした肉体もある。この肉体は十四歳という性欲が増していく時期に衝動が弱いので、二十代に入れば自慰だけのタイプになりそうだ。

性欲が薄くても、したいという欲望を覚える相手はいる。性交可能になったら誘おうと考えていたけど、今となっては声がかけづらくなってしまった。

色々と考え込んでいるうちに、物置小屋の窓から差し込む光の角度が深く、そしてオレンジ色になってきた。そろそろ部屋に戻ろうと寝袋を片づけたところで、下の方からガタンと物音がした。

ギギッと古びた木戸の軋《きし》む音。扉は人を感知すれば開き、いないと判断すれば閉まるものだが、ネストは古い建物をそのまま使っているせいで、物置小屋のドアの開閉は手動になっている。

誰だろうと、ロフトから身を乗り出す。黒い髪に、黒い耳。黒い尻尾……すらりとした細身の体の上から羽織《はお》った白衣。すっかり落ち着いていた心臓が、急にトクトクとその存在を主張する。

「パトリック？」

垂《た》れ下がっていた黒い尻尾が、驚いたようにぶわんと跳ねる。顔を上げたパトリックは、ロフトの上にいた自分を見つけて「驚いた」と胸に手をおいた。

「人がいると思わなかった。何をしてるんだ？」

「昼寝を……」

無害な嘘で誤魔化《ごまか》す。

「こんな埃《ほこり》っぽい所で？」

首を傾《かし》げたパトリックは「あぁでも、秘密基地と考えたら、面白いかもしれないな」と犬耳をピクピクと動かした。

「パトリックはどうしたの？」

「Eハウスでバーベキューをしようという話になったから、グリルを取りに」

「俺のいない間に、そんな楽しいことになってたんだ」

「サロンにいた子たちの間で盛り上がったらしい」

パトリックはAランク、かつ管理側の人間になるが、Eハウスの仲間と一緒にいることが多い。ネストはランクの同じ仲間が集まる傾向《けいこう》にあり「どうしてパトリックはEにばかりいるんだ？」と不思議がる輩もいるが、自分はその理由を知っている。魂が傷ついて苦しむE、運が悪かった不幸なEを【乗り換え】のコーディネーターであるパトリックは放っておけないのだ。

「楽しい仲間にはいりたければ、下りてこい」

パトリックが手招きする。シドが「よし、いっぱい食うぞ！」とわざとおどけた素振りで宣言すると、パトリックは口の端を僅《わず》かに引き上げた。笑っている形に見えるが、目は少しも笑っていない。

パトリックは普段から受け答えが淡々としていて、冷静で、感情が表に出てくることがあまりない。誰とも仲良くしているが、誰と一番仲が良いかと聞かれれば、わからない。つかず離れず、Ｏという種族の典型的なタイプかもしれない。かと思えば、情熱的に、熱心に【乗り換え】するよう説得してきて、それを断ると途端に距離をおかれた。とはいえ無視されているわけでもないし、普通に世間話はする。優しいのに、どこか冷たい。この微妙な雰囲気を上手く言葉にできない。

休眠という名の死から救ってくれた恩人であること、そして自分への冷たさも相まって、意識しているのに、性交したいと言いづらい。

シドはロフトの梯子に近づき、後ろ向きになって足をかけた。二つ下りたところで『ここはどこ』と頭の中に声が響いた。完全に閉じ込めたと思ったのに、短時間で再び出てこられた。驚いて体が震え、その拍子に梯子を踏み外した。

あっと思った時には体がバランスを崩していた。もがいても両手は何も摑めない。ふわっとした浮遊感。咄嗟《とっさ》に頭を抱え、体を丸めた。

ズダンと大きな音と共に、凄《すさ》まじい衝撃が背中からきた。一瞬、息が止まる。そっと背中を揺らす。痛いは痛いが、動く。骨の折れた感じはしない。大丈夫だ。心臓を刺された時は、こんなもんじゃなかった。

体のどこの骨が折れたとしても、再生医療ですぐに治療できるが、医療機関で処置を受けるまでの痛みは耐えがたかった。ようやく息が吸えるようになり、のそりと体を起こす。

パトリックは、扉を背に立っていた。興味のない巨大広告を前にした時の、ただそこにあるという認識だけをしている目が、自分を見ている。

「あっ」

パトリックは小さく声をあげた。そして思い出したみたいに駆け寄ってきて、痛みにうずくまる自分に「大丈夫か？」と話しかけてきた。


北にあるテニスコートから、ボールが打たれるスパンという小気味よい音や、ハイ、ハイという甲高《かんだか》いかけ声が聞こえてくる。四月も半《なか》ばを過ぎ、ネストの中はあちらこちらでチューリップやマグノリアといった春の花が咲き乱れ、温かみのある柔らかい風が可憐な花びらを揺らしている。晴れていて絶好の運動日和《びより》の午後なので、外で体を動かしている生徒が多い。テニスコートの奥にあるサッカー場では、CからEハウスの混合チームで試合をしている筈《はず》だ。クラス別に微妙な確執《かくしつ》があるとはいえ、AとBを除いた他のハウスの仲間は、ゆるりと交流がある。

本当はサッカーに参加したかったが、ミンゼァに「牧場に行こう」と誘われて、断れなかった。三月の終わり、ミンゼァは足首の骨を折った。サッカーで遊んでいた際に敵チームにぶつかられ、倒れて変な形で曲がった足首の上に相手が倒れ込んできたのが原因だった。

「ぎゃあああああっ」

ミンゼァの悲鳴は、運動場に響き渡った。保健医が駆けつけてきて、この痛がり方は骨折かもしれないと、すぐさま外の病院へと搬送《はんそう》された。「痛い、痛い」と泣いてしがみついて離れないので、シドも病院に付き添った。保健医の見立て通り、ミンゼァの足首の骨は折れていた。その場で整復《せいふく》され、折れた部分に薬剤を注射することで骨は即座に融合《ゆうごう》した。病院から帰る頃には、足首に多少の赤みは残っているものの痛みはなくなり、ミンゼァは一人で歩くことができるようになっていた。

数え切れないほど肉体を【乗り換え】てきたミンゼァだが、骨折は初体験だった。痛みの体験を地獄に喩《たと》え「もうサッカーなんて二度としない」と断言した彼が選んだ運動が「牧畜《ぼくちく》」だった。

ネストの南には、もとから荒れた牧場があった。O《オー》は精神体、常に思考する種族で、その特徴故《ゆえ》に肉体労働の第一次産業と相性がよくない。ごく希《まれ》に変わり者のOが興味を示すことがあり、今回はミンゼァがその「変わり者」になった。

荒れた牧場に生えた細木を自力で切り倒し、根を抜く。今は殆《ほとん》どが自動化・機械化されているとはいえ、昔ながらの牧畜のノウハウもデータとして残っているので、アクセスして一読《いちどく》すれば頭に入る。

牧畜の目的は運動なので、鋤《すき》や鍬《くわ》といった昔ながらの農機具を使う。それがミンゼァにとっては新鮮で面白かったらしく、あっという間にのめり込み、その熱にシドも巻き込まれた。

ミンゼァは毎日牧場に通い、数日で雑草、雑木《ざつぼく》だらけだった牧場はすっきりとした本来の姿を取り戻した。並行してやっていた畜舎《ちくしゃ》の修繕も終わったところで、ミンゼァは子牛の購入をEハウスのマスター、ワイリに申告した。

時折出てくる「変わり者」にもネストは慣れたもので、二日後にはミンゼァの申請通り子牛が数頭、畜舎に入った。ミンゼァは大喜びで毎日、子牛の世話に明け暮れている。

ワイリに「ミンゼァが牧畜に飽きて、牛の世話を止《や》めたらどうする?」とこっそり聞いたことがある。するとワイリは笑顔で「外で加工してもらって、みんなで食べるよ」と答えた。おそらく前もそうしてたんだろう。

ミンゼァが畜舎の掃除をしている間に、シドは牧場の北東、池の傍《そば》にある木柵《もくさく》に向かった。牛が運動場や校内を闊歩《かっぽ》しないよう、牧場は全体が柵で囲われているが、古くてところどころ朽《く》ちている箇所《かしょ》があり、それを修繕してほしいと頼まれた。

柵の修繕はいいとしても、どれも蔦《つた》や雑草が好き放題に絡《から》まっているので、毟《むし》り取ってからの作業になり、地味に面倒くさい。それでも午前中は張り切ってやっていたが、午後になると単純作業の連続に飽きてきた。おまけに少し疲れた。背は伸びても子供の体なので、圧倒的に筋力が足りない。ミンゼァから離れていて見えないのをいいことに、牧草の上に寝転がって昼寝する。顔の傍にあるガマヅミの白い小花から、甘い香りが漂ってくる。

どこからか黒い蝶《ちょう》が飛んできて、シドの周囲を飛び回る。捕まえようと手を伸ばしたらひらりと指先を抜け、ガマヅミの方に行ってしまった。白い花にふわりととまる。しばらくすると十分に蜜《みつ》を吸ったのか、奥にある池の方にヒラヒラと飛んでいった。

寝転がったまま、ぼんやりと蝶を目で追いかけていたら、池の傍に誰かやってきた。黒い犬耳に尻尾《しっぽ》、そして白衣……パトリックだ。パトリックまでは距離があるも、草まみれで寝転がっているのが急に恥ずかしくなり、ごそごそとガマヅミの木の傍に隠れた。

パトリックは池のほとりにぼんやりと佇《たたず》んでいる。散歩の途中だろうか。隠れてないで声をかけてみようかと迷っているうちに、ドノヴァンが現れた。パトリックはEの生徒といることが多いので、二人はAランク同士とはいえ、あまり見ない組み合わせだった。

二人が会ったのは偶然？　それともここで会おうと約束していたんだろうか。池の傍なんて人気《ひとけ》のない場所で、何の話をしようとしてるんだろう。気になって仕方なく、シドはピンと立てた犬耳に神経を集中させた。

「急に呼び出して、何の用だ？」

パトリックの問いかけに、ドノヴァンは笑いながら「わかってるくせに」と腰に手をあてた。

「パトリック、俺とセックスしない？」

よくあるストレートな誘い文句だ。自分が言われたわけでもないのに、シドは急に心臓がバクバクしてきた。肉体年齢が可能であり、互いの合意があればいつでも、どこでも、誰とでもできるのは理解している。自分も魂《たましい》が傷つくまで何の疑問も持たずにそうしてきたのに、パトリックが他の誰かと、という現実を見せつけられただけで、落ち着かなくなる。……本音を言うと「パトリックと誰か」を想像したくなかった。

パトリックは「あぁ」と下がり気味のトーンで呟き、顎《あご》を指で押さえて「今、そういう気分ではない」と断った。ホッとして、シドは小さく息をついた。

「じゃあさ、いつならその気になりそう？」

ドノヴァンが赤い尻尾を左右に振りながら聞いている。しつこい奴だ。お前は断られたんだからサッサと諦めろ、と念を送る。パトリックはしばらく黙っていたが「実は……」と切り出した。

「赤毛が趣味じゃないんだ。【乗り換え】てタイプの毛並みになったら、その時に考える」

ドノヴァンの顔からにやけた表情が消え、あからさまに不機嫌な色が浮かぶ。

「あんた、他の奴の誘いも毛色を理由に断ってるだろ」

それは初めて聞いた。フリーセックスといっても、Aが自分より下のランクの者を誘うことはあれど、Aより下の者が上のランクの者を誘うことはまずない。断られる率が高いからだ。Aランクのパトリックのタイプを、Eの自分が知らなくても当然かもしれない。

「正直に言うと、性欲は解消したいが、性交渉はしたくない」

スパンとパトリックは言い放つ。ドノヴァンは一瞬、押し黙ったものの、納得の表情で「あぁ」と肩を竦《すく》めた。

「そういうタイプの肉体ってことか。こればっかりは【乗り換え】てみないとわからないからな。セックスを楽しめない肉体なんて、引きが悪かったね」

ドノヴァンの口ぶりからは、心底気の毒だという感情が滲《にじ》み出ている。

「パトリックはAの誰ともセックスしてないって聞いて、興味があったんだ。けど性行為そのものに忌避感《きひかん》があるなら仕方ないな。逆にEの奴とやってなくてよかったよ」

どこまでもEを見下した物言いにムッとして、尻尾が激しく動く。それが枝にあたったのか、ガマヅミの花が小さく揺れた。

「あんた、Eの奴とよく一緒にいるだろ。特にまだら犬のシドとかさ。そのせいで奴としてるんじゃないかって噂が立ってるぜ」

自分が周りにどういう目で見られているか初めて知った。噂話の類《たぐ》いに自分は疎《うと》いが、ミンゼァはネスト内のゴシップが大好きで、あれこれ情報を仕入れてくる。そういう噂があれば教えてくれる筈なので、Aの中だけで回っている話かもしれない。

「シド？」

パトリックの口から、自分の名前が出た。それだけのことなのに、やけに緊張して尻尾の毛が逆立つ。

「彼と関わることは多いが、セックスをしたいと思ったことはないな。そう、彼はとても……不幸な人だから」

ドノヴァンは赤毛の尻尾を揺らし、何が面白いのかクスクスと笑う。

「レベルの低い仲間の面倒をみるのは、さぞかし大変だろうな」

「シドは希望だよ」

「絶望の間違いでは？　奴ぐらい傷だらけになると、【本体の精神】が出てきて大変なんだろ。想像するだけでゾッとするね」

おどけた口調のドノヴァンが、大袈裟《おおげさ》に肩を竦める。

「……君には、永遠に理解できないだろうね」

突き放したパトリックの口調に、ムッとした顔をみせたドノヴァンは「わかるさ」と両手を大きく広げた。

「奴は傷だらけの恥さらしでも生きてていいんだっていうモデルケースだ。傷ついている奴らにしてみれば、最底辺のシドは【あそこまで大丈夫】という目安で、【あれより自分はまだましだ】って思える安心材料なんだろう。確かに希望だよ」

パトリックは静かに、悪態《あくたい》をつく赤毛の男を凝視している。ドノヴァンは薄ら笑いを浮かべていたのに、無言のまま見つめられることが決まり悪かったのか「じゃ」と言い残し、そそくさと姿を消した。

しばらくその場に残っていたパトリックも、研究棟の方へ戻っていく。結局、最後まで声はかけられなかった。偶然居合わせたとはいえ、盗み聞きしていたことを知られたくなかった。

老いた牛のようにノロノロと歩いて畜舎に戻る。ミンゼァは畜舎の白い壁に凭《もた》れてしゃがみ込み、牧草を食む仔牛《は》をニコニコと眺めていた。こちらに気づくと、人使いの荒い友人は「柵、なおった?」と聞いてくる。

「そこそこ」

「おい、ちゃんとやってくれよ」

「今日中に全部修理するのは時間的に無理だよ」

ミンゼァがぷうっと頬を膨《ふく》らませる。自分は性交の相手の性別を問わない。ミンゼァも可愛いのに、ちっともその気にならないのが不思議だ。

「……池の傍にいたんだけど、そこでドノヴァンがパトリックにセックスを申し込んでた」

黙っていることはできなかったし、何より誰かに聞いてほしかった。その一言でミンゼァは勢い良く立ち上がり、ピュッと駆け寄ってきた。

「それで!」

シドの制服の裾《すそ》を摑んで揺さぶってくる。

「断られてたよ」

ミンゼァが「よし」と両手を握り締め「ざまあみろ」と金色の尻尾を興奮気味にパタパタと左右に振った。

「おいシド、パトリックとセックスしろ。クソ野郎のドノヴァンを出し抜いてやれ」

「そんなことで張り合ってもなぁ」

ポリポリと頬を掻《か》いていると「お前、パトリックのことが好きだろ」と断言された。思わずゴクリと唾《つば》を飲み込む。動揺が顔に出てしまっていたのか「やっぱりなぁ」とミンゼァは腰に手をあてた。

「お前の目つきや態度を見てて、気に入ってんだろうなって前から思ってたんだよ。お前だったらパトリックもその気になるんじゃないの？　俺はああいう何考えてるかわからないクール系は苦手だけど」

何も言わなくても、態度で好きの感情がバレバレだったことが恥ずかしい。まだらの尻尾がくるんと丸まって小さくなる。

「パトリック、性欲は解消したいけど、人とはしたくないってドノヴァンに言ってたんだ。だから俺も無理だよ」

うわっ、面倒くさいタイプだなぁ、と喋《しゃべ》りながら、ミンゼァは一歩前に出た。右腕を伸ばし、タンポポの綿毛を捕まえる。

ふと嫌な感情がぶり返してくる。ドノヴァンはパトリックに向かって、しきりにEクラスである自分を貶《おとし》める物言いをしていた。

「ドノヴァンは前から嫌な奴だったけど、近ごろは歯止めがきいてないっていうか、どんどん横柄《おうへい》になっていってるな」

シドの呟きに、ミンゼァは「楽しみかも」と返して、捕まえた綿毛にふうっと息を吹きかけて遠くに飛ばした。

「楽しみ？」

「これから先、魂が永遠に傷つかずにいる保証なんてないだろ。無傷でいられる運のいい奴が少しはいるかもしれないけど、みんなどこかで傷ついてる。実際、ここのネストも無傷は二割だけで、【乗り換え】するたびに、傷ついてる奴が増えてきてる。ドノヴァンがいつか傷ついて、散々馬鹿にしてた俺らと同クラスになった時、どんな顔をするか今から楽しみだよ」

自分もドノヴァンは大嫌いだが、傷つけばいいとは思わない。自分の状態が辛《つら》いからだ。こんなの誰にも味わわせたくない。

「クソなプライドで見下す奴さえいなければ、傷がついたって状態自体はそんなに嫌じゃないんだよ」

ミンゼァの呟きに驚いた。傷がついてもいい、というのが負け惜しみには聞こえなかったからだ。

「仲間との連帯感ができたっていうかさ。前は一人が好きだったけど、今は誰かといる方が楽しい。いや、もしかしたら一人は不安だから、集団になって安心しようって本能が働いているのかもしれない。昔は人間やビルア種がよく言ってた『忘れる』って感覚がわからなかった。今はそれが少しわかる。完全体じゃない、なくなった分だけ普通の人やビルア種に近づいていってるんじゃないかって気がするんだ」

それがいいことなのか、悪いことなのかはわからないんだけどな、と続ける。

「Aの奴らにからかったりされなきゃ、ここでの生活は概《おおむ》ね快適。それにこういう第一次産業をやってみようと思ったのも、傷ついた影響があるかもしれない。これはこれで楽しいから、経験しようって思考になれてよかったよ」

ミンゼァは楽しそうだし、今の肉体での生活に満足している。自分も予想しなかった大きな傷で【本体の精神】が出てきてしまう状況にならなければ、もっと軽微《けいび》な傷なら、ミンゼァみたいに気楽に運命を受け入れられたんだろうか。……そういう仮定に意味はない。一度ついた傷は、現時点では治せない。もとには戻れない。

「パトリックが肉体を【乗り換え】てもずっとコーディネーターをしているのは、どうしてなんだろう」

ぽつりと口をついて出る。返事を期待していたわけではないのに「楽しいんだろ」とミンゼァが答えた。

「楽しい？」

「俺たちは人間やビルア種のように、食べていくために楽しくない仕事をする必要はない。パトリックがコーディネーターを続けているのは、楽しいからだよ」

処理しきれない感情に、頭が混乱する。楽しいから続ける。そこは理解できる。疑問なのは傷つき【本体の精神】がコントロールできず苦しんでいる仲間に寄り添うことが、パトリックの考える楽しいことに含まれているのかということだ。

楽しいなんて表現が悪いだけかもしれない。それを義務感ややりがいという言葉にすれば、違和感はない。

「先月、倉庫のロフトから降りようとして、足を滑《すべ》らせて下に落ちたんだ」

ミンゼァは「ひいいっ」と悲鳴をあげ、両肩を抱いて金色の尻尾を震わせる。

「話を聞いただけでゾッとする。怪我はしなかったのか？」

「背中を打ち付けただけですんだよ」

あのあとすぐに医務室へいって校医に診《み》てもらった。塗り薬をもらったら、すぐに痛みは引いたが……。

「落ちた時、近くにパトリックがいたんだ。普通なら真っ先に駆け寄ってきて、痛いところはないかって体を気づかいそうだろう。けど落ちた俺をじっと見てるだけだった。後になって『大丈夫』って聞いてくれたけど……」

あの時の違和感が、今も頭の隅にある。忘れられない。話を聞いても「ふうん」とミンゼァは気にした風もない。

「パトリックは、俺のことが心配じゃなかったのかな」

「心配っていうか、様子を見てたんじゃないか。お前がどういう落ち方をしたか知らないけど、本体のダメージの程度によっては、治療をするよりも、死ぬのを待って新しい肉体に【乗り換え】た方がいいだろうし」

ミンゼァの説明が、ストンと腑《ふ》に落ちた。パトリックのあの表情は、自分を助けるか、それとも死ぬまで放置した方がよいか見極めようとしていたのだ。自分たちにとって、肉体の死は死ではない。わかっていても……今頃になって、背筋がゾワリとした。

夕食のあと、サロンで一緒に動画をみようというミンゼァの誘いを断り、急いで部屋に戻った。ドア付近にバストイレがあり、奥は机とソファセットが置かれたリビング、その隣にドアで仕切られた狭い寝室がある。

クローゼットは寝室にあるが、日中は基本制服なので、私服は数えるほどしかなく、中はいつもスカスカだ。

制服のままベッドの上に倒れ込む。本体が出てくるのは昼間が多いのに、今日は夜に出てきた。ホワイトシチューが美味《おい》しかったから、食べすぎただろうか。

『ねえ、ねえ』と頭の中で響く声との攻防。本体の精神がなかなか諦めないから、乗っ取られないように気を張りすぎて、疲れてくる。

頭を掻き毟《むし》り、ベッドから起き上がった。夜だし、普段よりも気配が弱々しかったので何とかなるかと期待したが、やっぱり走らないと【本体の精神】を押さえられない。部屋を出て、サロンを横切る際にミンゼァに見つかってしまい、聞かれる前に「散歩」と先手を打った。

当たり前だが、外は暗い。運動場へ向かう森の小道を抜け「これでどうだ！」とサッカー場の周囲をぐるりと全力疾走《しっそう》する。まだ小さな声がするから、テニスコートも三周した。それでようやく本体の気配が完全に消えた。それはよかったが、走りすぎてしばらく座り込んだ。

テニスコートまで来ていたので、森を抜けるのではなく池の横の小道を通った方が、南の端にあるEハウスに早く戻れる。大きな道ではないので街灯はないが、頻繁に走ったり散歩をするので、ネストの敷地の中は目を閉じていても歩ける。

疲れた体を引きずるようにして、池のほとりにやってくる。やけに明るいなと思ったら、水面に月が映っていた。ゆらゆら揺れる。夜空を見上げた。今晩は満月だ。

綺麗な月をもう少し見ていたくて、池の横にあるベンチに腰掛ける。本体との攻防はこの体を乗り換えるまで……三十歳だと、あと十六年は続くんだろうか。これほど酷《ひど》い状態だと誰にも知られずに三十まで過ごせるだろうか。肉体年齢が上がるにつれ、【本体の精神】も弱まればいいけれども。

ざわわと風が吹き、水面の月が揺れる。……パトリックの匂いがした。辺りを見回すと、いた。池の斜め向かいにある研究棟の前を歩いている。そこは街灯が明るく、パトリックはいつも白衣を着ているので、遠くからでもすぐにわかった。午後九時と遅い時間。研究棟でやり残した仕事でもあったんだろうか。

風は南から北に向かって吹いている。自分がいるのは風下で、街灯もなく暗い。パトリックはベンチに人がいると気づいていない。

「パトリック」

声をかけた。白衣の男がぴたりと足を止める。辺りを見回し、そして池のほとりに人がいると気づいた。

「パトリック」

もう一度、名前を呼ぶ。こちらを見ているが、返事はしてくれない。そのまま無視して行かれそうで、慌てて駆け寄った。

パトリックは藍色《あいいろ》に似た深く青い瞳で、シドを見上げてくる。一昨年《おととし》、パトリックに追いついた身長は、もう頭一つ分ほど高くなってしまっている。

「何してたの？」

青い瞳がゆるゆると左右に動き「研究室に忘れ物をしたから、取りに戻っていた」と答える。

「お前は？」

本体が出てきてしまい、押し込めるために走っていたとは言いたくない。

「月が綺麗だったから、散歩」

パトリックは軽く首を傾《かし》げたあと、夜空を見上げた。

「確かに、綺麗な月だ」

「……時間があったら、少し話がしたいな」

もじもじとお願いする。

「いったい何の話を？」

淡々と、いや、どこか突き放すトーンの声色に、心が挫《くじ》けそうになる。目的がないと、話をしてはいけないんだろうか。ふと、火がともるようにパトリックの顔に、喜びの表情が浮かんだ。

「もしかして本体のコントロールのことか？」

何でもいいから話がしたくて「うん」と頷く。「それなら人が来ない場所がいいな」とパトリックは辺りを見回した。夜遅いので、周囲には人はおろか猫の一匹すら歩いていない。

「あそこにしよう」

さっきまでシドがいたベンチにゆき、パトリックは腰掛けた。シドも隣にちょこんと座る。

「研究室に何を忘れたの？」

問いかけに、パトリックは何度か瞬《まばた》きし、そして「フォーン」と答えた。通話機器のフォーンは大きいものからペンダント型の小さなものまで色々とあるが、パトリックが使っているのは腕時計タイプのものだ。職員は常にフォーンを携帯している。連絡事項、特に緊急連絡はフォーンに来るからだ。

逆に生徒はフォーンを殆《ほとん》ど使わない。仲のよい者が集まって行動し、寝る時以外は一緒にいるので、使う必要がないのだ。それにフォーンの利便性よりも、持たないことの自由を選択する者が多い。それもネストの中に限っての現象で、外で生活する仲間は普通に使っている。

「本体のコントロールが、上手くいってないのか?」

パトリックが心配そうにこちらの顔を覗き込んでくる。月明かりの下で青く光る瞳は、傷だらけの不幸な同類に心の底から同情している。

「上手くいかないというほどでもないよ。たまに出てきそうになることはあるけど、今までと同じかな」

【乗り換え】を勧《すす》められたくないので、悪化したという印象は与えないように喋る。パトリックは真剣な顔で聞いていたが「あぁ」と首を小さく横に振った。

「やはり君は【乗り換え】た方がいい」

言葉を選んだのに、やっぱり勧められた。

「この肉体はコントロール不能だった前の前のビルア種よりはましだから、今のままでいいよ」

あの灰色の犬耳は最悪だった。頭の中、暴れ回る【本体の精神】、制御不能のそれに為《な》す術《すべ》もなく途方に暮れるあの感覚。自分がコントロールできていない間、本体が何をしているのか「わからない」ことへの恐怖。もう二度とあんな体験はしたくない。

「それでも、本体をコントロールできないというのは、君が考えている以上に深刻な事態なんれるのに」

だ。ここで同意さえしてくれれば、君のために、いくらでも大人しそうなビルア種を見つけら

パトリックは親切だ。可哀想な同類を心配し、考えてくれているのはわかるが【乗り換え】を過信《かしん》しすぎていて、ビルア種本来の気質がおとなしければ解決すると信じている。それは間違っていないが、【乗り換え】て今よりよくなるという保証はない。前回の件で学んだ。

感覚的なものだが【乗り換え】する度《たび》に、じわじわと沼に沈むように悪くなっている気がする。それでも、足首まで沈む程度なら我慢できるが、膝まできたら身動きがとりづらくなり、腰まで、胸まできたらもうどうしようもない。それが避けられないなら、なるべくその情況がくるのを遅らせたい。

「【乗り換え】はやっぱり、ちょっと……」

その気はないと意思表示した途端、青い瞳にありありと浮かぶ失望と落胆。

「これだけ君のことを考えて提案しても、理解してはもらえないのか」

彼の言葉がチクリと胸に刺さる。

「何回も【乗り換え】るのは、辛くて」

「どうしてだ？　肉体が新しく、そして今より快適になるだけだ。それに君自身は何も変わらないのに」

わかっている。わかっているが……前回の【乗り換え】は、パトリックが語るようには快適

にならなかった。なっていないから、もうずっと「うん」と言えないでいる。

「私は君が灰色の犬耳の頃から十三年傍で見てきた。誰よりも君のことを理解しているつもりだ。その私が断言する。君はより安全に暮らしていくために早く【乗り換え】した方がいい」

思いやりのある言葉が、真綿になって心を締め上げる。もっと普通の、ランチが美味《おい》しかったとか、牧場の子牛が可愛いとか、他愛《たわい》のない話がしたいのに、二人だとどうしても【乗り換え】の話題になってしまい、追いつめられてどんどん辛くなってくる。

「昼間、ドノヴァンと池の傍にいたよね」

だから強引に話を方向転換した。

「昼？　そういえば、奴に性交を申し込まれたな」

「俺、牧場の柵の修理で近くにいたんだ。話しているのがたまたま聞こえてきて……」

盗み聞きではないと、しどろもどろに言い訳する。

「ここにいる者は肉体年齢の影響で、性欲が強い。誘われることは珍しくもない」

パトリックは淡々と喋《しゃべ》る。誘われたことも、それを見られたことも、たとえそのことを言いふらされたとしても、どうでもいいんだろう。

「パトリックはその体で誰かと性交したことある？」

「ないな。そんなことより……」

「じゃあ今までで一番気持ちよかった性交って誰とだったか覚えてる？」

パトリックが驚愕《きょうがく》したように目を大きく見開く。そして浮かんでくる苦悩の表情。他人と性交をしたくないと言い切ったパトリック。それは性交に興味がなかったのではなく、性交でよくない経験があったからじゃないだろうか。ネストの中はフリーセックスだが、いったん外の社会へ出ると、常識は覆《くつがえ》る。人間やビルア種に、同意のない性行為をされたという話も耳にする。

「なぜそんなことを聞くんだ？」

問い返す声は低い。

「それは……」

パトリックの表情が苦悩から嫌悪の形になる。嫌な記憶に触れてしまったんだろうか。どうすればいいんだろうとビクビクしていたら、最終的にその顔は薄ら笑いに落ち着いた。

「そういえば君の肉体年齢は十四歳だったな。そのわりに背の伸びも早いし。性交に興味があるのか？」

嘘をつくのも白々しく思えて、小さく頷く。パトリックが何か考え込む素振りを見せる。月明かりに照らされた横顔は、青磁《せいじ》のように青白く光る。

「私と性交するか？」

青い瞳が、自分を捕らえてそう聞いてくる。したい。とてもしたいけれど、パトリックの反応が、どこか、何か引っかかる。

「あっ、でも……」

「したいなら、してもいい」

ドノヴァンの誘いは断っていたのに、自分には応じてくれる。それはドノヴァンよりも興味を持ってくれているということだろう。もう十三年、肉体を【乗り換え】ながら傍で見守ってくれているのだ。

性交は一時的な快楽だ。交際や結婚という形で、性交する相手は一人だけという人間やビルア種のようなルールがあるわけでもない。そんなもの、自分たちには無意味だ。それでも、長い時間を共に過ごし、互いの距離が近くなると、何らかの強い感情は生まれる。この感情は、人間とビルア種がよく言う愛情……自分たちが使う愛情とは、少し違う意味に感じるそれに、近いのかもしれない。

「あなたと、したいです」

はっきりと意思表示する。パトリックはベンチの周囲を見渡し「ここでするか」と提案してきて、ギョッとした。

「部屋に戻るのも面倒だし、時期的にそう寒くもないしな」

過去、その時の肉体で、様々な場所で性交したが、野外は殆どない。しかも普通に人が通る場所だ。他人に見られるのはかまわないが気が散りそうなので、パトリックの手を引いて木立《こだち》の中に入った。低木の茂みだと、月光で少し明るい。どこかで花が咲いているのか、微かに甘い匂いが漂ってくる。

着ていた白衣を草の上に敷いたパトリックに「私は挿入《そうにゅう》したくない。したいなら君がしろ」と言われた。これまでずっとする方を妄想していたので、迷わず「あ、はい」と頷く。

パトリックはズボンと下着をサッサと脱ぎ捨て、下半身を露出《ろしゅつ》する。突然の性交にどこか戸惑っていた心が、強烈な性のビジュアルを前に消えた。こめかみが痛くなるほど興奮し、欲望が服の中ではしたなく膨張《ぼうちょう》する。シドはパトリックにとびつき、露出させた性器を剝《む》き出しの下半身に強く押しつけた。

すぐにでも突き入れたいが、同性との性交なので受け入れる器官を慣らさないと傷つけてしまう。それは過去の経験から知っている。先走りで指を濡らし、慣らそうと触れたところで、パトリックが腰を振って拒絶した。

「慣らさなくていい」

「けど、しないと痛いよ」

「痛くてもいいし、壊れたっていい。薬ですぐになおせる。……なおらなければ【乗り換える】」

パトリックは「所詮《しょせん》、体は肉の塊《かたまり》だ」と艶然《えんぜん》と笑った。その感覚は理解できるが、どこか釈然《しゃくぜん》としない。一時的だとしても、痛みは生じる。その記憶は残っていく。消えない。

「久しぶりで興奮してきた。……面白いな。早くこい」

両足を開いた扇情的《せんじょうてき》な姿で入れろと誘われ、我慢できるほど性欲をコントロールできる肉体年齢ではない。どうなってもいい。これは同意のもとだと、勢いよくパトリックに挑《いど》んだ。

この肉体が初めて体験する、生温かい場所で性器を締め上げられる感覚は、目眩《めまい》がするほど気持ちいい。そしてどうすれば快感をより深く味わえるのかを、自分は記憶している。

パトリックの腰を抱え上げ、勢いよく突き上げる。「ああっ」と低音の喘《あえ》ぎ声が、人を誘惑したその口から漏れる。声に煽《あお》られて、もっと聞きたくて、腰を激しく揺さぶる。「ああっ、ああっ」と細かい喘ぎが散発《さんぱつ》し、その余韻《よいん》が欲しくてキスする。パトリックは嫌がるように顔を背けたが、犬耳を両手で挟んで動けなくして、口の中を蹂躙《じゅうりん》した。

若い体が絶頂に達するのは早く、あっという間に射精したが、抜かずにキスしているうちに徐々に固くなってきて、再び挑んだ。パトリックが脱いだのは下半身だけで、もっと見たくなって着ているシャツを捲《めく》り上げる。乳首を摘《つま》むと潜《もぐ》り込んでいるそこがビクビクと震え、快感に正直な反応に興奮して乳首に吸いついた。

パトリックの内側を性器でゴリゴリと擦《こす》りながら、乳首を甘噛みする。吐息混じりの嬌声《きょうせい》は、鼓膜に甘く絡みつく。パトリックの尻尾、根元を摑んだら「くうっ」という呻《うめ》きのあと、かつてないほど強く中を締め上げられた。その心地よさのまま、二度目の射精をする。自分が性欲を解放している間も、熱い内側はビクビクと震えていたし、パトリックの性器の先端からも、欲望を示す白い涙がタラタラと溢れ出ていた。

性行為に対して淡泊なイメージだったパトリックは、予想外に積極的で快感に忠実だった。はぁはぁと荒い息をつく横顔にどうしようもなくそそられ、これは自分のものだという強烈な独占欲に支配されたまま、細い体をきつく抱きしめた。

「……そろそろ抜いてくれ。疲れた」

耳許《みみもと》にゾッとするほど冷静な声が響き、慌てて体を起こす。半分ほど性器が抜け、けど離れたくなくてじっとして動かずにいたら、パトリックの方が腰を引いたので、完全に抜けた。繋がりがほどけたそこから、注ぎ込んだ欲望がじわじわとこぼれ出てくる。

「若い個体の性欲はすごいな」

腰を拭《ぬぐ》っているパトリックに近寄り、抱きしめる。意見の合わない部分はあれど、この人は不完全な自分を理解し、受け入れてくれている。次に【乗り換え】した後も、その次も、どんな状態になっても「自分」を保《たも》てなくなるギリギリまで、見限らずにいてくれるんだろう。キスをしたら、キスが返ってくる。犬耳の根元をカリカリと爪で引っかかれて、気持ちよくてまた勃起《ぼっき》する。それに気づいたパトリックが「すさまじいな」と笑ってなで上げてくれる。

「肉体年齢は十四歳だが、体のサイズ的には十分大人だな」

仄白い月光の下、暗く青い眼に映る自分。冷たい指が両手でシドの頬をそろりと包み込み、その慈《いつく》しみに満ちた仕草に心が甘く溶ける。

「ここまで成長したのは素晴らしいが、やっぱり君は【乗り換え】た方がいい」

膝の上に乗り上げて、体温の混じり合う距離でそう囁かれる。

「【本体の精神】に煩《わずら》わされるのは、辛いだろう」

頻繁《ひんぱん》に出てきていることは誰にも、一言も話していない。けどもしかしたらどこかで見られ、酷い状態だと知られていたのかもしれない。

「【乗り換え】たら、きっともっと楽になる」

相手の瞳に映る自分を見ながら、耳に入ってくる言葉。心がぐらぐらする。以前、その言葉を信じて【乗り換え】て、余計に酷くなったじゃないかと。けど次は、次こそは、パトリックの言うように、【本体の精神】が出てくる頻度《ひんど》が減って、夜にサッカー場を走り回らなくてもよくなるかもしれない。

至近距離の唇にキスする。そしたらキスが返ってきて、嬉しくて黒い犬耳に触れて甘噛みする。

「けど【乗り換え】たら、こういうことができなくなる」

青い瞳が瞬きし、そして「ははっ」と心底おかしそうに笑った。黒い尻尾が左右に揺れる。

「君は性欲に支配されてるな。……そう【乗り換え】たら五歳の肉体だから性欲もなくなり、私としたいとは思わなくなるだろうから大丈夫だ」

「今のあなたと、今の自分の肉体で、こういうことをしたい」

できることなら、二十五歳の肉体年齢のこの人が【乗り換え】の三十歳になるまで。

「肉体もこれも……」

パトリックが自《みず》らの性器に手を添えた。

「所詮借り物だ。性行為は動物の原始的な欲求。排泄《はいせつ》と同じで、その時々で処理すれば十分で、執着するものでもない。よってこの行為には、快感以上の意味はない」

身も蓋《ふた》もない結論のあと、それより、と続ける。

「君の心が健康に過ごすことの方が重要だ。だから君は【乗り換え】た方がいい。私はずっとそう提案してる」

肉体に価値はないと言い切るくせに、温かい体をすり寄せてくる。優しく見つめてくる。

「もし【乗り換え】たとしても、今よりもっと押さえ込めなくなったらと思うと怖いよ」

「……大丈夫だよ、シド。私がついてる」

自信に満ち溢れた青い瞳の中に、まだらの毛並みの男が見える。

「君が何度【乗り換え】たとしても、私は傍にいるよ」

かつてない安堵が、全身を包んでいく。頻繁に【本体の精神】が出てくるという不具合を、隠す必要はなかったのかもしれない。パトリックがずっと傍にいてくれるなら、自分を見て判断し、苦しみをすくい上げて理解してくれるなら、恐いことなどもう何もない。

「あなたの言っていることは、正しいんだと思う」

そうだよ、とパトリックがキスしながら、唇の上で喋る。

「俺、【乗り換え】する。だから新しい体を探して」

今日一番の笑顔が、間近で弾《はじ》けた。

「理解してくれてよかった。君がコントロールできる、素晴らしい体を探してこよう」

「……その体が見つかるまでの間、毎日性交して。俺とだけして」

シドは膝に乗せた体を揺さぶった。

「毎日、あなたの中で気持ちよくなりたい。【乗り換え】たら成長するまでできないから、今のうちに、あなたをたくさん感じておきたい」

パトリックは呆れ顔になり「面倒くさい雄《オス》だな」とこぼしつつ「仕方ない」とシドの鼻先をぺろりと舐《な》めた。


壇上《だんじょう》で、クリーム色の犬耳の教授が講義をしている。ネスト内での授業には数えるほどしか出席していないが、今日は外の大学から生物学を専門とする著名なO《オー》が特別講師として来校すると聞き、久々に参加した。

期待していたのに、内容は彼の発表した論文に書かれてあることばかりだし、抑揚《よくよう》もなく淡々と喋《しゃべ》るので酷《ひど》く退屈だった。話術《わじゅつ》に関しては個人差があるので仕方ないとしても、これでは眠気に敗北する。講義中でも入退室は自由なので、出て行こうか迷う。けれど論文に出ていない、こぼれ話的なものがあれば、それは是非とも聞きたい。

少し雲は出ているものの、暖かい午後。風は気まぐれに強く吹き、窓の傍《そば》にある桜の花びらがふわりと舞い込んでくる。緩《ゆる》い眠気の狭間《はざま》に、昨夜《ゆうべ》の情事の記憶がぶり返してきた。

性交は肉体運動でも、快感の記憶は視覚、嗅覚《きゅうかく》、触覚《しょっかく》とあらゆる部位に残る。興奮が大きければそのぶんだけ。震える黒い犬耳に、たまりかねたようにゆっくりと官能的に揺れる尻尾《しっぽ》。淡泊に見えた男の思いがけない奔放《ほんぽう》さ、甘い声。これらは【乗り換え】した後も、ずっと覚えていたい。蓄積《ちくせき》したい。忘れたくない。

記憶の反芻《はんすう》で、股間にじわっと熱が溜まってくる。講義中に勃起《ぼっき》なんて恥ずかしくて、退屈な講義に集中して興奮を紛らわせようとしていると、隣のミンゼァが「なぁ」と軽く肩をぶつけてきた。

「あいつの話、退屈～」

小声で愚痴《ぐち》ってくる。

「確かに」

ミンゼァは小さく欠伸《あくび》して「昨日の夜、何してたんだよ」と聞いてきた。不意を突かれて「うぐっ」と変な風に喉《のど》が詰まる。

「帰ってくるの、遅かったよな。散歩って言ってたけど、服はぐちゃぐちゃだし、尻尾に枯草がいっぱいついてるしさ」

上半身を低くして、こちらの顔を覗き込んでくる。ゴシップ好きの金色の瞳は、やらしい感じに細められている。

「その体じゃ初めてだよな。誰と性交したんだよ」

教えろ、と肘《ひじ》で腕を突かれる。性交した相手を隠すことに意味はないので教えてもいいが、ミンゼァに話したが最後、今日中にネストにいる全員に伝わってしまいそうだ。そうなるとパトリックに振られたドノヴァンの耳にも入るかもしれない。嫉妬とまではいかなくても、自分たちの関係を面白くないと思ったドノヴァンが、今まで以上にこちらを敵対視してくるのではないかと心配になる。

なぁ、なぁとミンゼァはしつこい。教えようか。ドノヴァンの耳には入れたくないが、パトリックがどれだけ魅力的だったかは聞いてもらいたい。

「……誰にも喋るなよ」

小声で、そう前置きする。ミンゼァは期待に満ち満ちた表情で顔をぐっと近づけてきた。

「あああああああああっ」

突如《とつじょ》、窓の外から甲高《かんだか》い奇声が飛び込んできた。驚いたのか、講師が喋るのを止める。いったい何事かと、窓の外に顔を出す。教育棟の向かいの森、その手前にある石畳《いしだたみ》の道を真っ裸の子供が走っていく。銀色の犬耳に尻尾。その子は頭を掻《か》き毟《むし》りながら「あああああ」と叫んでいた。後ろを、白衣のパトリックが「待って、待って」と追いかけている。

教室の中に、ザワザワと落ち着かない空気が流れはじめる。シドは立ち上がり、講義室を後にした。階段を駆け下り、外へ出る。二人の姿は見えない。確かこっちの方に走って行ったような……とアタリをつけて職員棟の前までくると、「あああぁっ」とすぐ傍で叫び声が響いた。ミモザの木の下で、パトリックが銀色の髪の子供を背後から羽交《は が》い締《じ》めにして抱き上げている。

「やあああぁっ、おうちに帰るううぅっ」

子供は人慣れしていない野良猫のように、手足をばたつかせて暴れている。

「いい子だから、おとなしくしろ」

パトリックがなだめても効果はない。それどころか余計に酷くなるばかりだ。シドはゆっくりと暴れる子供に近づいた。

「……こんにちは」

優しく声をかける。叫んでいた子供が、涙目のままシドを見上げた。圧迫感を与えないよう、子供と同じ目線まで膝を折る。まだらの尻尾を元気よく左右に振りながら「俺はシドだよ。君の名前は？」と明るい調子で話しかけた。

真っ裸の子供は、涙のこぼれる銀色の瞳を乱暴に擦《こす》りながら「アブザル」と教えてくれる。

「アブザル、どうして泣いているの？」

銀色の尻尾を細かく震わせ「お家に帰りたい」と訴《うった》える。

「お家に帰りたいなら、服を着なきゃね」

「服、どこにあるの?」

「わからないけど、一緒に捜しに行こう」

差し出したシドの手を、アブザルはぎゅっと握ってきた。パトリックはおとなしくなった子供を地面に下ろす。外で裸もどうかと、着ていたブレザーの上着を脱いで、シドは小さな体に羽織《はお》らせる。

学生の授業が行われている教育棟の隣には研究棟があり、パトリックの主導で【乗り換え】が行われている。ビルア種のこの子は【乗り換え】の為に連れてこられたのだろう。そして【乗り換え】の前に、何かのトラブルで外へ逃げ出してしまったのだ。

「研究棟に戻ればいい?」

パトリックに聞くと、ホッとした表情で「ああ」と頷く。そういえば先週、売店で購入した飴《あめ》のお菓子がまだ残っていたことを思い出す。

「そうだ、俺のお菓子を分けてあげるよ」

お菓子の効果は大きく、アブザルの涙が止まる。

「どんなお菓子?」

「飴だよ。イチゴの味がして、すごく美味《おい》しいんだ」

アブザルが口をむにっと閉じて、ニイッと笑う。

「一緒にあっちにいこう」

手を繋《つな》いだまま歩き出すと、アブザルも素直についてくる。フルフルと左右に振られる銀色の尻尾がかわいい。ビルア種は美男美女が揃っているが、その中でもこの子はひときわ目を引く可愛さだ。

よくよく見れば、アブザルは裸足《はだし》だ。靴は貸せないので「足、痛いよね」と抱き上げたら、腕にずしりときた。身長は高くても筋力はまだ十四歳なので、ちょっときつい。

アブザルはシドの首筋にぎゅっとしがみつく。子供の体温は高いなと思っていたら、不意に犬耳を握られて、尻尾がピンと立った。「お耳、変な色」と呟かれ、子供にまで言われるかと苦笑いしていると「ぼく、このお耳すき」とクンクン嗅《か》がれて、急に照れ臭くなって俯《うつむ》いた。

落ち着いたと思ったのに、研究棟に入る直前になって、アブザルはグスッ、グスッと鼻をすすりはじめた。顔を見ると、涙をほろほろと流している。

「んっ、どうした？　どこか痛いの？」

この子は裸足で走っていた。その際に足裏でも怪我して、興奮が過ぎたらその痛みを思い出したんだろうか。

「アブザル、大丈夫？」

目尻にたまる涙を拭《ぬぐ》ってやると、凄《すさ》まじい勢いで払いのけられた。銀色の瞳が、シドを睨み付ける。

「……その名前で呼ぶな」

「えっ？」

「俺の名前は、チルリだ。……ずっとそうだった」

鋭い表情がぐにゃんと崩れ、もとの顔になる。そしてシドにぎゅっとしがみついてきた。

「ずっと変なの。頭の中で、怖いお声がするの」

その可能性に気づいた時、ゾッとしてシドは尻尾がブワッと膨《ふく》らんだ。

「誰かいるの。けどその子、嫌な子で……」

喋っているうちにあどけない子供の表情が消え、再び鋭い目つきになる。

「いったいどうなってるんだ、わけがわからん！　この個体の精神は、全くコントロールできないじゃないか！」

このビルア種の子供は【乗り換え】る前じゃない。【乗り換え】た後だ。【本体の精神】が喋り、動いている時点で全く制御《せいぎょ》できていない。活動している全世界のＯの中で、最も傷つきコントロールができていないのは自分だと思っていたが、この個体は更にその上をいってる。酷すぎて、コントロールする、しない以前の問題だ。

「お、落ち着いて。落ち着いて、チルリ」

本来、表に出ていないといけない彼の名前を呼ぶ。するとようやく安心した表情で目を閉じ、シドの肩口に額《ひたい》をくっつけ、ヒック、ヒックとしゃくり上げながら、静かに泣き始めた。

研究棟の中にある、パトリック個人の研究室に入ったのは初めてだった。最初に通されたのは執務室で、そこは寮の部屋の三分の二ぐらいの広さがあり、窓際に金属製のシンプルなデスクが置かれ、手前には紺色のソファセットが設置されている。壁には作り付けの棚があるものの、何も入っておらず殺風景《さっぷうけい》だ。昔は書棚として使われていたようだが、今や書籍は全てデータ化しているので、紙の本は骨董品《こっとうひん》。滅多《めった》に見かけない。

右の壁の真ん中に扉があり、隣は何だろうと思って聞いたら、専用のラボとのことだった。

子供用の制服を着たチルリは、小さな両手でマグカップを持ち、陰鬱《いんうつ》な表情でココアを飲んでいる。研究室に戻ってからも、肉体の【本体の精神】「アブザル」がチラチラと出てきていたが、ようやく押さえ込めたのか、今はチルリだけになる。

アブザルが出てきた時、自分が傍にいたら落ち着くのでシドがチルリの隣に座り、パトリックは向かいに腰掛けた。

「ココアを飲みながらでいいので、聞いてほしい。チルリ、あなたは部隊の任務遂行《すいこう》中に事故で亡くなりました」

パトリックは淡々と経緯《けいい》を語る。部隊ということは、もしかしてチルリは粛清《しゅくせい》部隊「虫」のメンバーだったんだろうか。

Oは、種族の秘密保持、治安対策のために「虫」という粛清部隊を作った。彼らは少数精鋭で、命じられればどんな任務でも速《すみ》やかに、秘密裏《ひみつり》に遂行する。「虫」のメンバーは肉体を【乗り換え】ても再び「虫」の仕事に戻るものが多いことで知られていた。

「どうして事故の記憶がないんだろう……」

チルリがボソボソと小さな声で喋る。

「前を飛んでいたエアカーの整備不良による逆走、そのための追突事故で、避けようがなかったと聞いています」

銀色の犬耳が、力なく垂《た》れる。

「あなたは即死で、乗っていたエアカーも炎上しました。すぐに消火され、あなた自身の粒も何とか回収されましたが、その時点で粒には目視《もくし》ではっきりとわかるほどの傷がついていたそうです」

チルリが顔を上げ、ハッと息を呑む。

「もしかして、【本体の精神】をコントロールできないのは……」

パトリックは大きく頷いた。

「事件、事故で傷のできてしまう粒は多いです。大多数はほぼ問題なく以前と同じ生活ができていますが、実際に【乗り換え】てみないと、傷がどのように影響してくるのかはわかりません」

チルリがココアのマグカップを置き、前のめりになった。

「おっ、俺の状態はどうなんだ？」

結論を知る者はしばらく沈黙していたが「よくありません」とはっきり口にした。チルリが銀色の犬耳を両手でギュッと握り締める。

「魂《たましい》が傷つくと、これほど頻繁《ひんぱん》に【本体の精神】が出てくるものなのか？　魂に傷のついた者は、みんなこんな風に苦しんでいるのか」

パトリックは「いいえ」と首を横に振る。

「はっきり言います。私はあなたほど酷い状態を目にするのは初めてです。上に報告すれば、間違いなく休眠《きゅうみん》を命じられるでしょう」

チルリは「あああっ」と呻《うめ》き、頭を抱《かか》えた。

「希望の個体が見つかるまで粒のまま休眠する奴がいるのは知っているが、傷のせいで休眠するとしたら、それはどれぐらいの期間になるんだ？」

「粒の修復技術が確立されるまでです。自分たちの種についてはまだ解明されていない部分も多く、永遠に粒のままという可能性もあります」

チルリが絞《しぼ》ったタオルのように口を歪《ゆが》める。

「それはもう死ねってことじゃないか！　冗談じゃない。俺は生きてる！　生きてる！　生きてるんだ！」

チルリの叫びに、シドの胸までギリギリと痛み出す。自分が休眠を言い渡された時のことをまざまざと思い出してしまう。

「パトリック、チルリを【乗り換え】させるのはどうだろう」

自分の提案に、チルリが振り向いた。

「俺も魂の傷が酷いんだ。通り魔に刺されて死んで、粒は回収してもらえたけど、傷がついてチルリみたいに本体を制御できなくなって、休眠を言い渡された。だけどパトリックが大人しい性格の個体に【乗り換え】させてくれて、随分とよくなったんだ。別の肉体に【乗り換え】たら、完全に制御とまではいかなくても、日常生活に不便のない程度に改善される可能性があるよ」

ほっ、本当か……とチルリは隣に座る自分の腕を摑む。大きく頷いて同意すると、チルリはパトリックに振り向いて「もう一度【乗り換え】させてくれ」と訴えた。仲間の精神が、健《すこ》やかに生きることを望んでいるパトリック。そのための【乗り換え】を勧《すす》める男なら、当然チルリにも提案するだろうと思っていたら「少し考えさせてほしい」とワンクッション挟んだ。

「シドの場合は、制御不能が報告されて上の人間も周知しているので、中途半端な年齢での【乗り換え】や、その回数に制限はない。けどチルリ、君の場合はおそらく……シドよりも傷はかなり深刻だ」

それは自分も感じていたが、チルリがショックを受けそうだったので言えなかった。案《あん》の定《じょう》、彼は途方に暮れた表情で俯く。

「【本体の精神】を制御できないことが理由での【乗り換え】になると、上への申請が必要になる。君の状態を正直に報告したら、私がどれだけ援護《えんご》しても、まず間違いなく君は休眠になるだろう」

コーディネーターの言葉は重い。チルリは青ざめ、そして両手で犬耳を摑んだ。

「しばらく君の状態を観察させてほしい。できることなら少しでも改善、もしくはコントロールできた状態で上に報告したい。君は【乗り換え】た後、【本体の精神】をコントロールできずにいきなり研究室を飛び出し、全裸で外を走り回った。あれ一度だけなら【乗り換え】後の混乱でやり過ごせるが、何度も繰り返すと流石《さすが》におかしいと思われて、上へ報告されてしまうかもしれない。そうなったらお終《しま》いだ。私も生きたいと願う君を、強制的に休眠させたくない。だから君の状態は、三人だけの秘密にしておきたいんだ」

その提案に、チルリは「けど……」と両手を組み合わせた。

「こんな状態、コントロールできる気がしない。相手の存在が急に大きくなって、自分は暗い、穴のような意識の底に押し込められてしまうんだ。そうなるともう何も見えないし、相手の声も聞こえない。そいつが出ている間は、何をやってるのかなんて一切わからない。それで人に知られずに過ごすなんてできるんだろうか」

「シドがいる」

パトリックが力強く宣言した。

「君と同じで、肉体をコントロールできずに苦しんでいるシドがいる。君の気持ちを一番理解してくれるのは、彼だ」

チルリは勢いよくシドを見上げた。希望はこんな傍にあったのか、という表情で。

「チルリ、君がここで【乗り換え】たのは、幸運だった。君らを助けたい私と、そして苦しみを理解してくれる仲間がいる」

チルリは銀色の瞳に、それが溶け出してしまったんじゃないかと思うような大粒の涙を浮かべ、震えながら「……ありがとう、ありがとう……」と繰り返した。


「シドー」

畜舎《ちくしゃ》の横から、銀色の犬耳、尻尾の子供が右手を振りながら叫ぶ。シドの名前を、最初の音にアクセントを置いた呼び方をするのはアブザルだ。小さな制服に身を包んだ子供は、全速力でこちらに駆けてきて……途中で何かに足を引っかけたのか、ぽてりと草の上に転んだ。

顔を上げたアブザルは「あーん、あーん」と大声で泣き出した。慌てて駆け寄り「大丈夫？」と抱き起こす。するとアブザルは草だらけになった制服でぴたりとシドの腹にくっついてきた。

ふふふっと笑う。甘えん坊だ。

「どこか怪我してない？　痛くない？」

アブザルは首をフルフルと横に振る。

「じゃ、俺と散歩しよう」

「や〜だ〜歩きたくなーい」

尻尾をぶんぶん振って、嫌々をする。

「歩かないと病気が治らないし、パパとママにも会えないよ」

可哀想かなと思いつつ少し脅《おど》しをかけると、渋々「歩く」と頷く。そんなアブザルを連れて、広い牧場を散歩する。アブザルが疲れて、疲れ果てて……そしてチルリが出てこられる時まで。

肉体の【本体の精神】が出てきてしまった時、押さえ込む方法は自分もチルリも同じで、運動して脳の血流を増やす、だった。そしてチルリは自分よりも更に血流をよくしないと、本体を押さえ込めない。だから毎日毎日、ネストの広い敷地内をパトロールでもするかのようにぐるぐると歩いている。

二時間ほど歩き回っているうちに、アブザルは「もう嫌だ」と、マロニエの根本に座り込んだ。「ほら、もうちょっと頑張ろう」と励《はげ》ましていたら、小さな頭が急にがくりとうな垂れた。銀色の髪にその色と同じ羽根の蝶《ちょう》がひらりととまり、ガバッと頭を起こすと同時に、驚いて飛んでいった。

「ふうっ」

大きく息をつく。その顔からあどけなさが消え、急に大人びた雰囲気になる。これはチルリだ。

「やっと出られた」

両手を空へと大きく突き出した子供のお腹が、グルルッと盛大に鳴った。

「腹が空《す》いた。けど食べるとアレが出てくるんだよな」

チルリは長いため息をつく。そして隣に立っているシドを見上げて「俺はいつ頃、次の肉体に移れるんだろうなぁ。パトリックは何て言ってる？」と聞いてきた。

「……ビルア種の手配とか、そういう具体的なことについては俺、全然わからないから」

チルリは「そうか」と寂しげに目を伏せる。隣に座ると、チルリは木の周囲に生えているブルーベルをぷちりと摘《つ》んだ。

「俺がパトリックといるのは、【本体の精神】の時だからな……」

花の香りを嗅《か》いだあと、ぽとりと草の上に落とす。

「急がなくても、時間は十分にあるから」

慰《なぐさ》めると「そうだな」と相槌《あいづち》を打ち、銀色の犬耳を両手で摑む。アブザルの時にそういう仕草を見たことがないので、チルリ独特の癖だ。

【本体の精神】をコントロールできないほど傷ついているチルリ。アブザルになることに気づかれないよう、パトリックとシドは交替で常に傍にいるようにしている。コントロールできていないのは最初からわかっていたことだが、チルリは本当に酷かった。食事の後はかならず本体のアブザルが出てきて、運動しても一、二時間はそのままになる。ようやくチルリが出てこられても、ちょっとでも油断するとアブザルが顔を出す。寝ている時以外、目が離せなかった。

　基本、アブザルの時はパトリックが、チルリの時はシドが見ている。アブザルが出てきている時間が長いこともあり、うっかり他の仲間に余計なことを喋らないよう「君は頭の中に二人の人間がいるから、それを治すために治療をしている」とパトリックはアブザルに言いふくめた。幼いながらもアブザルも納得し、自分が表に出られない時も「これを治そうとしているんだから」と、怖がったりしなくなった。そして「治療のために、パトリックとシド以外の人と話をしてはいけない」という決まりをちゃんと守り、他の仲間に話しかけられても、黙って俯いている。チルリもアブザルの状況に合わせて、他の仲間と極力、接触しないようにしていた。

　Oの中には一定数、変わり者がいるので、チルリは「コミュニケーションが嫌いな気難しいO」として周囲に認識され、シドとは昔の知り合いだから話をするらしい、ということで落ち着いた。

　チルリの状態はミンゼァにも言えないが、いつも一緒につるんでいる仲のいい友人に隠しきれる気がしなくて「チルリは魂の傷が深くて気持ちが不安定なので、パトリックに頼まれて様子を見ている。このことは誰にも言わないでほしい」とお願いした。ミンゼァは「パトリックお墨付《すみつ》きの傷持ちか」とチルリに同情し「わかった」と了解してくれた。

　小さな輪を作り、チルリを守る。このタイミングでミンゼァが牧畜《ぼくちく》に飽きてきて「もう止《や》めようかな」と漏らしていたので、それならとシドが子牛と牧場の世話を引き受けた。牧場ならまず人は近づいてこない。チルリとアブザルが頻繁に入れ替わったとしても、人に見られることがなければ、問題なかった。

【乗り換え】た当初こそ混乱していたチルリだが「自分の状態を把握してもらい、乗り換えに備える」という今後の道筋ができたことで、落ち着いた。相変わらずアブザルのことは毛嫌いしているが、出てきてしまうものはどうしようもないし、支配されている時間の長さに苛立つことも少なくなった。

「君は頻繁にパトリックと性交しているな」

ギョッとして振り向くと、チルリは目を細め、ニヤついていた。

「昨日も、随分と激しかった」

「ごっ、ごめん」

チルリを一人にしておけない上に、パトリックにハウスの個室に来てもらうと騒ぎになりそうで、性交は職員棟のパトリックの部屋、チルリが寝ている間になった。若い肉体の性欲は強く、ほぼ毎晩のようにパトリックと交《まじ》わっている。

「別にかまわんさ」

大人びた表情で、チルリは笑う。

「肉体年齢がこれだと、ちっとも興奮しないしな。しかし君らは本当に仲がいい。肉体的にも、精神的にも。そういう君らのおかげで、俺もこの酷い状況下で正気を保《たも》っていられる。ありがたいんだが、不安もある。この状態から、もうよくはならないんじゃないかと……」

俯いているチルリの、銀色の犬耳が震えている。その気持ちは、痛いほどよくわかる。チルリほど酷くはないにせよ、自分も【本体の精神】が出てきて、なかなか引っ込んでくれない時は猛烈な不安に駆られる。

「なくなったものは、もう戻ってこない」

シドの言葉で不安になったのか、チルリが腕を摑んでくる。精神は大人なのにアンバランスな、小さくて頼りない手だ。

「これからも傷ついた仲間は増えていくよ。減りはしない。だからみんなで支え合って生きていく必要があるんだ。完全体でなくたって、楽しく生きられる。傷ついた個体に理解のあるパトリックが、これからの自分たちの生き方を導いてくれるよ」

そうだな、とチルリは同意する。

「もう、そういう生き方しかできないんだな。俺はずっと粛清部隊で活動してきたから、『虫』としての生き方しか知らないが、そろそろ落ち着けってことなのかもしれない。一つの場所で、大人しくしているのは嫌だった筈《はず》なんだが、傷ついたせいかな、最近はこういう場所でのんびり座っているのもそう悪くないと思ってる」

それから牧場に戻って子牛の世話をした。やることが終わったので、二人で連れ立ってＥハウスに戻る途中、池の傍でドノヴァンとすれ違った。すると射殺さんばかりの恐い目で睨みつけられた。

「何だ、あいつ。感じ悪いな」

手を繋いでいたチルリが眉をひそめる。ドノヴァンが自分を厭《いと》う理由はわかっている。パトリックと性交しているのが、ネスト中に広まってしまったからだ。頻繁にパトリックの部屋に泊まっていたことが噂になり、自分は黙っていたのに、パトリックは人に聞かれたら「シドと性交している」と隠さなかった。

誰と誰が、何人で性交していようと基本、関心は持たれないが、ドノヴァンの場合はパトリックに振られたことが既に知れ渡っていたので「Aなのに、格下のEに負けた」と、これまで散々《さんざん》見下されてきたB以下の仲間の積年《せきねん》の恨みにも後押しされ、面白おかしく人の口を伝った。

「前から、仲がよくないんだ」

事情を知らないチルリにそう説明すると、チラとドノヴァンを振り返り「赤毛なんて趣味が悪い」と可愛い顔で舌打ちした。そのタイミングで、ポロンとフォーンに着信が入る。チルリのつけている腕時計型のフォーンに連絡を入れるのは、パトリックだけ。チルリが応答すると、ホログラムでパトリックの上半身が立体的に浮かび上がった。

『今は誰だい？』

アブザルかチルリかわからない時、パトリックは最初にそう聞いてくる。

「チルリだ」

するとパトリックは「よかった」と頷いた。

『今、君に会いたいという人物がネストに来ている。名前はバーンズ・杉田《すぎた》』

チルリは「その名前は記憶にない」と即答する。パトリックは『そうか。いつ頃の知り合いかは聞いてないので、昔の名前は違っているかもしれないが』と首を傾げる。

自分たちは基本【乗り換え】した肉体につけられた名前を使うので、その都度《つど》呼び名が変わる。シドも過去に何十もの名前を辿《たど》ってきた。

『アブザルなら体調が悪いことにして断ろうと思ったが、チルリでいるなら面会するか？　会うなら会議室に通しておくが』

「わかった。今からそっちにいく」

『ではまた後で』とフォーンが切れる。二人で来た道を少し戻り、池の横から研究棟に向かう。チルリの尻尾が小さく膨らんで、ユラユラと軽く左右に揺れている。顔には出ていないが、誰かが訪ねてきてくれたのが嬉しいんだろう。

研究棟は入ってすぐ右手に歓談できるオープンラウンジがあるが、パトリックが客人を通したのは建物の二階にある小さな会議室だ。オープンなスペースだと、チルリがアブザルになってしまった際に大勢の人の目に触れてしまう可能性がある。会議室という個室なら、アブザルが出てしまっても、見られるのは面会者一人ですむし、何とでも誤魔化《ごまか》せる。

そのまま来ていいということだったので、パトリックのラボには寄らずに会議室へ直接向かう。いつもの癖で手を繋いでいたことに気づき、そっと離す。チルリは「確かにこうしていると、子供っぽいな」と苦笑いした。

ドアをノックしようとした時、チルリに「シド、君は【乗り換え】た後に、以前の知り合いに会いに行ったことはあるか?」と聞かれた。手をとめ、チルリを見下ろす。

「偶然に再会することはあったけど、探してまで会いに行くことはなかったな。またいつか会えるだろうって気持ちもあったし」

「俺も初めてだ。親しい間柄なんだろうが、誰なのか見当もつかない」

話し声が聞こえたのか、会議室の中から「チルリか?」とパトリックの呼ぶ声が聞こえる。

「失礼します」と声をかけて中に入ると、そこにはこげ茶色の犬耳をした二十五、六歳……パトリックと同い年ぐらいに見える男が座っていた。男はチルリが部屋に入ってくるなり、ガタンと音をたてて椅子から立ち上がり、駆け寄ってきた。

「チルリ、チルリか」

子供の前で、膝をつく。

「あっ、ああ」

男の勢いに戸惑ったのか、チルリはじりっと後退《あとずさ》る。来訪者に小さな手をいきなり握り締められ、チルリの銀色の尻尾が怯《おび》えたようにビクビクと震えた。

「事故に遭《あ》ったと聞いて、心臓が止まるかと思ったぞ。無事に【乗り換え】られたと聞いてはいたが、任務中でどうしても動けなかった。元気そうで安心したよ」

男はチルリの小さな手を、大事そうに自《みず》らの額《ひたい》に押しあてる。そして「元気にしてるなら、俺に連絡の一つぐらいくれたってよかったんじゃないか。薄情な奴だな」と優しく微笑《ほほえ》んだ。

チルリは「そうだな」と相槌を打つも、その表情に知り合いに会えた喜びや嬉しさといった感情は見えない。

「立ったままなのも何なので、座って話をどうぞ」

パトリックに促《うなが》される。小さなテーブルを挟んでチルリとシド、パトリックと客人のバーンズが並んで腰掛けた。

バーンズはチルリを眺めながら「本当に小さいな」と呟いた。

「これまで【乗り換え】時期はほぼ同じだったからな。お前が『虫』の後方部隊に復帰《ふっき》する頃には、俺が【乗り換え】しないといけなくなるのか」

バーンズはリラックスした表情で、パトリックが淹《い》れたコーヒーに手をつける。けれどチルリはホットミルクを前に、体を縮こまらせたままだ。

「『虫』の行動部隊に入れる年齢までネストで暮らすのか？　お前なら組織内の事務作業もできるだろ。前も外部活動可能年齢になるまではそうしてたんだし、戻ってきたらどうだ」

返事をせず、ただぎこちなく笑っているチルリを、バーンズはじろじろと不躾《ぶしつけ》に見ている。

「それにしても、華奢《きゃしゃ》な個体だな。事故で選べなかったんだから、まぁ仕方ないか。前は互いに競《きそ》うようにしてでかくなりそうな個体を選んでもらってたから、そういう個体のお前も新鮮だな」

バーンズが「チルリ?」と首を傾《かし》げる。そう暑くもないのにチルリの額には汗が浮かび、頬がピクピクと引《ひ》き攣《つ》れていた。

「自分はこの体と、相性があまりよくない」

チルリの口から、ようやく言葉が出てくる。

「すごく疲れやすい。今も気分が悪いんだ。せっかく来てもらって申し訳ないが、失礼する」

チルリが立ち上がり、部屋を出ていく。シドは慌てて後を追いかけた。チルリは研究棟を出て、職員棟の方に走っていく。気分が悪いと言っていたのに、全力疾走《しっそう》だ。ようやく追いついたのはネストの入り口に近い、時計塔の前だった。

「チルリ、大丈夫か?」

小さな顔は青白く、銀色の犬耳が潰《つぶ》れてしまいそうなほど強く握り締めている。

「気分が悪いなら、部屋に……」

「なぁ、シド」

チルリが顔を上げた。

「あれは、誰だ?」

「誰って、バーンズ・杉田さんだろう」

「わからない！」

低い声で、チルリは唸《うな》った。

「あの顔は知らない。覚えてない。頭の中に、あの男の記憶が何もない。……なぁ」

チルリがシドの制服の袖《そで》を摑んだ。

「これはお前とパトリックが仕組んだ、タチの悪い悪戯《いたずら》なんだろう」

周囲を歩いている仲間が振り返る。シドは歪んだ顔のチルリを抱き上げて、Ｅハウスの自室へと連れ込んだ。チルリを床におろした途端、へにゃへにゃとその場に座り込む。自分も【本体の精神】が出てくるほど傷ついているし、記憶もなくなっているが断片的だ。ぼこぼこと穴のように記憶がなくても、親しくしていた人の顔を忘れたことはない。

自分よりも【本体の精神】をコントロールできないチルリの記憶が、どれだけ消えているのか……親しかった人間、まるごとその記憶がなくなるというのは、想像以上に状態は悪いのかもしれない。

「俺はこれまで、何一つ忘れた事なんてなかった！」

チルリが叫ぶ。何度も【乗り換え】し、ここ数年、ずっとネストにいた自分は、常にミンゼァが傍にいたから、傷で記憶がどんな風に消えてしまうのか知っていた。そしてチルリは「なくしてしまったものはなかったこと」になったので、誰かにそれを指摘されない限り「なくしてしまっている」ことに気づけなかったのだ。

「チルリ、チルリ、聞いて」

世界を拒絶するように小さく丸くなっているチルリの背中を、そっと撫でた。

「今まで話してなかったけど、魂に傷がつくと記憶も少し消えてしまうんだ」

チルリが顔を上げる。

「俺もそうなんだ。ところどころ、記憶の欠けている部分がある」

「嘘だろう！　本体をコントロールできないだけじゃなかったのか！　それだけでもこんなに苦しいのに、記憶まで……」

チルリの目から涙が湧き出てくる。

「もうこれは、仕方のないことなんだよ」

「嫌だ、嫌だ、そんなの嫌だ。俺がこれまで積み上げてきた知識と経験が全部なくなるっていうのか！」

「全部じゃない、ほんの一部だ！」

シドはチルリの手を握った。

「この肉体で得た経験と記憶は大丈夫だ。知識なんて、たとえなくしてしまったところで、何度でも積み直しできる。自分たちには、十分に時間があるんだから」

チルリは「どうして、こんな……」とぐずぐず泣き出した。

「どうして俺が、こんな目に遭わないといけないんだ！」

「事故だったんだ。仕方ないよ。そして君は生きている。生きてるんだ。記憶がなくなるっていうけど、なくたって生きていける。人間とビルア種なんて、すごくよく忘れるじゃないか。それでも絶望なんかしないで、平気で生きてる。俺たちだって、少しぐらい記憶が抜け落ちたって、大丈夫なんだよ」

チルリがシドを見上げ、シャツの胸のところをギュッと握り締めた。

「俺は、Oだ。忘れない人種だ。ぽろぽろ忘れるなら、そんなの人間やビルア種と同じじゃないか！」

「俺は同じでもいい。たとえ自分が仲間より劣《おと》っていたとしてもいい。それよりも今、生きていることの方が大事なんだよ」

シドはしゃがみ込み、チルリの肩を摑んだ。

「一緒に生きていこう。俺も君も、好きでこうなったわけじゃない。けど生きていたい。俺は生きたい。それにパトリックがいる。パトリックが、いつでも俺たちをサポートしてくれるから」

チルリは話を聞いていた筈だ。けれど返事はせず、しばらく黙ったままだった。

食堂で、おやつを食べている時だった。頭にバシャリと何かをぶちまけられて、思わず「うわっ」と叫んでいた。反射的に頭を左右に振ってしまい「おいっ、ブルブルするなっ」と隣に座っていたミンゼァが大きくのけぞった。

「ごっ、ごめん」

レモンと蜂蜜《はちみつ》の甘い匂いのする液体が、つうっと頬を伝う。

「あぁ、かかった?」

背後から響いた、嫌な声。案の定、赤毛の垂れ目が自分の真後ろに立っていた。

「つまずいて、うっかりグラスを倒しちゃったよ」

ドノヴァンが手にしているトレイの上で、透明のグラスが横倒しになっている。人に迷惑をかけているのに、申し訳なさそうな顔もしなければ、謝りもしない。

「お前、わざとだろっ」

ミンゼァがドノヴァンを怒鳴りつける。大きな声が食堂の高い天井に響き、周囲は話し声でザワザワしていたのに、水を打ったように静かになる。

「つまずいただけだって言ってるだろ、なぁまだら犬」

こいつ、と怒りのゲージが急上昇する。暴言だけならまだしも、今日は人に飲み物をぶちまけるとか、具体的な行動に出てきた。これを放っておいたら確実にエスカレートする。何か一言……と考えているうちに、ミンゼァが「お前、パトリックに相手にされないからって、嫌がらせするんじゃねえよ」と相手の急所をピンポイントで突いた。途端、ドノヴァンの顔が、その髪色と同じ真っ赤になる。

「うるさい！　格下の奴らのオナニー器具なんてどうでもいいんだよっ」

自分を貶《おとし》めるだけじゃなく、パトリックまで「オナニー器具」と貶《けな》した。もう我慢できない。今回こそはハウスマスターに相談して、ドノヴァンへの対応を頼む。

「……お前は、わざとグラスを倒した」

向かいに座っていたチルリが、アップルパイを食べていたフォークをまっすぐドノヴァンの方に向けた。

「シドの後ろで急に歩く速度が遅くなったと思ったら、足を止めてトレイを揺らし、グラスを倒した。つまずいてはなかったな。食堂内は常時、モニターされているんだろう。お前の不自然な動きも録画されている筈だ。シド、上に報告しろ。あれは不注意だったという言い訳は、ハウスマスターにすればいい」

淡々と語るチルリに向かって、ドノヴァンは「うるさい！」と怒鳴った。

「シドの後ろに隠れてばかりの、傷物野郎が！」

無表情だったチルリが、僅《わず》かに頬を歪ませる。それをドノヴァンは見逃さなかった。

「お前らみたいな傷物野郎は、視界に入るだけで鬱陶《うっとう》しいんだよ」

言い放ったドノヴァンは楽しそうだが、ここにいる八割は何かしらの傷を抱えている。その全員を敵に回したことに、本人だけが気づいていない。

「お前は、いつか自分が傷つくかもしれないという可能性を、考えたことはないのか？」

チルリの声は冷静だが、端々に怒りが滲んでいる。

「俺は傷ついて不完全になるぐらいなら、死を選ぶ。『虫』にひと思いに殺して貰うね」

ドノヴァンは胸を張り、断言した。

「……そうか。俺は『虫』をやってたからな。傷がついたら呼んでくれ。ひと思いに殺してやる」

散歩をしたとか、それぐらいのさりげなさで語るチルリに、怒りで赤くなってたドノヴァンの顔がスッと青ざめる。定番の付け合わせみたいにいつも一緒にいるパオロが「嘘だろ」と近づいてきた。

「俺も『虫』に所属してたぞ。短い間だったけどな。東西のどちらだ？」

チルリが息を呑む。

「それは……」

「どこだよ。部隊は東と西しかないんだから、どちらかだろ」

チルリは答えられない。多分、覚えていないのだ。けど覚えていないと、記憶が消えたなんて言えない。

「昔の話なんて、どうでもいいだろ」

シドが遮《さえぎ》ると、パオロが「もしかして嘘なのか？」と顔をしかめた。

「嘘かよ！」

パオロの隣にいたドノヴァンが、乱暴にテーブルを叩いた。

「粛清部隊にいたって嘘をついて、人を脅してたのか。Eの奴らはやることなすこと最低だな」

チルリが「違う！」と否定する。するとパオロが「違うって言うなら、どの部隊、どこの所属だったかぐらい言えよ」と責める。黙り込んだチルリに、ドノヴァンが「ポンコツの嘘つき野郎！」と吐き捨てた。

チルリは椅子に座ったまま歯を食いしばり、尻尾を小さく震わせている。見ているのも可哀想になり、シドは立ち上がってチルリに近づいた。

「外へ行こう」

チルリは激しく首を横に振るが、これ以上ここにいるのはよくないと判断し、強引に抱き上げた。最初こそ少し暴れたものの、食堂を出る頃にはおとなしくなり、レモネードで濡れたシドの首にしがみついて「嘘じゃない」と呟いた。

「わかってる」

「嘘じゃない、本当に『虫』だったんだ。訓練所に入って……訓練がとても大変で……けど、ないんだ。よく考えたら、『虫』として働いてた記憶がない。頭の中の、どこにもないんだ」

俺の記憶はいったいどこにあるんだ？　と聞かれても、それはシドにも答えられなかった。

Ｅハウスに戻ると、チルリはシドの部屋の寝室に引きこもってしまった。普段だとアブザルになっている時間なので、アブザルと話がしたいとパトリックが部屋までやってきて、寝室のドアをノックするも反応はなかった。おやつも全部は食べてなかったし、酷く興奮して脳が活性化したことで、今もチルリのままでいられるんだろう。皮肉なことだ。

シドが食堂であったことを伝えると「しばらく一人にさせておく方がいいのかな」とパトリックは閉じられたままのドアを見つめた。

帰ろうとしたパトリックを引き止めて、抱きしめる。チルリがあの状態なので、しようという気分にはなれないが、傍にいてほしかった。パトリックは抱かれたままでいてくれたが、しばらくすると「しないのか？」と聞いてきた。

「しない。けど、こうしていたい」

パトリックは「はあっ」と迷惑そうなため息をつくも、付き合ってくれる。立ったままも何なので、ソファに腰掛けて膝の上に乗ってもらう。ぴたりとくっついたパトリックからは、森の散歩から帰ってきたような、清々《すがすが》しい匂いがする。

チルリの件が大変なのか、パトリックは自分の【乗り換え】の話をしなくなった。【乗り換え】すると決めたものの、今より状態が悪くなるかもという不安は胸の片隅にあるので、それが先延ばしになるのは、全然かまわない。

どうしても傷ついてしまう魂。これまでは安全に【乗り換え】して活動することが０の最大の目標だったが、これからはそれに加えて傷つきながらも楽しく生きていくことを考えるのが必要な時期になってきているのかもしれない。

「……０はこれから、どうなると思う?」

返事は期待していなかったのに、パトリックは「いつかいなくなるだろうね」と当然のように呟いた。

「いなくなる?」

「そうだよ。傷ついたり、不慮《ふりょ》の事故で死んだり、そうやって誰もいなくなるんだろ」

それは、遙か遠い未来の話だろう。

「私はね、絶滅する０を見届けたい。最後の一人になりたいんだ」

「一人で最後まで残るなんて、寂しいよ」

「いや、かえって清々しいんじゃないか」

やっぱりこの人は変わっている。けどパトリックの魂が最後まで残って自分を見届けてくれるなら、安心できる。【本体の精神】を制御できないこと、なくなった記憶、それらが絡《から》まった不安も薄れていく。

欲望が下っ腹からせり上がってきて、最後まで自分を見守る予定の魂にキスをする。精神で甘えて、肉体でも甘えたい。やっぱりしようかと七割ぐらい気持ちが傾いていたら、廊下に続くドアがノックされた。甘い気分を邪魔されて、トーンダウンしたまま「はい、何？」と返事をする。

「シド、部屋の窓が開いてるぞ」

ミンゼァの声だ。

「部屋の窓？」

「外は雨が降ってるから、閉めといた方がいいぞ」

今いる部屋の窓は閉まっていて、細かい雨粒の跡が流れているのが見える。もしや、と思いチルリのいる寝室のドアをノックもせずに開ける。途端、ぶわっと風が首筋を吹き抜けた。向かいにある窓が大きく開き、薄いレースのカーテンをなぶりながら雨が吹き込んできている。ベッドの上に、子供の姿はない。

窓に駆け寄る。ここは一階なので、窓枠《まどわく》さえ乗り越えてしまえば、五歳の子供の体でも外へ出ていける。

強い雨のせいで、普段の夕方よりも辺りは薄暗い。

「チルリ！」

名前を呼んでも、雨のカーテンの中に吸い込まれていくだけ。返事はなかった。

雨が降り、日が暮れかけた薄暗いネストの中で、シドはチルリを探し回った。よく行く場所、畜舎や牧場を端から端まで歩くも、どこにもいない。パトリックとミンゼァも手伝ってくれたが、見つけられなかった。

シドは必死だった。チルリを一人にせず、無理にでも寝室に入り込んで話を聞いてあげればよかったと何度も後悔した。

探しているうちに、夕食の時間になる。食欲がなかったので、自分は後にするからと、パトリックとミンゼァには先に食堂へ行ってもらった。

舗装《ほそう》されていない場所も歩いたので、靴は土で汚れてドロドロ。傘を差していても風があるので雨が斜めに入り込み、制服はびしょ濡れになっている。フォーンをつけていたら位置情報で探せるのに、チルリは外してサイドテーブルに置いていた。

どこにもいないから、隠れているかも、見落としているかもと、何度も同じ場所を探してしまう。

ハウスの裏を回っていた時に、ガタンと物音が聞こえた。それはAの物置小屋からだった。Eのチルリがの物置小屋に隠れるとは思えなかったが、どうしても見つかりたくなくて、こちらの裏をかいた可能性もある。何せチルリは粛清部隊の「虫」だ。この時間だったら、まだ物置小屋に鍵はかかっていない筈だ。中にいたのがチルリではなくAの人間で、性交などしていたとしても、邪魔してすまなかったと謝ればいい。

木製の扉を少し開けただけで、濃い血の匂いが鼻の奥までムワッとくる。雨が降っていたせいなのか、外までは匂ってはいなかった。血の臭いに胸騒ぎを覚えつつ、ドアを大きく開く。

物置小屋の真ん中で、誰かが俯《うつぶ》せになって倒れていた。その頭は、真っ赤な血の海にドプリと浸っている。傍に、チルリが膝をついて座っていた。銀色の髪、犬耳が、まだら模様に赤くなっている。

「シド?」

こちらを振り向いたチルリ、その右手にはフォークが握られていた。

「……こいつ、俺をポンコツの嘘つき野郎って言ったからさ。ちゃんと狙ったら、一刺しで死んだ。呆気ないな。これでこいつも、次に【乗り換え】た時に、俺が本当に粛清部隊の『虫』で、そいつに殺されたって、実感するだろ。傷なしだから、永遠に記憶に残るだろうな」

血だらけの顔で、チルリは笑う。そしてシドに向かって「ほら」と何か投げてきた。慌てて右手でキャッチする。それは血濡れた白い粒……だった。

「それ、この赤毛野郎だから」

これは、この白い粒はドノヴァンだ。シドは体がブルッと震えた。ドノヴァンは死んだ。チルリに殺された。けど死んだのは寄生した体だけ。粒はある。自分の手の中にある。これをビルア種の子に飲ませたら、ドノヴァンを生き返らせることができる。

チルリはフォークをポンと放り出し「あーあ」と呟いた。ショックで停止していたシドの思考が、動き始める。早く上へ報告しないといけない。それから……。

「や、やってしまったことは、もう仕方ないから」

それしか言えない。チルリはフッと笑い「もう、俺を起こさないで」と肩を竦《すく》めた。

「えっ？」

ゆっくりと近づいてきたチルリに、シドは突き飛ばされる。後ろ向きに転んだ隙に、チルリは雨の中へ飛び出していった。慌てて起き上がったけど、小さな子供の姿はもう見えない。雨で視界も悪い。いったいどこに……シドは冷たい雨の中を闇雲に走った。

何度も何度もチルリの名前を呼ぶ。びしょ濡れで走り回っているうちに「おい」と声をかけられた。パトリックとミンゼァがつれだって近づいてくる。

「お前、傘も差さずにどうした」

パトリックが自分に傘を差し掛けてきた。話さないといけない。チルリが仲間を殺してしまったこと、そして右手の中に殺されたドノヴァンの粒があることを……。

「おい、あれは何だ？」

食事を終えて寮に戻ろうとしていた仲間が、声をあげた。

「あそこにいるのは、誰だ？」

指さす方角に顔を向けた。時計塔の屋根に誰かいる。

「あれ、危ないじゃないか。まだ体の小さい奴だな」

雨風にさらされる小さな影。銀色の髪……。

「シド、あれってチルリじゃないのか」

ミンゼァに肩を摑まれた。嫌な予感がする。嫌な予感しかしない。時計塔の屋根に行くには、階段を使ってバルコニーに出て、そこから梯子《はしご》で登るしかない。シドが時計塔に入ろうと駆け出したその瞬間、屋根の上から小さな体が飛んだ。

早いような、遅いような、よくわからない速度で落ちてきた小さな体は、石畳の地面に叩きつけられてビダンと大きな音をたてた。

「うわあああああっ」

悲鳴、叫び。そして駆け寄っていく後ろ姿。人だかりで、みるみる目の前が見えなくなっていく。

「あぁ」

隣で、落胆のため息が聞こえた。

「……死んでしまったか。せっかく時間をかけてケアしていたのに」

パトリックはゆっくりと歩き、人ごみの中に入っていく。震えながら手の中の粒を握り締め、シドはその場にガクリと崩れ落ちた。

目を開けると、周囲は明るかった。窓から差し込む朝日が、いつになく眩《まぶ》しい。昨夜《ゆうべ》……寝るその直前まで、体は燃えるように熱く、吐く息に籠《こ》もる熱は鬱陶《うっとう》しいほどだったのに、それらの気配がなくなっている。

シドはベッドに横になったまま、額《ひたい》に手をあてた。指先が、ひやりとする。熱が下がっている。入院してから初めてのことだ。

原因不明の高熱は、多少の上がり下がりはあるもののなかなか引かず、頼みの薬も効いたり効かなかったり。主治医も困り果て「皮膚が切れた、骨が折れたって物理的に壊れた方が、治療も簡単なんだけどなぁ」とため息まじりに漏らしていた。

……十日ほど前、チルリが時計塔から飛び降りた。チルリに殺されたドノヴァン、チルリの自殺と相次いで目《ま》の当たりにしたことで、シドは頭の中が真っ白になるほど衝撃を受けた。それに加えて雨の中、姿の見えないチルリを探し回って体が冷えたこともまずかったのか、翌朝に熱が出た。

一日に起こる出来事としては、脳と体の許容量を超えていたのは明白。原因はわかっていたので、安静にしていればすぐに落ち着くだろうと、一日中ベッドで寝て過ごした。けれど翌日になっても熱は下がらず、高熱のあまり立つこともできなくなった。ビルア種は基本体温が高いとはいえ、それにしても酷《ひど》い。これは自分では対応できないと判断し、ハウスマスターに状態を伝えると、すぐさま病院に連れて行かれた。

いくつも検査をし、薬も何種類か試したが、熱は下がらない。頭は鈍器《どんき》で殴られるみたいにズンズンと重く痛み、突発的に吐き気が込み上げてきて嘔吐《おうと》する。最悪の体調の中、何度も繰り返し同じ夢を見た。血まみれのチルリが、虐《いじ》めてきたドノヴァンをメッタ刺しにする夢。止めたいのに、自分の体は人形にでもなったみたいにピクリとも動かない。そして目も閉じられないまま、惨状《さんじょう》をつぶさに見せつけられる。心が壊れてしまいそうで、叫んでも夢の中。まさに地獄だった。

ベッドの上、ゆっくりと半身を起こす。昨日までは頭痛と関節の痛み、猛烈な倦怠感《けんたいかん》で起き上がることもできなかったのに、まるで引《ひ》き潮《しお》のように全ての不調が消え失せた。あまりに辛《つら》いので、この肉体は死んでしまうのではないかと怖かったが、症状が落ち着いてよかった。この肉体が死ぬと、別の肉体に【乗り換え】ないといけなくなる。次の肉体との相性が悪ければ、今以上に【本体の精神】の制御《せいぎょ》に苦しめられることになる。

『お部屋に入ってもよろしいですか』

室内にあるスピーカーから、看護師の声が聞こえてくる。「はい」と返事をすると水色のユニフォームを着た若い男性看護師が入ってきた。

ベッドに腰掛けている自分を見て、看護師は驚いた表情になった。そして「今日は気分がよさそうですね」と微笑《ほほえ》み、点滴を交換する。まともに食事を摂《と》ることもできず、点滴で肉体を生き長らえさせている状況だったが、調子がよくなると途端に空腹が自己主張してくる。

「今日は気分がよくて。お腹も空《す》いてきました」

そう伝えると、看護師は「食事の件は先生に聞いてみますね」と満面の笑顔で頷いた。彼には犬耳や尻尾《しっぽ》はついていない。ここはビルア種……ハイビルアに特化した専門病院で理事長や医師は全員O《オー》で固められているが、看護師と事務員は普通の人間やビルア種なんだと主治医が教えてくれた。

「俺が入院している間、誰かお見舞いに来てませんでしたか?」

看護師は腕時計型のフォーンを操作して画面を確認し「来られてないですね」と答える。入院している間、誰も来なかった……心配してもらえなかったのかと、心に小さな影がさす。

「熱の原因が特定できなくて感染症の可能性もあったので、皆さん控えていたんだと思いますよ」

そんな寂しい心境を汲《く》み取ったのか、看護師は優しく慰《なぐさ》めてくれる。彼が部屋を出ていって十分もせぬうちに「調子がいいそうだね」と主治医が、いつものしかめっ面《つら》ではなく目尻の下がったご機嫌な顔で病室にやってきた。内科の専門医で、見た目は十五、六歳だが、【乗り換え】る度《たび》に医者をやっている大ベテランだ。簡単な診察のあと「あらゆる種類の薬を併用《へいよう》していたから、正直何が効いたのかわからないけど、全身検査をして問題なければ、すぐに退院できるよ」と言ってくれた。

「君は若いし、ここは退屈だろ。少しでも早くネストに帰りたいよね」

そう言って、午前中に検査の予約を入れてくれた。検査室に移動し、体全体がすっぽり覆《おお》われる筒《つつ》型の装置に十分ほど入ると全身検査は終了。ほぼ寝たきりだったので筋力の低下はあるが、動いても頭痛や自覚できるほどの熱発《ねっぱつ》はない。ああ、やっとよくなったんだと喜びを嚙みしめる。

病室に戻ったのは十一時前。グルグル鳴る腹を押さえて、昼ご飯は何が出るかな、と楽しみに待っていた。

体調の悪かった時期は、まるでこの体に虐められているように感じた。熱よ下がれ、頭痛よ止まれとそのことしか考えられなかったし、頭は霧の中に迷い込んでるみたいに常にぼんやりしていた。

症状が落ち着いたので、ようやく他のことを考える余裕が出てくる。パトリックは入院したまま戻ってこない自分のことを少しは気にしてくれたかなと。最悪死んでも【乗り換え】ればいいので、壊れた肉体に固執《こしつ》しても仕方ないとか考えていそうな気がする。

「入るよ」

スピーカーから主治医の声が聞こえてきて、返事をする前にドアが開いた。こちらの承諾を得ず、せっかちに部屋に入ってくる。マナーのしっかりした人物だったので多少の違和感を覚えつつ、検査の結果が問題なく、明日には退院という嬉しい知らせを早く伝えてくれようとしたんだろうと前向きに解釈する。

けれど肝心《かんじん》の主治医の表情は、眉間《みけん》に皺《しわ》が深く刻まれ、上機嫌とは言い難《がた》い雰囲気だった。体調は確実によくなっているのに、結果は思わしくなかったんだろうか。

「珍しいパターンなので、早く話しておいた方がいいだろうと思ってね」

そう前置きされる。頭に浮かんだのは、全身検査で別の深刻な病気を見つけてしまったのではないかということ。どんなに健康に気をつけても、病はステルス的に襲ってくる。現代医学がカバーできない範囲まで。やっと高熱と頭痛から解放されたと思ったのに、他の病気による余命宣告という最悪の可能性を覚悟し「あの、俺の体に何があったんでしょうか」とおそるおそる問いかけた。

中世の城壁を思わせる、不揃いな石が高く積み上げられた重厚感《じゅうこうかん》のある白い壁に沿ってシドは歩く。昔の景観を守るために足許《あしもと》も昔ながらの凹凸《おうとつ》のある石畳《いしだたみ》で、カツカツとやたら靴音が響く。

壁に組み込まれた、四角い建物が見えてくる。ここは門番の住居だ。その下は石がアーチ状に組まれた短いトンネルになっていて、奥に両開きになった木製の扉がある。

扉の前に立つと勝手にスキャンがはじまり、登録者だと認識されれば自動で扉が開く。その向こうには、見慣れたネストの景色が広がっていた。離れていたのは二週間と少しなのに、やけに懐かしく感じてしまう。不在の間に新緑の時期は過ぎ、周囲の木々の緑は深く濃い色に変わっていた。

時間割的には午前の四時限目になるが、形だけの授業なので木陰で昼寝をしたり、友人と話をしながら散歩をしたりと敷地のあちらこちらで生徒が自由にたむろしている。

病院で働いている人は、O、普通のビルア種、人間が混在していた。それに慣れていたので、見る人、すれ違う人、全員に耳と尻尾があり、そして確実に同族Oというのは、他で得られないホーム的な安心感があった。

石畳の広場の向こうに時計塔が見えて、あの日の記憶が否《いや》が応《おう》でも呼び戻される。降りしきる雨の中、高い場所から飛んだ小さな体。胸がジクリと痛む。チルリは最悪の結末を迎えた。自分はあの時どうすればよかったのか、何が正解だったのかという問いかけに、未《いま》だ答えは見つけられていない。

森に入る小道までできたところで「シド！」と甲高い声で名前を呼ばれた。ミンゼァがこちらに向かって走ってきて、勢いのまま飛びつかれた。受けとめきれずによろけて、芝生の上にへなへなと座り込む。

シドの着ているカットソーの胸元を、皺になるほどギュッと握り締めてくるミンゼァ。金色の犬耳が、プルプルと細かく震えている。

「すごい、熱烈な歓迎だな」

顔を上げたミンゼァの瞳には、大粒の涙が浮かんでいてギョッとした。

「おっ、お前が死んだんじゃないかって噂があったんだよ！」

看護師が予測していたように、自分への見舞いは禁止されていた。熱が高い、体調が悪いといったザックリした情報をEクラスのマスターであるワイリが寮のみんなに伝えただけで、続報はなかった。ミンゼァがワイリに聞いても「俺も知らないんだ」と言われたらしい。

何の情報もなく、ただただ入院が長引くうちに憶測が憶測を呼び、酷い感染症にかかって死線を彷徨《さまよ》っていると噂がたった。実はシドは既に亡くなっていて、肉体の汚染が魂《たましい》の粒にまでおよび、【乗り換え】もできないまま保管されることになったらしいと、パニック小説のような捏造《ねつぞう》ストーリーがまことしやかに囁かれていたと、ミンゼァは憤慨していた。

「それは酷いなぁ」

ついつい笑ってしまうが、真実はみんなの想像から遠くない場所にある。自分はウイルスに肉体を蝕《むしば》まれた。普通のビルア種であれば、すでに亡くなっていただろう。

「パトリックはどうしてる？」

病み上がりの膝の上に乗っているミンゼァが「いつも通りだよ」と答える。急な入院で時計型のフォーンを忘れ、感染症の予防措置《そち》のためかそれが病室に届けられることはなかった。体調が悪い時はフォーンを使う気にもなれなかったのでかまわないが、そのせいで入院中はネストの誰とも連絡が取れなかった。

面会はできない、連絡も取れないとはいえ、病院か病棟に連絡すれば、伝言ぐらいは残せた筈《はず》だ。でもパトリックはそれをしてくれなかった。

「シドが感染症で危ないかも、大変かもって話をしたら『そう』って他人事《ひとごと》だったな。まぁ最悪、体に何かあっても【乗り換え】ればいいと思ってたのかもしれないけど」

パトリックはコントロールが上手くいかないこの肉体を新しいものにさせたがっていた。なので今の肉体が死に、【乗り換え】るとなれば、それは彼にとって歓迎すべき出来事だったのかもしれない。しかし幸か不幸か、この肉体は【乗り換え】の必要はなくなった。

「【乗り換え】っていえば、ドノヴァンが大変だったんだ」

ゴクリと唾《つば》を飲み込む。チルリに殺された意地悪なドノヴァン。殺害直後の物置小屋に駆けつけた自分に投げつけられた、ドノヴァンの魂。血まみれになった白い粒……。

「あの事件でさ、シドが目撃したのはドノヴァンが死んだ後で、チルリが殺した瞬間は見てなかっただろう。それでいてチルリも死んで監視カメラの映像もないから、実際にどういう状況でああいう事件に至ったのかわからなかったんだ。俺は傍《そば》で見てたし、ドノヴァンの虐めが酷かったのを恨んでだなって動機も理解できるけど、それはあくまで想像。裁判所が、被害者本人から直接聞かないと判決は下せないってことで、ドノヴァンは事件の三日後に【乗り換え】たんだよ」

同族を虐めていたとはいえ、寄生していた肉体を殺されていいわけじゃない。ドノヴァンが早々に次の肉体に【乗り換え】をするのは当然の権利だ。

「【乗り換え】たまではよかったけど、まともな状態じゃなかったらしくてさ」

ミンゼァは思わせぶりにハアッとため息をつく。気になって「何か問題があったのか?」と先を促《うなが》す。

「殺されたショックがでかすぎて、精神崩壊。あんな殺され方、経験しようと思ってできるものじゃないから無理もないとはいえ、俺は半分ぐらい自業自得だと思ってる。で、ドノヴァンは、治療を受けることになって専門病院に入院。叫んでばっかで、人とろくに話もできないから、裁判のためにチルリも【乗り換え】させたんだ」

背筋がスッと冷たくなる。チルリの、自分に向けられた最後の言葉は「もう、俺を起こさないで」だった。魂が深く傷ついた不幸な同族は、【乗り換え】することを望んでいなかった。ドノヴァンを殺した時点で、本人も死……「永遠の眠り」につくつもりだった筈だ。

ミンゼァは金色の尻尾をユラユラと左右に揺らす。

「同族に手をかけた犯罪者は【乗り換え】させないけど、早々に事件を解明するために『自白させて判決が出たらすぐにビルア種から取りだして永久保存』って条件付きでさ。ドノヴァンの回復を待った方がいいんじゃって意見もあったけど、パトリックが両方の主張を聞いた方がいいって押し切ったらしい。確かにまぁ、ドノヴァン一人の証言で判決ってのはフェアじゃないと俺も思う」

入院している間に、感傷《かんしょう》に浸《ひた》る間もなく状況はめまぐるしく変化している。正直、頭がついていかない。

「ドノヴァンとチルリは、パトリックが【乗り換え】させたのか？」

そうだよ、とミンゼァは頷く。

「ネストの敷地内の事件だからね。もしこれが外で起こっていたら、校内で学生が学生を殺して、加害者が自殺したってことで、世間的には大騒ぎになってたと思う」

ネスト内のことはネストで処理する。確かにその方が合理的だ。

「ドノヴァンの治療には、年単位で時間がかかりそうだってさ。チルリも四、五日前かな、【乗り換え】て今は研究棟の地下にある監禁室にいる。話をしたかったんだけど『犯罪者』ってことでパトリックしか対応できないんだ。だから今、どういう個体に乗り移って、どういう状態なのか、パトリック以外は誰も知らないし、教えてもらえないんだ」

研究棟の地下に身柄を拘束《こうそく》できる監禁室があるのは知っているが、普段はまず使うことがないので、ネストにいる殆《ほとん》どの同族は見たことがないだろう。自分もそうだ。

「チルリ、大丈夫かな。元の精神を押さえ込めなくて、すごく苦労していたのに」

チルリの魂についた傷は深すぎた。本体のコントロール具合は、【乗り換え】た個体の性質によるとはいえ、あの【本体の精神】の出現具合は、尋常ではなかった。今回の肉体では、少しはましになっているんだろうか。余計にコントロールできなくなっているなら、それは徒《いたずら》にチルリを苦しめることになる。

……あぁ、けどそういう心配はしなくていいのかもしれない。チルリは事件の詳細を聞きたいから【乗り換え】させられたわけで、聞かれたことに答えさえすれば、今度こそ本人の望むように「永遠の眠り」につくことができる。

ミンゼァは食堂に行く途中だったらしく「一緒に食べよう」と誘われたが、いったん寮に戻りたいからとそこで別れた。Ｅハウスのハウスマスター、ワイリに退院してきたことを報告すると、先に病院から連絡が入っていたらしく驚いた様子もなかった。「病み上がりで体力も衰《おとろ》えている筈だから、無理をしないように」と労《いたわ》られ「具合が悪い時はすぐに教えて」と、当たり前に注意された。

私服は目立つので、とりあえず制服に着替える。部屋で休んでいてもいいが、病院のベッドでもう飽きるほど寝たし、病状が再発することはない。

パトリックに会いたいし、チルリの様子も気になる……そう思った時には、足が研究棟へ向かっていた。石畳の道で遭遇した知り合いが「お前、しばらく入院してたよな。もう大丈夫なのか?」と声をかけてきて「すっかりよくなったよ。ありがとう」と笑顔で返す。

校舎の前を通り隣接する研究棟に近づいたところで、何やら言い争っている声が聞こえてきた。

「顔を見るだけでいいって言ってるだろ！」

研究棟の扉の前で怒鳴っているのは、背が高くがっしりした体格の人物だ。制服は着ていないから職員、もしくは来訪者で、服装と声からして男性だろう。顔は見えない。興奮しているのか髪と同じ色の茶色い犬耳はピンと立ち、尻尾は大きく膨《ふく》らんで毛が逆立っている。

男の向かいで、両腕を組み扉の前に立ちはだかっているのは黒髪に青い瞳……パトリックだ。二週間、いや正確には十六日ぶりに見たその姿に胸が沸き躍《おど》ったのもほんの一瞬。パトリックは警戒して伏せた耳をピクピクと神経質に震わせながら、茶色い犬耳の男を睨みつけている。

「何度お願いされても、研究棟への立ち入りは許可できない」

かつて聞いたことがないほど厳しい声に怯《ひる》んでしまい、思わず足が止まる。

「繰り返しになるが、今のチルリは犯罪者だ。そして彼の管理は私に一任されている。いくら本部の許可証を持ってきたところで、君に会うことがチルリに悪い影響を及ぼすと私が判断すれば無効になる」

パトリックがこれほど激しく言い争っている相手は誰だろうと、斜めに移動して背の高い男の顔を確かめる。ああ、知っている。この男はチルリが「虫」として働いていた時の同僚、バーンズ・杉田《すぎた》だ。前も一度、ここを訪ねて来ていた。

「頼む、顔を見るだけでいいんだ。俺はチルリに会うために、『虫』を辞めてこのネストの職員になったんだ」

祈る形に両手を組み合わせ、バーンズは懇願《こんがん》する。彼は肉体を【乗り換え】ても「虫」という粛清部隊に所属し続けていた男だ。自らの魂に最適な居場所を見つけた武闘派の0が、ぬるま湯のようなネストの職員に転職したというのは驚きだった。

「顔を見るだけという行為に意味はない。今のチルリの容姿は、君が前に会った時とは異なっている」

冷たく言い放ったパトリックに、バーンズが一歩……殴り掛かるのではないかと危惧《きぐ》するほど近くまで詰め寄った。

「それでもチルリが俺の姿を見れば、心配している人間が一人でもいると知れば、安心するだろう」

食い下がるバーンズを「何度説明させれば気が済むんだ」とパトリックは厳しい口調ではねのけた。

「チルリは罪人だ。本来なら粒のまま眠らされるところを、事件調査の名目《めいもく》で特別に【乗り換え】させた。しかし魂の傷のせいで、【本体の精神】のコントロールが殆どできず、肝心の自供《じきょう》がまだとれてない。不安定な精神状態で君に会わせることで、チルリが更に混乱して事件の詳細が聞き出せなくなったらどうしてくれる！　もうこれ以上、私の仕事の邪魔をするんじゃない」

パトリックの言い分は正しい。けれど正論で納得できないのが感情だ。バーンズは、友人のチルリを心から心配している。前の時もわざわざネストまで会いに来ていた。そこを汲《く》んであげないといけない。

「あの、久しぶり……です」

睨み合っている二人に近づき、声をかける。パトリックは自分に気づいて「あぁ」と機嫌の悪さを隠そうともしない声色で呟いた。ミンゼァのように熱烈歓迎とまではいかなくても「退院したのか?」「体は大丈夫か」ぐらいの気遣いが社交辞令でも欲しかったが、ない。おそらく今は、最悪のタイミングだった。

「君はチルリの友人のシドだな」

バーンズがこちらを指さす。

「そうです。チルリは前の肉体の時から【本体の精神】のコントロールがすごく大変だったから、パトリックが無理と判断したなら、今は駄目なんだと思う」

説明したあと、パトリックに視線を向けた。

「チルリはなかなかコントロールできなかったけど、たまに安定する時もあったよね。取り調べが終わった後で、パトリックが大丈夫だと判断できる時があったら、少しだけ彼をチルリに会わせてあげることはできないかな」

沈黙が続く。パトリックは横目でチラリとバーンズを窺うと「そうだな」と頷いた。

「こちらのするべきことが全て終わった後なら、多少は考慮しよう。それでいいな」

吐き捨て、パトリックは研究棟の中に戻った。電子制御の扉を、これ見よがしに手動でバンッと閉める。バーンズもこれ以上は無理だと悟《さと》ったのか、項垂《うなだ》れてため息をついた。そしてシドに振り返り「もし時間があるなら少し話をさせてもらえないだろうか」と縋《すが》るような目でお願いしてきた。


自室で話してもよかったが、職員になったというバーンズを部屋に招くと、性交渉だ何だとあれこれ邪推《じゃすい》されて面倒なことになりそうだったので、外で人気《ひとけ》のない場所を探した。近くにある池のほとりにゆくと、木陰でいかにもやってますという喘《あえ》ぎ声が聞こえてきて、仕方なくその奥の牧場まで歩いた。ここまで外れだと、確実に人はいない。

「ネストに畜舎なんてあったのか」

バーンズが物珍しそうに小屋の中を覗き込んでいるが、牛はもう一頭も残っていない。ミンゼァは牧畜に飽きていたし、自分も入院していたので世話ができなかった。あの牛たちは役目を終えたとして、食べられてしまったのかもしれない。

バーンズは草っ原にそのまま座り込んだ。(元)粛清部隊の「虫」は服が土で汚れるなど、些末《さまつ》なことは気にしていない。そういう大らかさはいい。話をしたいと誘ってきたのはバーンズなのに、自分から先に聞いてしまっていた。

「チルリのために『虫』を辞めたんですね。そこまでしなくても、ビジターでよかったんじゃないですか」

チルリは自白すると、すぐさま粒に戻される。そうなるとバーンズがここにいる意味はなくなってしまう。

バーンズは足許の、牛という敵がいなくなり伸び放題になった牧草を鷲掴《わしづか》みにし、ブチリと引きちぎった。

「職員になればもっと権限があると思ったんだ。確かにチルリのしたことは許されるものじゃないが、理由によっては減刑《げんけい》される可能性もあるんじゃないかと俺はみている」

驚いた。同族を、寄生した肉体だけとはいえ殺してしまったら、弁解の余地なく粒に戻り眠らされるものと思っていた。ドノヴァンから受けた虐め、もしくは「虫」だった頃の功績が考慮されて刑が軽くなるなんてことがあるのだろうか。

そうなればいいという希望に沸く胸と、ぶり返す記憶。「もう、俺を起こさないで」というチルリの最後の言葉。いや、もう【乗り換え】てしまっているのだから、その願いは叶えられなかったのだけれど。

「他の生徒に聞いた。君はチルリと仲良くしていたそうだな。それは境遇が似ていたからなのか？」

似た境遇とは、二人とも魂が傷ついたEランク同士ということだろうか。こちらの表情が変わったと気づいたのか、バーンズは「あぁ、気に障《さわ》ったのならすまない」と即座に謝ってきた。

「俺はここに就職する前、ネストの生徒、従業員の全リストを確認した。君には真っ先に話を聞きたかったんだが、入院中となっていたから……」

バーンズの表情は申し訳なさそうで、こちらを揶揄《やゆ》する気はなかったのだという気持ちが伝わってくる。「大丈夫ですよ」と口にすると、バーンズはホッとしたように胸に手をあててフウッと息をついた。

「デリケートな部分に踏み込んで聞いてしまうかもしれないが、他意はないんだ。許してくれ。魂の傷が多いと、押さえきれずに寄生した【本体の精神】が出てくるというのは聞いているが、具体的にどういう状況になるのか教えてもらえないだろうか。Eランクの者全員に聞いても、本体が出てきた経験をした者は殆どいなかったし、体験した者も一度だけとか、自覚はないという話だった。チルリも似た状況だと思うが、それがああいう凶行《きょうこう》に及ぶほどのストレスになるのかというのが疑問で……」

この男にチルリの本当の状態を話していいのかどうか悩む。本来なら、チルリの魂は【乗り換え】できるレベルではなかった。それを自分とパトリックでフォローしていて、その最中にあの事件がおこった。そして自分も、通常の基準では【乗り換え】不可の判定を出されるレベルで傷がついている。

バーンズに真実を話すことで、自分やチルリの状態を誤魔化していたとパトリックが罪に問われるかもしれない。不幸な魂を救済し、何とか普通に生活できるよう導いてくれる優しい人に、迷惑をかけたくない。だから傷の状態は話さない。

「傷じゃなくて、ドノヴァンの虐めが問題だと思う。酷かったから」

原因を一点に集中させる。バーンズは「あぁ」と小さく呟いた。初めて知った風ではない。

「Eハウスの複数人から、ドノヴァンがチルリに暴言を吐いていたという話を聞かされた」

バーンズは苦笑いする。やはり聞いていたのだ。

「ドノヴァンはBクラス以下、特にEクラスには特別にあたりがきつかった。俺も何度か嫌みを言われた。チルリは【乗り換え】た肉体が幼かったから、それも影響して感情の制御も上手くいってなかった。けど頑張ってたんだ。『虫』だったことを誇《ほこ》りに思っていたのに、それを嘘だとドノヴァンに責められて、チルリは怒りを爆発させて暴挙に出てしまった」

嘘はついてない。バーンズは茶色の髪をぐしゃぐしゃと掻《か》き回したあとに俯《うつむ》き、黙り込んだ。少し風が出てきた。短く生《は》えそろった牧草が擦《こす》れて、カサカサと音をたてる。天気はいいのに、その音はどことなく物寂しく感じられる。

「君はパトリックの恋人なんだってな」

何の前振りもなくそう聞かれた。どうして知っている？　の疑問も、あれだけ互いの部屋を行き来していれば、付き合っていると勝手に認知され、誰かにバラされても無理はないなと自己完結する。

「恋人というか、その……」

自分たち種族の関係を、人間や普通のビルア種が使う言葉で表現していいのか迷う。

「何にせよ、仲がいいと聞いてる。……俺はもう何度もパトリックにチルリへの面会を申し入れているが、断られ続けている。その気になれば力尽《ず》くで入れないこともないんだが……それは俺の我儘《わがまま》で、チルリのためにならない。さっきは君が助言してくれたおかげで、全てが終わった後なら面会を考慮するという譲歩を初めて奴から引き出せた。少し希望が見えてきたよ」

バーンズは膝に両肘《りょうひじ》をつき、顔の前で指を組み合わせた。

「チルリに会わせろとしつこかったせいだろうな、俺はパトリックに嫌われている。けど君にならら、親しくしている相手なら、チルリのことを話すんじゃないだろうか。誤解しないでほしいが、無理に聞き出せってわけじゃない。会話の中でチルリのことを耳にする機会があれば、俺に教えてもらいたいんだ。辛いことはないか、欲しいものはないか……可能なら、望むものは差し入れてやりたい。それぐらいは許されるだろう。罪を犯し、裁《さば》かれないといけないとしても、監禁されたまま一人でいるのはかわいそうだ」

気持ちがひしひしと伝わってくる。この人は仲の良い友人を、その身を心から案じている。たとえチルリが休眠させられようとも、最後まで寄り添おうとしている。利用価値の有無《うむ》で接近したり、離れたり、そういうO特有の関係性とは少し違っている。

ああ、いいな。羨《うらや》ましい。もし自分が最期《さいご》を迎えることがあれば、こんな風な気持ちを持った誰かに寄り添われたい。

「差し入れをできるかどうかはわからないけど、パトリックに話を聞いて、それを君に伝えるぐらいは大丈夫だと思う」

バーンスは緑色の瞳を潤《うる》ませ「ありがとう」と深く頭を下げた。

「俺たちの種は割り切った、サバサバした付き合いの者が多い。だが『虫』は同じ魂が繰り返しその仕事に就《つ》くから、自然と繋《つな》がりが深くなる。チルリは永遠に俺の傍にいると思ってたんだ。もしかしたら、俺はチルリに対して人やビルア種が言うところの、愛という感情を抱《いだ》いているのかもしれない。肉体関係としては何もないいんだが、もしこの感情に適した名前をつけるとすれば……」

胸が、何かの病ではないかと思うほど強くズキリと痛む。バーンズが愛していたかもしれないチルリは、もうバーンズのことを覚えていない。何も覚えてない。「虫」として働いた記憶は、傷と共に削《けず》り取られて、どこかに飛び去ってしまった。

パトリックのバーンズに対する態度を、冷たいと感じた。けれどああやって突き放した方が、何も覚えてないんだと敢《あ》えて教えない方が、最終的にバーンズの受けるダメージは少ないのかもしれなかった。

夕食を終えたあと「サロンで話をしよう。入院していた間のことを教えてくれよ」とミンゼァにせがまれたが「食べすぎたから、少し散歩してくる」と断って外へ出た。日の入りが遅くなっているので、午後七時になろうとしている今も辺りはまだ薄暗い程度。自分と同じようにぶらぶらと歩いている者も多い。

研究棟の窓には、ぽつぽつと灯《あか》りがついている。パトリックの研究室の窓も明るい。彼の食事時間は決まっていて、その時間帯に食堂にいないと、仕事に熱中して食べることを忘れている可能性が高い。今日はいつもの時間に見かけなかったので、そうなると夕飯抜き、もしくは摘《つ》まめるサンドイッチ的なものを食堂からデリバリーして簡単にすませているのかもしれない。

フォーンにメッセージを送っても反応はない。仕方ないので研究棟の向かいにある池のほとり、ベンチに座って水面に映る三日月をぼんやり眺めながら、研究室の様子を窺った。日が落ちきって辺りが暗くなっても、午後九時を回っても、まだ灯りは消えない。水面の三日月が、じわじわと横に移動していく。

十一時を過ぎて、ようやくパトリックの研究室の窓が暗くなった。それが最後で、研究棟で他に灯りのついている窓はない。

急いで研究棟へゆき、扉の横に立った。割にずぼらなパトリックが、研究室のソファでそのまま寝てしまわないようにと願いながら。十分ほど待っていると扉が開き、誰かが出てきた。街灯の明かりに照らされる黒い犬耳……。

「パトリック」

暗がりから声をかける。華奢《きゃしゃ》な体がビクンと大きく震え、こちらに振り向いた。大きく開かれた青い瞳はため息を共にゆっくりと細められる。

「何だ、お前か」

いつもの砕《くだ》けた口調に、自分もホッとする。

「夕方、食堂に来なかったね。……やっと病院から戻ってこられたよ」

「そうか。よかったな」

よかったと言ってくれるものの、とりあえず形ばかりつけてみたという雰囲気で、そこに労りの感情は見られない。

「俺が死んでもよかった?」

思わずそう聞いてしまった。パトリックは大きく瞬《まばた》きすると、背中を丸めて「ははっ」と声をあげ笑った。

「お前は死なないだろう。たとえその体が駄目になっても、また次の体に移ればいい」

そう、この体は所詮《しょせん》借り物。大事なのは、自分の意思で体を動かし、活動することだ。

「研究室、セキュリティが高くなったんだってね。生徒や事務員が入ろうとしても『あなたは登録されてません』ってアナウンスが出て扉が開かないってミンゼァに聞いたよ」

あぁ、とパトリックは犬耳を掻いた。

「今は犯罪者のチルリを収容しているからな。肉体年齢が五歳だし逃走の可能性は低いが、念のためにセキュリティは上げてくれと学園長に依頼した。なのでしばらくはこの体制だ」

チルリが犯罪者……間違ってはいないが、仲良くしていたのでそう呼ばれてしまうことに切なさを感じる。

「お前はこんな時間にどうしたんだ？」

小首を傾《かし》げ、パトリックは聞いてくる。

「二人で話がしたくて。昼間は揉《も》めててそれどころじゃない雰囲気だったし」

パトリックは「バーンズだな」と舌打ちした。

「面会は許可できないといくら説明しても納得しない。同じ話を何度もさせられると、いい加減、苛々《いらいら》してくる」

怒りを示すように、黒い尻尾を激しく左右に振る。傷ついた同族に優しいパトリック。かと思えばたまに冷淡な横顔を見せられて、この人はどういう人なんだろうと、わからなくなる。

「犯罪者になったチルリを追いかけてここの職員になるなんて、あの男は一人の同族に対する思い入れが強すぎる。それとも『虫』はああいう風に固執するタイプが多いのか？」

それに返事ができるほど、自分は「虫」とい粛清部隊について詳しい訳ではない。

「……二人は付き合いが長かったらしいよ。バーンズはチルリを愛しているかもしれないって言ってた。それだけ大事に思ってたんじゃないかな」

パトリックの口許がフッと、憐れむ形に歪《ゆが》んだ。

「そんな愛など忘れた方がいい」

それがバーンズに向けての言葉だと理解していても、まるで自分が言われてしまったかのように、胸が震える。

「チルリはバーンズを覚えてない。前の肉体の時から、『虫』の訓練所のことは覚えていても、実務の記憶はなくなっていた。前回、あんな風に乱暴に肉体を殺してしまったせいで更に傷がついて、今は訓練所の記憶もなくなっている。チルリにはもう『虫』の記憶は欠片《かけら》もない」

もっと深い傷、その影響で前の時より更に肉体のコントロールが難しくなっているとしたら……そんなの想像もしたくない。

「幸い新しい記憶の方は残っているが、チルリでいる時間が前以上に、極端に短い。そのせいで聴取《ちょうしゅ》に時間がかかっている。前回なら兎《と》も角《かく》、今回のチルリは私が手助けしても日常生活を送れるレベルではない。仕方ないので、上にも正しく報告をしている。聴取が終われば、チルリはすぐにあの肉体から取り出されて粒になる。眠った方が本人自身も楽だろう。今はそういう状態だ」

話を聞いているうちに呼吸が浅くなり、気づけば、頰を涙が伝っていた。

そうだな、と相槌《あいづち》を打つ声は、やはり感情に乏《とぼ》しい。冷たく聞こえる。

「チルリが可哀想だ」

「チルリは凶行に及んだが、私は本人の責任ではないと思っている。全て、予期せぬ傷のせいだ。これればかりは誰も、どれだけ気をつけていても、避けられない時がある」

パトリックの言葉が、少し優しくなった。溢れる涙を拭《ぬぐ》っていると、右腕を掴まれた。月明かりにぼんやりと光る綺麗な顔、青い瞳の中で自分の姿が揺れる。

「……私の部屋に来るか？　久しぶりに慰めてやろう」

チルリの置かれた状況を思うと悲しい。苦しい。……それなのに触れ合う予感に興奮してしまう矛盾した心を、どうにも隠せなかった。


病み上がりだから、仰向《あおむ》けのまま寝ていろと命じられた。腰の上に跨《また》がったパトリックは、勝手に動く。ほんの少し物足りなさはあるものの、気持ちいい。これが彼の考えた「体を気遣った慰め」らしかった。

優しくて、冷淡で、淫《みだ》らなパトリック。何度もキスして、強く抱き締める。自分はずっとこれを求めていたし、望んでいたものを得られて満足しているのに、荒野に一人、ぽつんと佇《たたず》んでいるような寂しさもひっそりと共存している。

職員棟にあるパトリックの部屋でセックスして、終わったのは夜中の一時過ぎ。このまま寝た振りをすれば、朝まで一緒にいられるかなと悶々《もんもん》としていると、隣で俯《うつぶ》せになっていたパトリックが両肘をつき、上半身を少し起こした。

「昼間、私が研究室に戻ったあと、お前がバーンズと牧場の方に歩いていくのが窓から見えた。彼は私のことを何か言っていたか？」

顔を近づけ、聞いてくる。余韻《よいん》を楽しむ甘い時間にバーンズの名前を出されて、戸惑いを隠せない。

「バーンズが気にしているのはチルリのことだけだよ。あとは……そう、パトリックに嫌われてると思ってるみたい」

パトリックは「そうか」と顎《あご》の下に手のひらをあてる。指には、緑色のトルコ石の指輪がある。アクセサリーの類《たぐ》いに興味のなさそうなパトリックがこれだけは体の一部のように身につけている。それだけ気に入ってるんだろう。もし自分が何かあげたらつけてくれるだろうか。

「……そういえばお前が感染症というのは聞いていたが、随分と入院が長引いていたな」

「熱がずっと出てるのに、原因がわからなくて。薬の組み合わせを色々試しているうちに効くパターンを見つけて、それでよくなったんだ」

パトリックがじっと見つめてきて、探るような視線に嘘がばれているんじゃないかと焦《あせ》って鼓動が早くなる。

「無理して不具合のある肉体を治療しなくても、死んだら新しい体に移動させてやったのに」
合理的に考えればそれも一つの手。パトリックはそういう風に考えるだろうと思っていたので、寂しさはあっても驚きはない。

……そして自分にはもう新しい体は必要ない。なぜならこの肉体の【本体の精神】は、死んでしまったからだ。

連日、高熱にさらされ続けたことで、本体の脳細胞は死滅《しめつ》し、いわゆる植物状態になった。体調が悪くなってから【本体の精神】は出てきていなかったので、そのことに気づかなかった。熱が下がり、調子が良くなったあの日、全身検査の結果を見た主治医は脳波《のうは》の反応がない……脳死の状態になっていることに驚いていた。そして「寄生中に本体の脳が何らかの原因で破壊され、精神が死んだケースは何例かあり、その状態でも大部分は三十歳まで無事にその肉体で過ごしているから、君の場合も大丈夫だろう」と説明を受けた。

これまで【本体の精神】の出現に散々苦しめられてきたので、思いがけず救われたことになる。主治医は「特殊な例なので今後が不安だろうが……」と話していたが、自分にしてみれば幸運でしかなかった。

主治医は自分が【本体の精神】のコントロールに苦しんでいたことを知らない。知っているのはパトリックだけ。そのパトリックにも、自分に出てくる【本体の精神】の頻度《ひんど》が、チリルよりましとはいえ、かなり酷かったことは伝えていない。

【本体の精神】は死んだ。この肉体にいる限り、もう何の不具合もないんだとパトリックに打ち明けようかと思ったが、踏ん切りがつかない。不運な同族に優しいパトリック。手がかからなくなれば興味が薄れ、放っておかれるかもしれない。それなら本当のことを言わないまま、【乗り換え】の勧めをのらりくらりとかわしながら、次の肉体まで今の関係を続けたい。

「……組織から君に、何か連絡はなかったか？」

パトリックがおかしなことを聞いてくる。

「組織が？　どうして俺なんかに？」

しばらく黙り込み、そして「感染症で、何か……問題があったんじゃないかと」とパトリックはよくわからない言い訳をしてきた。

「原因は不明だけど治ったし、肉体の病気なんてよくあることだ。病気を理由にこれまで組織が個人に介入してきたことってあるのかな？」

パトリックは無言のまま、甘えるようにぴたりと体を寄せてくる。何を気にしているんだろうと思っていると、黒い尻尾が自分の腰骨のあたりをそろそろと撫でてきた。くすぐったいし、股間がウズウズしてくる。俯せて顔を隠すと「どうした？」と犬耳に息を吹きかけられる。

「尻尾で撫でるの、やめて」

「こういうの、好きだろう」

「……またしたくなるから」

ククッと押し殺したような笑いが耳許にかかる。変な空気が消えて、甘い気持ちが膨らんで、何だか幸せな気分になる。自分の幸せだけ噛み締めていられたらいいのに、頭の隅を過《よぎ》る。愛しているかもしれないと言った声。可哀想な声。

「……あのさ、バーンズにチルリのことを話してあげちゃだめかな。どんなことでも、少しでもいいんだ。そうやってチルリのことを教えてあげたら、バーンズも満足すると思うから」

パトリックが、またかといった呆れた表情でため息をつく。

「教えてもいいが、バーンズが楽しめる話は一つもないぞ。チルリは滅多《めった》に出てこないし、出てきたら出てきたで『なぜ【乗り換え】させた、俺を殺せ』の怒号《どごう》の嵐で、一方的に不満を垂れ流すだけ。殺害の状況を聞きたくても、人の話を聞かない。だから会話がまともに成立しない」

きつい現実。冷たい手で撫で回されるように、心臓がひやりとする。

「今、チルリの中にあるのは憎悪だけだ。繰り返し繰り返し、同じことばかり訴えてくる。私という存在の記憶は残っているが、お前のことはどうだろうな。……取り調べが終わっても、バーンズはチルリに会わない方がいい。チルリは覚えてないし、あのチルリを見ればバーンズはダメージを受ける。互いが不幸になるだけだ」

話していることは理解できるが、感情が追いつかない。

「けど、けど、バーンズはチルリを愛しているかもしれないって言ってて……」

パトリックは動揺する自分を青い瞳に捉え「それなら」と口を開いた。

「幸せな解決方法を教えてやろう。嘘をつくんだ。バーンズに『君は永遠に俺の友達だ』とチルリが話していたと伝えるんだ。それとも『俺も君を愛していた』の方がいいかな。あぁそちらがいい。この状況下で最も幸せなストーリーになる。バーンズにチルリは会わせないまま粒に戻す。粒になり『永遠の眠り』につくなら、どんな嘘をついてもばれることはない。それならバーンズが納得する、幸せな夢を見させてやればいい」

もし自分がバーンズの立場だったらどうだろう。嘘をつかれてまで幸せな夢を見たいと思うだろうか。

「そんなの、残酷だよ」

声が震える。パトリックは黒い犬耳をピクピクと震わせた。

「残酷だと思うのはお前の感情だ。たとえ偽物でも、バーンズが幸せだと思うなら、それはそれで成立し完結するんだ」

自信たっぷりの口調は、本当にパトリックが正しいんだと自分に揺さぶりをかけてくる。けれどやっぱりどうにも間違っている気がして、感情がメトロノームのように左右に揺れて、自分の中でどう折り合いをつけていけばいいのか、わからなくなっていった。

紙の本は重たい。腕が疲れてきた。一人がけのソファで、前方にずり下がってだらしなく座り、腹の上に本を置いた。ページを捲《めく》ると、ふわっと埃《ほこり》の匂いが立ち上って、反射的にクチンとくしゃみが出る。図書室は人がおらず静かなので、小さな音でもやたらと大きく響いてしまう。

ネストは、職員棟の奥に図書室がある。紙の本を収蔵し、生徒や教師に貸し出すという前時《ぜんじ》代的《だいてき》なシステムの名残《なごり》だ。本は電子が基本なので紙の本は殆《ほとん》ど出版されておらず、情操教育によいということで子供向けの本は発刊されているが、それ以外となると今や貴重品。ここの図書室には歴史の遺物、記念品的な扱いの大量の本が残されている。もう作られていないから貴重だというのはわかるが、紙の本が廃《すた》れていったことにはそれなりの理由がある。重たい、嵩《かさ》張《ば》る……諸々。図書室は生徒に限らず誰でも自由に使えるが、読書目的で来る者は数えるほどしかいない。いるのは人がいないことに目をつけ、情事のために書架《しょか》の隅に潜り込む輩《やから》ぐらいだ。

シドは先週から図書室に通い、窓際にあるソファの主《ぬし》になって紙の本を読んでいる。検索システムを使って探し当てた恋愛小説だ。時代を問わず手当たり次第に恋愛小説を読んでいるうちに、古い本に書かれた恋愛観に興味を持ち、それからどんどん古い時代に遡《さかのぼ》ってゆき、最終的に電子化されていない図書室の本にまで手をつけた。

自分たちの種族……性別を自由に選べ、抱くことも抱かれることも経験し、性行為の目的は快楽のみ、そして増殖することのない種族が「愛する」と思うことの意味を、このところずっと考え続けている。

古い恋愛小説だと、男性、女性、子供、家族という人間関係が絡《から》んで話が進んでいく。性欲のみの関係はよしとしない流れがあり、気持ちが重要だと繰り返し訴《うった》えかけてくる。それに同調できるような、できないような……よくわからない。

昔の小説で気になるのは、死が劇的に扱われていることだ。命をかけて愛すというパターンが多く、それをことさら美化している。気をつけていれば、ほぼ永遠の生を約束されている自分たちの種族からすれば、感情を揺さぶるために用意された約束事のような白々《しらじら》しさを覚える。

もし人間やビルア種が永遠の命を手に入れたとしたら、恋愛小説はどんな風に変わるんだろうと、現実にはありえないことを考えてしまう。

ごく近くで足音が聞こえた。書架の間にバーンズがいるのが見えて、驚いた。どうしてこんな所に……と訝《いぶか》しんでいると、「やぁ」と笑顔で近づいてくる。

「ミンゼァに聞いたら、シドは最近、図書室に嵌《は》まっているみたいだと教えてくれたんだ」

余計なことを……と心の中で舌打ちしつつ、本を片手にソファから立ち上がった。「よかったらここを使って」とソファを勧《すす》め、バーンズと入れ違いに図書室を出ようとしたら「ちょっと待ってくれ」と呼び止められた。

「君と話がしたくて、探してたんだ」

焦《あせ》ったように揺れる、バーンズの緑色の瞳。わかっている。話したいのは、チルリのことだろう。

「パトリックから、チルリのことを何か聞いてないか?」

退院してから二週間が過ぎた。その間、顔を合わせる度《たび》に「パトリックから何か聞いてないか」と話しかけられる。チルリがバーンズも「虫」であったことも忘れ、暴言しか吐いてないとは言えないし、言いたくない。だからずっと避けているのに、すぐ見つけられてしまう。パトリックはしつこい男に冷たかったが、自分はそこまで突き放せない。

「聞いてないよ」

いつも同じ答え。バーンズは今日も、落胆のため息を漏らす。

「どんなに些細《ささい》なことでもいいんだ」

「本当にごめん」

もう行ってしまおうとしたのに、行く手を阻《はば》むように立ちはだかってくる。

「お願いがあるんだ。君にしか頼めない」

お願い、君にしか……選ばれた言葉に、不穏が渦巻いている。

「チルリの様子を、動画に撮ってくれないか」

「無理だよ。俺だって研究室には入れない」

「わかってる。だからパトリックに頼んで撮ってもらいたいんだ。会えないのは仕方ないし、問題があるなら音声も必要ない。チルリが動いている姿さえ見られたら、それだけでいいんだ」

バーンズは大真面目だが、チルリに必死になるあまり、まともな判断ができなくなっている。

「……あまりこういうことは言いたくないんだけど、チルリは犯罪者だよ」

バーンズの表情が一瞬でこわばる。

「罪の告白のために今の肉体を借りているだけ。本来なら、すぐにでも『眠る』筈《はず》だった。君に会うのは……その、これまでの犯罪者と比べて、特別扱いになってしまうんじゃないだろうか」

自分の喋り方が、どことなくパトリックに似てきた気がする。こういうのは嫌だなと思っていたら、かつて見たことがないほど怖い目でバーンズに睨みつけられた。これが粛清部隊「虫」の本性かとゾクリとしたのも束《つか》の間《ま》、怖い顔は溶けた飴《あめ》のように歪《ゆが》んだ。

「わかってるさ、そんなこと！」

喉《のど》の奥から絞《しぼ》り出される、苦しげな声。

「全部、全部、全部わかってる。わかってるからこそ、無理を承知で頼んでるんだ」

罪を告白したら、眠りにつくチルリ。そこには自分たち種族の死がある。二度と自分の意思で活動することのできない死が。これは古い恋愛小説で「死」をテーマにした悲恋の状況に似ているかもしれない。

かわいそうなバーンズ。避けられないチルリの死と、望んでも会えない不幸。たとえ顔を合わせ、話す機会があったとしても、覚えられていないという現実。会っても会わなくても、バーンズにとって希望の結末はないのだ。

「……そういえば昨日、チルリがたくさんご飯を食べているって言ってたな」

一緒にいても、パトリックはチルリのことを話さない。自分も聞かない。だからこれは嘘だ。

「チルリは傷がついているから、たくさん食べていたのが【本体の精神】の時か、チルリかはわからないけど」

何か知りたいというバーンズに嘘を教える。パトリックの迷惑にならず、そして苦しむ者を救う「害のない嘘」を。

ああ、そうなのか、と騙された男が大きく頷く。

「しっかり食べているか。それならいい。あいつは体力勝負の『虫』の割に食が細かったから。辛《つら》い状況にいても、たくさん食べる元気があるなら本当によかった」

教えてくれてありがとうな、と小さく頭を下げてバーンズは図書室を出て行った。他愛《たわい》もない嘘で満足してくれたが、シドの胸には何ともいえない重苦しさが残った。


近頃、研究棟にテイクアウトばかりだったパトリックが夕食時、珍しく食堂に姿を現して、自分の向かいに腰掛けた。夜、部屋に行けばセックスしてくれるが、会話は殆どない。なのでチャンスとばかりにあれこれ話しかけるも「ああ」「うん」と返事は生ぬるい。浮かれていて最初のうちは気づかなかったが、パトリックは明らかに不機嫌だった。

静かにしていたい気分なのかと、自然とこちらの口数も少なくなる。なので食事を終えたあと「散歩でもしないか」と誘われた時は、すぐ研究室に戻るのでも、ベッドへ直行のセックスでもなく、ただ一緒にいるのを選んでくれたことが嬉しかった。

街灯がぽつぽつと光る森の小道をゆき、クリケットコートの脇を通り、池の西とテニスコートの間を抜ける。自分は隣に気配があるだけで心がふくふくして満足しているが、パトリックは相変わらず口数が少ない。自分だけが……最近、図書室にある紙の本に嵌まっているとか、パトリックが興味なさそうな話を一方的にまくしたてている。

研究棟が見えてきた頃、パトリックは「最近、バーンズと仲良くしているな」とぽつりと呟いた。

「あぁ、うん」

四日前、図書室で最初の嘘をついた。あの一度でバーンズの気がすむわけもなく、毎日「今日は何か聞いてないか」と期待に満ち満ちた目で迫《せま》られるようになった。一回嘘をついてしまうとハードルは下がり、次の嘘は簡単に口から滑《すべ》り落ちた。

「チルリは昼寝をしたそうだ」

「チルリはオレンジを食べたそうだ」

「チルリは爪《つめ》を切っていたそうだ」

バーンズは嬉しそうに「そうか」と頷きながら聞いてくる。こんな些細な嘘で満足している。

「何か欲しいものは言ってなかったか」

この問いかけは毎回なので困ってしまい「チルリは早く眠らせてほしいと希望しているって」と伝えると、ようやく欲しがっているものを聞かれなくなった。

「バーンズがチルリのことを知りたがるから、教えてる」

「何をだ？　お前は何も知らないだろう」

「うん。だから嘘を教えてる。バーンズが嬉しそうだから、これでいいのかなって」

「あぁ、幸せな嘘か。それならいい。みんなにとって平和な解決法だ」

パトリックは満足げに微笑《ほほえ》み、研究棟に入って行ってしまった。職員棟の部屋まで戻り、セックスをするのではと思っていたので、少し肩すかしだ。

パトリックはバーンズを避けている癖に、意識している。どうしてだろう。自分に接近しているから気にしている？　もしかして嫉妬？　あぁ、それだけは違うとわかる。

単純にバーンズを警戒しているんだろう。「虫」という前職のスキルを生かせば、セキュリティを破壊して研究棟に忍び込み、尋問《じんもん》中のチルリと接触するのは難しくない。そしてチルリを想うあまり、死なせたくないあまり、連れ去ってしまうことを危惧《きぐ》しているとか……。

連れ去りなんて、昔の恋愛小説宛《さなが》らで陳腐《ちんぷ》極まりないし、現実は厳しい。バーンズを覚えていないチルリは、バーンズにとって意味のある存在なんだろうか。連れ出すという危険をおかす価値のあるものなんだろうか。価値がある、なしの議論は意味がない。バーンズはチルリが自分を忘れていると知らない。

そう、連れ去りはパトリックの不安を自分が妄想しただけ。バーンズはチルリに執着しているが節度はある。パトリックはバーンズを知らないから、そういう無茶をするタイプではないとわからず、不安になっているのかもしれない。

Ｅハウスに戻ると、ドアの前に人がいた。バーンズだ。自分に何か用だろうか。そういえば今日はチルリの様子をまだ聞かれていなかった。

「よう」

バーンズは微笑みかけてくる。

「チルリは……チョコレートを食べてたって」

聞かれる前に教えた。バーンズは「チョコ？」と首を傾《かし》げる。

「まるでおやつだな。幼児体だから、食事にそういうものがついてくるのかな。甘い物はさほど好きじゃなかった筈だが、本体の方の好みだろうか」

適当が過ぎて、微妙に整合性がとれていなかった。

「パトリックが個人的にあげたのかも」

慌てて言い訳する。バーンズは「よくしてもらってるなら安心だよ」と浅く頷いた。ここで待っていたのはチルリのことを聞きたかったからだろう。それならもう用はないなとハウスに入ろうとしたところで「明日」と再び声がかかる。

「外出しないか」

「えっ？」

「休日だろう。出掛けないか」

ネストは表向き、全寮制の体《てい》をとっているので、学生が外出できるのは土日だけになっている。しかしここにいるのは人や普通のビルア種との関わりが面倒になった輩《やから》や、同族といることに安心感を覚えるタイプなので、土日だからといって進んで外出する者は多くない。

「どうして俺を誘うの？」

「誘っちゃいけなかったか？」

不思議そうに聞いてくる。

「一人で出掛けても退屈だしな。パトリックと過ごす予定でもあるのか？」

そんな約束は、ない。チルリの自白を得られないと、パトリックは土日も研究棟に籠《こ》もりきりで対応している。そしてチルリに集中するあまり、自分に【乗り換え】を勧めてこなくなった。かまわれないのは寂しいが、勧められないのは気持ち的に楽だ。

「久しぶりに、鈍《なま》った腕を鍛《きた》えたくてな」

にやっと笑い、バーンズは右腕を軽くポンと叩いた。二人きりだと、チルリのことばかり聞かれそうだ。それは煩《わずら》わしいが、チルリを愛しているというバーンズの心理的な部分は知りたい。迷った末に、ミンゼァも誘っていいかと聞いてみた。嫌がるかと思いきや「いいぞ。人数が多い方が楽しいしな」と即答だった。チルリのことを聞きたいなら二人きりがベストだ。バーンズには何か目的があるのか、それともただの気分転換か……今の時点ではその意図を読み解くことはできなかった。

赤茶けた山肌の手前で、赤いクレーがパンッと音をたてて砕け散る。

「すごい！　また当たった！」

ミンゼァは金色の犬耳と尻尾《しっぽ》をピンと逆立《さかだ》てて、ぴょんぴょんと飛び跳ねる。振り返ったバーンズは銃《じゅう》を片手にクッと口角《こうかく》を上げ、得意そうに笑った。

外出しようとバーンズに誘われたけど、一緒にどうかとミンゼァに声をかけると「面白そう」と乗ってきたので、朝から三人でネストの外に出た。

自分とミンゼァは行きたい場所がないので、バーンズに全て任せた。すると連れてこられたのは、ネストから一番近い町の外れにある射撃場。銃に興味はないので、近くにそういう場所があることも知らなかった。

側面《そくめん》を切り取ったような急な山肌、その手前にサッカーコート大の広いスペースがある。そのスペースに向かって銃を構え、飛び出してきたクレーという円盤《えんばん》を撃ち落とす。昔は実弾《じつだん》が使われていたので銃声が大きく、射撃場は山の中に作られることが多かったんだと施設のスタッフが……自分とミンゼァが射撃は初めてだと伝えると、色々と教えてくれた。今はビーム銃になっているし、クレーも改良されて割れても音が小さいらしい。

射撃場ではビーム銃の自動照準機能は使わないので、クレーを撃ち落とせるかは個人の腕勝負になっていた。

「あんた、恐ろしく上手いね。そっちのプロかい？」

スタッフが感嘆《かんたん》するほど、バーンズは銃の取り扱いに慣れていた。粛清部隊の「虫」とは言えないし、そもそもスタッフは人間だ。「警備の仕事についていたことがあって」とバーンズが誤魔化《ごまか》し「あぁ、それで」とスタッフも納得していた。

「やってみるか？」

バーンズに誘われて、ミンゼァとシドもクレー射撃を体験した。ビルア種の肉体は、人間よりも目と耳がいい。コツを習うと、バーンズより正確ではないものの、90％の確率で撃ち落とせるようになった。武器の類《たぐ》いを好きではなくても、スポーツとしては楽しいし、クレーにあたると単純に面白い。目新しさもあって夢中になり、気づけば二時間近く遊んでいた。

連続で撃つと、軽量《けいりょう》とはいえビーム銃の重さがじわじわと効いてきて、腕が疲れてくる。客も増えてきたし腹も減ったので、射撃を切り上げて町に戻り、小さなパブで遅い昼食を摂《と》った。

時間がずれていたので客は店の中に一組だけ。道沿いのテラス席には誰もいなかった。テラスの石畳《いしだたみ》の上、赤いテーブルクロスのかかった丸テーブルを囲んで腰掛ける。メニューを選ぶのが面倒で、ミンゼァに「同じものを頼んで」と丸投げした。

夏を目前にして、気温は高いのに空気はカラリと乾き、風も心地よい。いい季節だ。魂《たましい》に傷がつき本体のコントロールが難しくなった頃から、ネストに暮らしはじめた。安全な場所にいるのに、いつ自分の酷《ひど》い状態を同族に知られてしまうだろうと、ここ数年は心の安まる時がなかった。外出もひかえ、籠《こ》もりがちな生活だったが、今の肉体でいる限り【本体の精神】を気にしなくてもよくなった。以前のようにもっと外へ出て、自分が知らない世界を楽しんでもいいのかもしれない。

浮かれ気分で向かいの通りを眺めていると、黒い犬耳、尻尾のビルア種の子供が歩いているのが見えた。フードを頭からすっぽりと被《かぶ》った黒いマント姿の大人が、子供の手を引いている。子連れで歩いていても別におかしくはないが、大人の方が少しだけ気になる。六月のこの時期、夜でもなく雨も降っていないのに、まるで人に見られるのを避けるみたいに黒いマントを着ているからだ。怪しい。誘拐犯じゃないだろうなと邪推《じゃすい》してしまう。

ブワッと強い風が吹く。黒いマントのフードが煽《あお》られて、バサリと脱げた。黒い髪に、黒い犬耳の……男。

何度も瞬《まばた》きし、目を擦《こす》った。黒いマントの男の顔は、パトリックだ。いや、そんな筈《はず》はない。

今日は朝から研究棟に籠もっている筈で……と二度見しようとした時には、再びフードをかぶられてしまった。黒マントの男は子供の手を引き、足早に角を曲がり、パン屋の看板の下を歩いていく。

自分の見間違い？　いや、確かにパトリックだった……気がする。本当にそうか？　目にしたのは一瞬だけ。よく似た他人じゃないのか？

パトリックの肉体の親類縁者はどこかにいる筈で、そのうちの誰か、背格好が似たビルア種をパトリックと勘違いしてしまったのかもしれない。

「どうしたの、シド」

ミンゼァに肩をつつかれる。パトリックに似た人がいて、と言おうとしたが、黒マントの男と子供の姿は既に見えなくなっていた。他人の可能性もあるし「通りの向こう、角にあるパン屋の看板が面白いなと思って」と適当に誤魔化した。

ミンゼァが注文したのはサンドイッチにオレンジジュースで、注文して十分ほどで運ばれてきた。バーンズはフィッシュ＆チップスで、昼間からビールを美味《おい》しそうに呷《あお》る。ネスト内で飲酒は自由だが、肉体への負荷を考えて飲むのは十五歳を過ぎてからになっていた。自分とミンゼァは酒はあまり好きではないのに、人が飲んでいると美味しそうに見えて、羨《うらや》ましくなる。世界での飲酒可能年齢は十八歳なので、自分たちの見た目では酒を飲むことはできないし、飲んだら店側も罰せられてしまう。

物欲しそうな視線に気づいたのか、バーンズは「ちょっと舐《な》めさせてやろうか」とミンゼァをからかっている。昨日、外出に誘ってきた時は何か思惑があるのではないかと疑っていたが、ここまでのところ純粋に外出を楽しんでいるだけのようだ。

「あんたたち、兄弟でランチかい？」

バーンズが人間の老婆に声をかけられ「親戚なんだよ」と嘘をついていた。老婆がいなくなってから「俺、よく声をかけられるんだよな」と肩を竦《すく》めていた。

体格はいいが、ブルネットでやや垂《た》れ目のバーンズは、一見すれば人懐《なつ》っこい雰囲気の好青年だ。

「俺は色んな人種や年代の人間やビルア種と関わるのが好きだから、ネストの生活はどうも窮《きゅう》屈《くつ》でな」

バーンズはズボンのポケットから電子煙草を取り出し、美味しそうにふかす。

「俺はずっとネストの中がいい。外は怖いよ。急に襲ってきたりする奴もいるし。もう外には戻りたくない」

ミンゼァが金色の犬耳を伏せ、バーンズは「おかしいのがいる割合は、中も外も同じようなもんだろ」と身も蓋《ふた》もないことを言っている。

バーンズは、「虫」だった頃の仲間、グリーンにミンゼァが似ていると「グリちゃん」と勝手にあだ名をつけた。「変な名前で呼ぶな」とミンゼァが口を尖《とが》らせる。人が悪いバーンズは

「グリちゃん、グリちゃん」とわざとからかい、真っ赤な顔で怒るミンゼァを笑っていた。おふざけが過ぎてミンゼァが完全にヘソを曲げると、アップルパイを頼んで「お詫《わ》び」とおごっている。甘い物好きのミンゼァはそれ一つで機嫌をなおし「お詫びっていうなら食べてやるよ」とアップルパイを口いっぱいに頰張《ほおば》る。そんなミンゼァを、バーンズは楽しそうに見ている。

O《オー》は自意識とプライドが高く、噂話も大好きだが、ドノヴァンのような例外を除いて、露骨で非生産的なからかいをあまりしない。バーンズのやり方は人間やビルア種的だ。本人が言うように情的な関わりが好みなんだなと、何となく伝わってくる。そういう人間やビルア種的な部分が、チルリへの執着にも繋《つな》がっているんだろうか。

「働き始めてから気づいたんだが、うちのネストはやけに傷持ちが多くないか」

酔っ払っているのか、バーンズは自分たちの重要機密の一部をペロリと喋《しゃべ》る。慌てて周囲を見渡したが、聞こえそうな範囲には誰もいない。傷持ちという単語だけなら人間やビルア種にも意味はわからないだろうが、聞いている方はひやひやする。

「それは俺も同意見」

個人的にこの話は続けたくないのに、ミンゼァは乗ってくる。

「やっぱりうちのネスト、多いよね」

二人が多いと言うので気になって「そうなのか?」とミンゼァに聞くと「うん」と自信たっぷりに頷いた。

「俺、アメリカ地区のネストにも入ったことがあるんだ。そこだと傷持ちは片手で数えるほどしかいなかったよ」

驚いた。自分がネストに入ったのは傷を受けた後。それまでは集団生活とは無縁だったので、他のネストの状況は知らなかった。

「不慮《ふりょ》の事故とか、どうしても傷が避けられない事態はあるし、時間が経《た》てば経つだけ、傷持ちが増えてくのは仕方ないとしても、ヨーロッパ地区は多すぎだよね」

ミンゼァは腕組みしたまま語る。傷持ちが増えていく一方というのは誰にでも予測できるが、他と比べてヨーロッパ地区が多いというのは意外だった。

「気になって調べてみたんだが、アメリカ地区は今もそれほど傷持ちは増えてない。傷になる原因は主に不慮の事故だが、ヨーロッパ地区は傷がつくような事故死が、アメリカに比べて特別多いというわけでもない」

バーンズの言葉に、ミンゼァが「それってさ、どういうこと?」と首を傾げる。

「……さあ。運の悪い奴が多いってことじゃないか」

バーンズの答えに、ミンゼァが「非科学的だなあ」と耳をピクピクさせる。

「けど何だか面白そう。帰ったらデータを拾って統計をとってみようかな〜」

ミンゼァが残りのアップルパイを全て食べ尽くすのをぼんやりと眺めていて、気づいた。バーンズが自分を見ている。どこか鋭《するど》い、探るような緑の視線。しばらくの間、それはチクチクと自分を刺していたが、不意にフッと逸《そ》らされた。その後は普段の、人懐っこいバーンズの目に戻っていた。

昼食を終えても、バーンズはビール、自分たちはジュースのおかわりをして、四時近くまでダラダラと飲み食いしながら過ごした。

客は少なかったし、追加注文はしていたけれど、流石《さすが》に長居をしすぎたので帰ることにする。ネストまでは歩いて四十分ほどかかるが、遅い昼食とおやつを消化するにはちょうどいい距離だった。

歩きながら考える。バーンズの銃の腕は確かだった。「虫」の時は、苛酷《かこく》な状況に置かれることも多かっただろうが、そういう深刻、かつ悲惨な話は一言も口にせず、仲間の間抜けな失敗談を面白おかしく語っては、ミンゼァを笑わせていた。自分に数分だけ向けられた、射るような視線がずっと気になっているが、理由は聞けない。自分の勘違いだったら、決まり悪いからだ。

ミンゼァがいるからだろうか、バーンズはチルリに関わることは何一つこちらに聞いてこなかった。バーンズを知りたいと思っていたのに、チルリのことを聞かれるのが嫌で、予防的にミンゼァを連れてきた。ある意味、それは成功していたが、肝心のバーンズ自身のことについては、あまり聞けなかった。

傾きかけた西日で、元パブリックスクールの白い石の外壁がオレンジ色に染まる。高い塀《へい》に囲まれた、Oの楽園ネスト。何にも脅《おびや》かされることのない安全地帯。ここの中にいれば、自分たちはこれ以上傷つくことなく、安全に暮らしていける。

不意に「ウイーン・ウイーン・ウイーン」と警告音が辺りに響いた。自分の持っている懐中時計型のフォーンを見るも、違う。音はバーンズのつけている腕時計型のフォーンからで、ホログラフィでテキストが表示されているが、こちらからは見えない。

「うっ、嘘だろ」

バーンズの声が震えている。そして両手で茶色の髪をぐちゃぐちゃと乱暴に掻《か》き回した。

「どうしたの？」

激しい狼狽《うろた》えぶりに、理由を聞かずにはいられなかった。

「チルリが監禁室から脱走したそうだ。職員全員に動員がかかった。至急戻って、探さないといけない」

バーンズがダッと駆け出す。ミンゼァと二人、その場にぽつんと取り残されたまま、顔を見合わせる。脱走、犯罪者の脱走。じわじわと、これはただ事ではないと状況が飲み込めてくる。そして気づけばバーンズの後を追って全力疾走《しっそう》していた。

門を抜けてネストに入ると、中は騒然《そうぜん》としていた。石畳の広場に何台ものエアカーがとまっている。駐車場はほかにあるので、そこから溢《あふ》れるほどの台数が集まっているということだ。

生徒が多く外に出ていて校内は騒々しく、ざわざわと落ち着かない。状況がわからないなりに、自分たちもチルリを探した方がいいんだろうかと話していると「シド、ミンゼァ」とEハウスのハウスマスター、ワイリが駆け寄ってきた。

「帰ってきてたのか」

外出は自由でも、報告は義務づけられている。義務といっても、出かける前と、帰ってきた時に口頭で伝えるだけだが。

「証言を取るために研究棟に監禁されていたチルリが脱走した。ネストの全員が総出で敷地内を探している。君らも協力してくれ」

ワイリは「これが今のチルリだ」と腕時計型のフォーンから3Dの映像を出す。前のチルリは銀髪だったが、今度のチルリは黒髪に黒い犬耳だった。

「あっ」

思わず声が出た。ワイリが「もしかして、この子を見かけたのか」と詰め寄ってくる。

「あ、いや。パトリックに似ているなと……」

ワイリは「似ているのは黒い毛色だけだろう」と眉をひそめた。3Dの映像を自分たちのフォーンに転送してもらい、捜索に参加する。AからEの寮ごとにエリア分けをして探していて、Eクラスの受け持ちは牧場だった。

膝丈の草に覆《おお》われた牧場の周辺を探しながら、頭の中ではパブの向かいで見た、黒いマントの男と、ビルア種の子供の映像がぐるぐる回っていた。転送されてきた3Dの映像をもう一度確認する。あの時のビルア種の子供によく似ている。ただいくら「忘れない」種族、Oでも、遠目、かつはっきりと見ていないものは、そうだと確信できない。

探し始めて二時間ほど経過しても、いっこうにチルリが見つかったという報告は聞こえてこない。

「この人数で探しても見つけられないってことは、きっとネストの外へ出たんだよ。魂に傷があって本体の精神をコントロールできないとしても、普通の子供と比べたら知識量は桁違《けたちが》いだろ。研究棟さえ抜け出したら、誰にも知られずに外へ出るなんて簡単だったんじゃないかな。それに今のチルリの姿を、生徒は誰も知らなかったんだろ。今日は休日だし、私服だったら誰も気づかないよ」

ミンゼァがぼやき、自分もその線が濃厚《のうこう》な気がしていた。日が完全に落ちる直前、フォーンに連絡が入った。一斉送信されたのか、周りの生徒全員がみんなフォーンを覗き込んでいる。

チルリは見つかっておらず、ネスト内にはもういない可能性もあり、中の者を動員しての捜索は終了する。チルリは既に指名手配がかかり、今後は組織が主導して探すと書かれてあった。

外に散らばっていた生徒は食堂に移動し、少し遅れての夕食になる。周囲は普段以上に騒がしく、自分のついているテーブルの周りも脱走したチルリの話で持ちきりだった。

「どうやって研究棟から逃げ出したんだ？　地下にある監禁室は世界警察の独房と同じ造りになってるんだろ？」

「チルリは元『虫』だって話だ。脱獄する特殊技術をもってたのかもしれないぞ」

「パトリックのやつ、大失態だな」

「傷なし、完全体のパトリックにもミスはあるってことか。近いうちに奴にも何らかの処罰は下《くだ》るだろうね」

みんな好き勝手に喋っている。自分が向かいの通りで見た黒いマントの男とビルア種の子供。もしあれがパトリックとチルリだとしたら、パトリックがチルリを外へ連れ出し、逃がしたことになる。何のためか……わかっている。チルリを生かすためだ。それならば、迂闊《うかつ》なことは言えない。パトリックが罪を犯してでも救おうとしているなら、その邪魔はしたくない。何より、チルリが逃げ出したところで、誰も何も困らない。それなら放っておけばいい。チルリを責められるのは、肉体を殺されたドノヴァンだけだ。

食事をしている間に、パトリックが姿を現すことはなかった。食堂の職員に聞くと、パトリックは夕食を注文していないとのことだったので、サンドイッチを作ってもらった。それを手に職員棟の部屋を訪ねる。いないのではないかと思ったが、ドアをノックすると「はい」と返事があった。

「入ってもいい？」

コツコツと足音が近づいてくる音がして、ドアが開く。

「どうぞ」

招かれるまま、部屋の中に入る。ソファの前にあるテーブルの上には電子ペーパーが表示されていて、どうやら本を読んでいたようだ。

「何も食べてないんじゃないかと思って、これを」

サンドイッチを差し出したら「ちょうどよかった」と笑顔で受け取ってくれた。

「腹が減っていたんだ。私は室内待機を言い渡されて、外へ出て行けないからな」

電子ペーパーを消し、テーブルにサンドイッチの入った紙袋を置いて、飲み物を淹《い》れる。カップを二つ用意しているのが見えて、ここにいていいんだなとわかった。

パトリックは夕食のサンドイッチを美味しそうに食べる。その姿は普段通り……いや、機嫌がよさそうだ。その、違和感。取り調べ中の犯罪者を自《みずか》らの不手際で逃《のが》してしまったという後悔はどこにも感じられない。

「チルリのこと、大変だったね」

パトリックはこちらを見て「あぁ」とため息をついた。

「私にもどうしてこんなことになったのかわからないんだ。前の日も証言を取るために夜中までチルリと話をしていたんだが、本体の精神体ばかりでなかなかチルリ本人が出てこなかった。夜が遅かったせいなのか今日は眠気が酷くて、研究室のプライベートルームで仮眠をとっていたら二時間ぐらい眠り込んでしまって、目をさました時には、監禁室の扉が開いていてチルリがいなくなっていた。鍵をかけていた筈だが、電子錠《じょう》だったから……パスワードをどこかで盗み見されたのかもしれない」

研究室にいたというなら、パブの向かいで見たのはパトリックとチルリではないということになるが、ただ寝ていたという二時間が限りなく怪しい。

「状況的に、私が故意にチルリを逃がしたのではないかという疑いがかけられていて、この通り室内待機という名の監禁だ」

自分が疑うぐらいだから、組織内の捜索のプロがそう判断しても仕方がない。

「監禁といっても警備もついていない本人任せだし、疑いが晴れるまでの形式的なものだ」

パトリックはサンドイッチを食べ終えると、窓際に近づいた。夜になるとネストは暗く静かなのに、今晩はエアカーが頻繁に行き交っているのでライトやエンジン音でやけに騒がしい。

パトリックはいつになく落ち着きのない石畳の道を見下ろしながら、ふわっと口許を綻《ほころ》ばせた。

「今日はミンゼァとバーンズと一緒に町へ出かけてた」

ふうん、と相槌《あいづち》を打つパトリックは、こちらの話に興味はなさそうだ。それはいつものことだが……。

「パブで食事をしている時に、パトリックに似ている人を見かけたんだ」

黒い犬耳がピクリと動き、ゆっくりとこちらに振り返る。

「……その人は黒いマントを着ていて、黒い髪に黒い犬耳だった。同じ毛並みのビルア種の子の手を引いてた」

自分を見ている青い瞳が、笑いの形に細められた。

「へえ、そうなんだ」

自分だとも自分じゃないとも言わない。あくまで他人事《ひとごと》だ。

共犯という言葉が、頭に浮かぶ。あの黒いマントの男はやはりパトリックだったんじゃないだろうか。けれど本人が認めない限り、それは自分が知らなくてもいいことなのだ。

「チルリ、早く見つかればいいのにね」

パトリックは「本当に」と相槌を打つ。

「彼にはこれ以上、罪を重ねないでいてほしいと思うよ」

状況にもっともふさわしい言葉をパトリックは呟いたが、故意に逃がしたと勘づいている自分には、それがやけに薄っぺらく耳に響いた。


学内には、演劇や演奏会、集会に使われる1000人は収容できるホールがある。その中に作られたステージの上では、四十人前後の生徒が楽器を演奏している。急ごしらえのオーケストラなので、演奏はさほど上手くない。

学校という体《てい》なので、時折生徒の発表会などの催しがあり、今回は土曜日に演奏会が開催されている。望んでネストに入った同族は、肉体の家族と積極的に交流を持とうとする者は少なく、家族が観に来ることは殆どない。割り当てられたルーチンなので、演奏する生徒にも熱はなく、こなしているという雑さが垣間見《かいまみ》える。

演奏しているのは、前の肉体で楽器を演奏したことがあるという者が多い。今回は「当番」だと演奏会に強制参加させられたミンゼァは「頭ではわかっていても、この体の指は動かないんだよね」とボヤいていた。

「演奏は最悪だけど、ボーカルはけっこういいんだ。聞きに来て」

そう言われていたし、演奏会やスポーツ大会のある日はパトリックも休みなので、誘って連れてきた。

最初から乗り気ではなかったパトリックは、下手くそな演奏で不機嫌になり、お目当てのボーカルが出てくる前に、後方席に座っていたのをいいことに、さっさとホールの外へ出てしまった。急いで後を追いかけると、黒い耳をパタパタさせながら「あれは演奏じゃない、騒音だ」と毒を吐いていた。蓄積《ちくせき》されていく記憶と経験で、Oは目や耳が肥えている。気持ちはわからないでもない。

今日は外部のOや人間、普通のビルア種も多少なり入ってくるから、ネスト内は見知らぬ人がウロウロしていて落ち着かない。パトリックも黒い尻尾を振りながら「疲れた」と言うので自分の部屋に連れてきて、そのままセックスした。他にすることもなかったし、自分はしたかった。疲れたと言っていた癖にパトリックは積極的に煽ってくるので、ぐったりするまで抱き潰《つぶ》した。

自分の隣でうとうとする黒い犬耳が愛らしい。キスしてもキスしてもまだ足りない。おさまっていたのに、また気持ちが昂《たかぶ》ってきて堪《こら》えきれず、寝ている体に再びそっと潜《もぐ》り込む。けれどそんなのバレバレで、繋がったことに気づいたパトリックに「クソ野郎」と口汚く、甘く罵《ののし》られた。最近、機嫌が悪いことが多い彼も、セックスの時は厭《いや》らしく甘くなる。

……一週間前、犯罪者で研究棟の地下に監禁されていたチルリが脱走した。Oの組織がチルルを探しているが、まだ見つかっていない。

脱走した当日と翌日はチルリの話で持ちきりだったが、それ以降は話題に上ることも少なくなった。捜索に進展がないので、話すことがないのだ。そもそも【乗り換え】た後のチルリにはパトリックしか会っておらず、その前の肉体の時もチルリは自分とミンゼァとしか関わりがなかった。同族殺しや脱走という派手な言葉で注目されるものの、それがなくなると「結局、チルリってどういう奴だっけ?」というのがみんなの正直な反応だった。

そして脱走には少なからず同情する意見があった。殺しは悪いとわかっている。わかってはいるが、チルリと同様にドノヴァンの暴言を受けていた傷持ちの中には「チルリが誰にも迷惑をかけずに生きていくなら、放っておいてもいいんじゃないか」という輩もいた。

チルリは肉体を病気や怪我で失わない限り、これから二十五年は生きられる。そして協力者がいないと、二十五年目に本体から吐き出されて終わる。犯罪者に手を貸す同族はそうそういないだろうから、放っておいてもチルリは二十五年後に完全に死ぬ。戻ってきても死、放っておいても死、それが一年後か二十五年後になるかの違いだけ。自分たちのように百年近い単位で生きていると、その程度は誤差に思える。

パトリックはチルリに逃げられてしまったことで尋問を受けたが、職員棟の自室で二日……形ばかりの監禁の後で自由になり、それ以外のペナルティはなかった。犯罪者を取り逃がした割に軽すぎるのでは？　という意見もあったようだが、パトリックは世界認定を受けた数少ない【乗り換え】専門のコーディネーターで実績もあり、同族の【乗り換え】予定もあったことから考慮されたらしかった。

パトリックがチルリを逃がしたのはシドの中ではほぼ確定事項になっていた。チルリはパトリックの息のかかった安全な場所にいて、Oの仲間のもとには姿を見せられなくてもどこか、人目につかぬ場所でひっそりと生きているというストーリーを頭の中で作り、納得していた。死を装《よそお》って己の存在を組織から抹消《まっしょう》し、普通のビルア種の中に紛《まぎ》れて生活しているOもいるという噂も聞く。自分は組織から外れようと考えたこともないので詳しくは知らないが、そういう生き方も選べないことはないのだ。

チルリが逃げ出した当初、人前では目を伏せ「申し訳なかった」「注意が足りなかった」とパトリックは反省の言葉を述《の》べていたが、自分といる時はとても機嫌がよかったし、よく笑っていた。

それが三日と経たぬうちに不機嫌になり、難しい顔で黙り込むことが多くなった。チルリを匿《かくま》っているんじゃないかとはとても聞けないので、チルリを隠した場所に組織の捜索の手が伸びてきて、捕まってしまうのを恐れているのでは、という妄想を巡《めぐ》らせるしかなかった。

後ろから小刻みにパトリックを突き上げていたが、そろそろ体勢を変えたくて一度抜き、正面から挿入《そうにゅう》する。それだと腰を動かしやすくなり、キスをするのも楽になった。

そうやって生温かい場所で果て、心地良い余韻《よいん》に浸《ひた》っていると、不意に犬耳を噛まれた。濡れた唇、情欲に塗《まみ》れた青い瞳に、自分の姿が映っている。

「……そろそろ【乗り換え】る気になったか?」

今、最も聞きたくない言葉に、甘い余韻が一気に薄れていく。もう【乗り換え】は必要ない。この体は実質「自分だけのもの」だ。

「色々、慣れてきたから」

返事を聞かないために、キスの雨を降らせる。このタイミングで熱く滾《たぎ》っている中心を内側からグッと締め上げられて、心臓がドクンと跳ねた。そこが性懲《しょうこ》りもなく硬くなってくる。

「君は気づいていないかもしれないが、寝ている間に【本体の精神】が出てきてしまっている時がある」

驚いて息を呑んだ。そんなことがあるわけない。

「肉体をコントロールしきれていない状態は、とても危険だ。このままだと、いつどんな状況で組織に知られてしまうかわからない」

中を締め上げながら、真剣な顔で説得してくる。この状況を、どう判断すればいいんだろう。【本体の精神】が、完全に死んではいないということか？　脳波《のうは》は全く反応していなかったのに？　自分でも、誰かが「いる」感覚はなくなっているのに？

全ての疑問は、パトリックが嘘をついているとすれば一瞬で解決する。この人は、誠意に支配されている。「人を助ける」その目的を達成するためであれば、平気で、いくつも嘘を積み重ねられる人だ。

じゃあ自分に対してはどうなんだろう。嘘をついて【乗り換え】させようとするその目的は？　可哀想な同族のため？　もう【本体の精神】は出てきていない。それなのに、【乗り換え】ることに何の意味がある？　わからない。パトリックが何を考えているのかわからない。もしかしてパトリックはこうである筈、こうあらねばならないという固定観念に囚《とら》われて、肝《かん》心《じん》の相手自身を、ちゃんと見ていないんじゃないだろうか。

「その話は、また後で」

パトリックの犬耳を撫でてキスする。尻尾の付け根をぎゅっと握り締めると、全身でビクンと震える。

「おい、尻尾は……」

敏感だと知っている。だからわざと感じる部分に触れて、快楽の海に落とし込む。そして迷惑な思いやりと、その問題に正面から向き合うことを少しだけ先延ばしにした。

結局、一晩共に過ごした。最後はゴムもなくなってしまったが「どうでもいい」と言われてそのまましして、朝に汚してしまった体を綺麗に洗い清めた。

服の替えをとりにいくのが面倒というので自分の服を貸す。ソファで横並びになって座り、コーヒーを飲みながら尻尾を絡《から》め合い、キスする。この、途切れることのない性欲は、何なんだろうと考える。これは愛だろうか。人間や普通のビルア種だと、死んでしまうと愛は終わる。感情は消える。じゃあ自分たちは？　欲と感情の絡まったこれは、永遠に頭の中にあるんだろうか。

ソファでうとうとしはじめたパトリックを押し倒して、下半身に触れる。昨日から散々やりつくしたそこは、服の上から揉《も》むぐらいでは反応しない。それならと直《じか》に触れると、ようやく「あっ」と嬌声《きょうせい》が漏れた。

「……堕落《だらく》の限りだ」

パトリックが甘ったるく喘《あえ》ぐ。

「愛ではなく?」

眠そうに半開きだった青い瞳が大きく見開かれ、綺麗な唇から「ははっ」と笑いが飛び出す。そして下半身に触れる自分の手に手を重ねて「これのどこに、愛が?」と首を傾げた。促す行為と冷淡な言葉。温かいバスタブに、氷を投げ込まれたような不快感。自分の手が止まる、それを見はからったかのタイミングで、コンコンとドアがノックされた。

「シド?　いるか」

バーンズの声だ。慌てて愛撫していた手をパトリックの股間から離した。

「あっ、はい」

「入ってもいいか?」

「あ、えっと……何の用?」

「急ぎの話があるんだ」

その声が切羽詰《せっぱつ》まって聞こえた。もしかしたらチルリが見つかったのかもしれない。そうだとすると、パトリックの計画は失敗してしまったことになる。それを聞かせるのは可哀想だ。

「……バーンズが来てる。話があるみたいだから、ちょっと廊下に出てくる」

そう耳打ちして、立ち上がる。ドアの横にある鏡に、後ろ髪が跳ねているのがチラリと映った。手で押さえつけても、離すともとに戻る。服も柔らかい素材で皺《しわ》だらけ。だらしないの極みだが、少し話をするだけならいいかとドアを開けた。

廊下にいたのは、バーンズだけではなかった。黒ずくめの男がその両脇に立ち、何とも物々しい雰囲気だ。

「パトリックは中にいるか?」

「あ、うん」

返事をすると同時に、バーンズに腕を掴まれ部屋の外へと連れ出された。両脇に控えていた二人の男がずかずかと部屋の中へ押し入っていく。

「えっ、ちょっと待って。どうして勝手に入るんだよ!」

部屋に戻ろうとしても、バーンズに引き止められる。そして「お前は奴のやってたことを知ってたのか」と聞かれた。嫌な予感がする。チルリを逃がした犯人がパトリックだとばれてしまい、共犯と疑われているんじゃないだろうか。それならそれでいい。パトリックがチルリを連れ出した可能性に気づいていたのに、黙っていたのは自分だ。

「知らない……けど、何となく気づいてた」

動けないよう後ろ手にビーム錠をかけられたパトリックが、黒ずくめの男に両脇を抱《かか》えられ、部屋から連れ出される。その顔は普段通りだ。まるでこうなることを予測していたように、驚きや怒りの気配はない。

「パトリック!」

名前を呼ぶとこちらを見たが、すぐに向き直って黒服の男に促されるまま歩いていく。おそらくパトリックは罪に問われる。罪人を逃がしたとして、禁固刑《きんこけい》になる。それはいったいどれぐらいの期間になるんだろう。

「お前は、パトリックのやっていることを知っていて止めなかったのか！　重大犯罪だぞ」

バーンズが噛みつかんばかりの勢いで詰め寄ってくる。

「俺はチルリと同じだから……わかる」

バーンズが眉をひそめ「はあっ」と首を傾げる。

「傷持ちだからわかるんだよ。パトリックは優しい。優しすぎて、傷ついた魂の俺たちを放っておけなかったんだ」

バーンズの両手がシドの頭を左右から挟み込んだ。顔を近づけてくる。緑の瞳は、こちらが戸惑うほどの哀れみに満ち満ちていた。

「お前はいったい何を言ってるんだ？　あいつに洗脳されてるのか」

「洗脳なんかされてない。パトリックを愛しているだけだ。君がチルリを愛するように、俺もパトリックを愛してる。だから、だから……」

「愛しているを理由に、仲間が傷つけられているのを知りながら黙ってたって言うのか！」

バーンズが、鬼気迫った顔で怒鳴りつけてくる。

「パトリックは誰も傷つけてない。救おうとしてたんだ」

「お前だって被害者かもしれないんだぞ！」

「俺は被害者じゃない」

「あいつに傷つけられたせいで、意図的にEランクにされてしまった可能性があるっていうのに」

話が微妙に嚙み合っていない。傷つけられてEランク？　意味がわからない。自分の傷は、不慮の事故で亡くなった時に……。

「パトリックがチルリを逃がしたって話じゃないの？」

途端、バーンズが「やっぱりあいつが仕組んでたのか！」と顔を歪め、大きく舌打ちした。

「チルリが見つかって、だから手助けしたパトリックが捕まったのかと……」

「チルリはまだ見つかってない」

バーンズが静かに断言する。

「えっ、じゃあどうしてパトリックは捕まったんだ？」

現状を理解できない。バーンズは「お前、本当に何も知らなかったんだな……可哀想に」と犬耳を撫でてきた。

「少し前、パトリック本人に知られぬよう研究室に何ヵ所かカメラを設置した。チルリの脱走が、どうにも不自然だったからな。そしたら奴が同族を【乗り換え】させる際に、粒状になった魂に、鋭利《えいり》な刃物で意図的に傷をつけている場面が映っていた」

全身が水を浴びせられたように冷たくなり、指先が震え出す。

「以前から、このネストの同族は傷持ちが多いと問題になっていた。とはいえ、傷持ちは大抵《たいてい》が事故後の【乗り換え】だから、ある程度は仕方ないだろうという判断で様子を見ていた。だがドノヴァンの殺人事件がきっかけで、このネストを調査することが決まり、俺が内偵《ないてい》に入った。チルリのこともあったから、立候補した。だから俺の所属は今でも『虫』だ」

バーンズが、じっと自分の顔を見ている。

「パトリックが傷をつけていたこと、本当に知らなかったんだな。無理もない。お前は生徒という体《てい》で、職員じゃなかった。それに自分を傷つけたと知っていながら、その相手と一緒にいるというのは並の神経でできることじゃない。知らないから傍《そば》にいられた、というのが自然だし、俺もそれで納得した」

心臓がバクバクと激しく鼓動《こどう》する。思わず皺だらけの部屋着の左胸を右手でギュッと握り締めた。

「……うっ、嘘だ」

バーンズに、哀れみに満ちた眼差しを向けられるのが苦しい。

「嘘じゃない。映像という動かぬ証拠がある。ここのネストに傷持ちが増えた時期と、パトリックの就任時期が一致している。数十年、【乗り換え】を担当しているのはパトリックだけ。手技《しゅぎ》も一人でやっていたから、これは単独犯だ。期間が長いから、被害者の数は数百単位になるかもしれない」

こんなの信じたくない。わざと傷つけられていたなんて、そんなこと認めたくない。

彼に勧められるがまま肉体を【乗り換え】、【乗り換え】るたびにどんどんと本体のコントロールが利《き》かなくなっていった。そして【本体の精神】はもう死んでいるのに、寝ている間に出てきているからと嘘をついて、【乗り換え】を勧めてきて……それらの、ほんの少しの違和感が、一つの答えに集約されていく。

傷ついた同胞に優しく、【本体の精神】をコントロールできない苦悩に寄り添ってくれたパトリック。そんな彼は偽物だったのか？

「どうして……」

バーンズにすがりつく手が、細かく震えた。

「どうしてパトリックはそんなことをしたんだ。仲間を、同胞を傷つけて、いったい何をしたかったんだよ」

「わからん」

バーンズは首を横に振った。

「あの男が何を考え、同胞の魂に傷をつけていたのか、それを何十、何百と繰り返していたのか、そこはわからない。……お前はパトリックの凶行には気づかなかったようだが、どうして奴がチルリを逃がしたと知ってたんだ？」

「知らない」と首を横に振る。バーンズに「さっきチルリを逃がしたと言っただろう」と両肩を摑まれ、激しく揺さぶられた。

「知らないよ、本当に知らない。君と町へ出かけた時に、パトリックと、彼に似た黒髪、黒耳の小さなビルア種の子供が通りの向かいを歩いているのを見かけた。ただそれだけだ」

「何だとっ」

バーンズが声を荒らげた。

「どうして、最初にそれを言わなかった！」

「パトリックはマントのフードをかぶっていて、一瞬しか顔が見えなかったんだ。けどネストに戻ってきたら、チルリが脱走していて……やっぱりあれが二人だったんじゃないかって。パトリックに確認はしてない。俺はパトリックがチルリを助けようとしてるんだと思ってた。自白したら、チルリは肉体から取り出されて『永遠の眠り』につかないといけない。それは可哀想だと、パトリックが最後の慈悲《じひ》を与えようとしたんだと……」

バーンズが、シドの肩から手を離す。強い指の圧がなくなり、それと同時に体からふっと力が抜けて、へなへなとその場に座り込んでしまった。力の抜けた自分の両手を、じっと見つめる。

「……俺が傷持ちになったのは、パトリックのせいなのか？」

返ってきたのは「わからん」という身も蓋もない答え。

「俺が苦しんでいるのを知ってたのに、誰よりもパトリックが一番よく知っていたのに、どうしてもっともっと苦しめるようなことをしたんだよ！」

「わかるわけないだろ。俺は奴じゃないんだ」

苛立ちがマグマの如《ごと》く込み上げてくるのに、それを誰に、何にぶつけていいのかわからない。

「俺たちは恋人同士みたいな付き合い方をしてた。パトリックは優しかった。優しかったよ。優しいのに、どうしてこんな酷いことができるんだよっ」

傷つけられた。裏切られた。愛していたのに。愛されていたのに。自分はパトリックの特別だったのに。まとまりのない雑多な感情が縺《もつ》れて、頭の中がグチャグチャに絡まった配線コードみたいになる。

「……お前の状況は理解した」

バーンズが目の前にしゃがみ込み、顔を近づけてきた。

「お前は確実に、パトリックの他害《たがい》行為による犠牲者だ。だが奴との肉体関係があり関わりが深いから、一度は事情聴取《ちょうしゅ》をしないといけない。ただそう長くは拘束《こうそく》されないだろう」

両目が熱くなり、悲しいのか悔しいのかわからない涙が溢れて頬を濡らしていく。後から後から出てきて止まらない。

「……パトリックは、どうして俺の魂に傷をつけるなんてことをしたんだ」

何度目かの問いかけ。当事者ではないバーンズはしばらく黙り込み、そして「狂人の考えることは、誰にも理解できん」と吐き捨てた。

チルリが飛び降りてから、時計塔の階段の前には鎖《くさり》がかけられ「立ち入り禁止」になった。けれど鎖を跨《また》ぎさえすれば、簡単にその向こうに行ける。とりあえず、形だけやっています感が強い。

時計塔の中は一階部分にちょっとしたスペースがあり、ソロやカルテットの小規模な演奏会、寸劇《すんげき》などが行われていたが、今は使用禁止になっている。

時計塔に入り、階段を上って三階のバルコニーに出る。気づかれたら騒ぎになりそうなので、見つからないよう慎重に歩く。時計塔は外からだとそう大きくは感じないが、上からだと地上の人は想像以上に小さく見える。元の肉体の精神をコントロールできなかった時、運動で負荷《ふか》をかけて押し込めようと、よく時計塔に駆け上っていたが、今はその必要もない。

扉の外側にある三段の階段、その一番上に腰掛け周囲を見渡す。敷地の中にある牧場は夏草に覆《おお》われ、整備されたコートは美しい。遠くに見える山の尾根は鮮《あざ》やかな緑で、空には綿に似た雲がもくもくと泳いでいる。自分に何があったとしても、周囲の風景は変わらない。

ネストを出て行こうかと考える。ここに居続けるよりも、別の場所でひっそり死んだ方が楽かもしれない。

パトリックが【乗り換え】の際にわざと魂《たましい》に傷をつけていたという事件は、O《オー》の社会で衝撃をもって伝えられた。激震といってもいいかもしれない。話を聞いたある同族は恐怖のあまり失神し、被害にあった者は「傷物にされた」と怒り狂い、パトリックに極刑《きょっけい》を求めた。

パトリックに傷つけられた同胞《どうほう》の様子を聞く限り、自分につけられた傷は、チルリを除けば一番深く重い。しかしパトリックと肉体関係にあり仲がよかったことで、傷をつけるという悪行に協力していたのではないかと疑われている。

みんな自分を遠巻きにしている。ミンゼァは「お前は被害者だ」と唯一態度を変えないでいてくれたが、一緒にいるだけで他の同胞に冷たくあしらわれ、無視されていたので、自分から故意に遠ざけた。

あと十六年で自分は死ぬ。この傷のレベルだと、おそらく次は【乗り換え】をさせてもらえない。新しい【乗り換え】の職員は、パトリックみたいに考慮はしてくれないだろう。一つ確実なのは、今日死んでも、十六年後に死んでも、自分の死はすでに確定しているということだ。

人間やビルア種のように、終わりのある人生を生きている。それは寂しい。とても寂しい。仲間も、愛する人もいない。することもなく、したいこともない。生きるための知識と記憶は十分にあるが、自分の中に次に動き出すための「何か」はない。

愛はあった。パトリックを愛していた。しかし裏切られた。そして十六年後の未来も奪われた。愛する人に奪われた。許したいのに許せなくて、傍《そば》にいたいのに、傍にいられない。どうしようもない矛盾の渦《うず》の中で、全て終わりにしてしまおうかという破滅願望が浮かんで消える。

タッタッ、と聞こえてきた。階段を上ってくる足音が、軽快なそれが近づいてくる。立ち入り禁止を無視してここまで駆け上がってくる物好きが、自分以外にいるのかと思っていたら、姿を見せたのはバーンズだった。口を大きく開け、ハッハッと息をつく。

「下からまだらの犬耳がチラチラ見えて、もしやと思って肝《きも》が冷えた」

早まらぬよう、心配して駆けつけてきてくれたのだ。わかった瞬間、瞼《まぶた》が熱くなり、涙が溢《あふ》れた。近頃、涙腺《るいせん》が緩くてすぐに泣いてしまう。情けない顔を見られたくなくて、深く俯《うつむ》く。

「……お前の状況は、ミンゼァから聞いている。同胞から距離をおかれてるんだろう。困ったもんだ」

ため息と共に、頭を撫でる感触があった。

「お前さえよければ、『虫』にならないか」

顔を上げる。バーンズの顔は真剣だった。冗談では、ない。

「俺が推薦する。訓練は必要だが、お前は体格もいい。きっと仲間ともすぐにうち解けられる」

「そんなの無理だよ」

「虫」など未知の世界すぎて、想像もできない。

「戦闘が嫌なら、後方支援という手もある。デスクワークに徹《てっ》したければ事務職でもいい。一人が好きならそれでもいいが、お前はそうじゃない。居場所が必要だろう。チルリが見つかって、極刑を免《まぬが》れそうなら、奴も『虫』に戻るよう説得するつもりだ」

その理想的な提案には、落とし穴がある。チルリはもう、普通に生活できる状態ではない。傷がつきすぎて、本体の制御《せいぎょ》は不可能。そしてバーンズのことを覚えていない。見つけても、バーンズの望むチルリはもうどこにもいない。

「俺は来週にはここを出て『虫』に戻る。俺を通せば、何とでも言って上に交渉してやることができるから、その気があればいつでも言ってくれ」

バーンズは優しい。けれど自分は何も望んでない。生きるということも、あやふやに見える。望むことなど何もない筈《はず》なのに、顔を見たいと思う。自分を地獄に突き落とした男の顔が、見たい。どうしてこんな酷《ひど》いことをしたのか、自分にどんな恨みがあったのか、知りたい。聞いてみたい。

「パトリックの裁判は、今やっていたよね」

バーンズが「あぁ」と軽く顎《あご》を引いた。

「これほどの重大事件は珍しいから、みんなに注目されてる。明後日《あさって》に二回目の公判がある」

組織内で犯罪を犯したOは、Oの組織で裁《さば》かれる。基本は非公開で、傍聴《ぼうちょう》は組織が認めた者のみ可能。裁判は録画され、一年ほどすると誰でも閲覧《えつらん》できるようになる。

「パトリックの裁判を、傍聴したい」

バーンズが息を呑む。

「どうして俺に傷をつけたのか、その理由をパトリックの口から直接聞きたい」

長い沈黙のあと、バーンズは「本気で傍聴したいと思っているのか？」と確認してきた。

「傍聴することが、お前にとってよくない結果になっても後悔しないか？」

何を聞いても、今以上に悪い状況にはならないだろう。期待はしてない。ただ真実を知りたいだけだ。

ゆっくり大きく頷く。バーンズはため息をついて「上に交渉してみるが、期待するなよ」と肩を落とした。


上とかなりやり合ったとバーンズは話していたので、そう簡単ではなかったようだが、今回の事件の最大の被害者という点が考慮され、かつバーンズが同席するという条件で、パトリックの裁判を傍聴できることになった。

人間や普通のビルア種の裁判も傍聴の経験はなく、ドラマで何度か見ただけ。参考までに組織内であった裁判のアーカイブを二件ほど見たが、面白いものではなかった。裁判所の中は全体的に暗く、とても質素だった。

組織の裁判所は世界に四ヵ所ある。パトリックが裁かれるのは、フランス地区で組織が所有している山中の別荘、その地下にあるヨーロッパ裁判所だ。別荘は小さいが、地下は深く広く掘られていて、法廷とされる場所は、バスケットコートの三分の二ほどの広さがあった。

正面には黒い服を着た裁判官が二人、その左右に制服ではない人物が一人ずつ。左の人物は「虫」の職員で、右はパトリックの弁護人だとバーンズに教えられた。

傍聴席は一番後ろに二十席ほど設《もう》けられていて、傍聴しているのは自分とバーンズ、そして見た目年齢が十歳前後で、裁判官の候補生だという男の三人だけ。近くに座っていたので「今回の裁判は非公開で、傍聴も禁止されているのに、よく入れたね」と候補生の彼に話しかけられた。彼は担当している裁判官の弟子ということで、業務の一環として特別に傍聴を許されたらしかった。なぜ傍聴できることになったのか答えられずにいると、バーンズが先回りして「俺たちは極秘任務だから」と返事をしてくれた。候補生は言いたくない空気を察したのか、その件に関してはそれ以上、踏み込んで聞いてはこなかった。

候補生の彼は百年近く医者だったが、それに飽きて今度は裁判官になりたくなったと話していた。忘れないという特性を生かし、色々な職業を経験する者がいる。そのバイタリティが、今の自分にはやけに眩《まぶ》しく映る。

席について十分ほどで「入廷《にゅうてい》」と声がかかり、側面《そくめん》にある灰色の扉が静かに開く。緑色の囚《しゅう》人《じん》服を着たパトリックが入ってきた。黒い犬耳はピンと立ち、尻尾《しっぽ》を振りながらゆっくりと歩いている。そこには罪を犯し、反省する人の謙虚《けんきょ》さは、ない。それどころか今にも壁にペンキを塗りはじめそうな、牧歌的な雰囲気がある。

パトリックはチラリと傍聴席を見た。視線が合う。最大の被害者に気づいた筈だが、見慣れた置物のようにするりと無視された。

裁判がはじまる。パトリック側の弁護士は、傷をつけたのは映像に映っていた一人だけだと主張する。けれど「虫」の職員は、ネストの【乗り換え】後の、魂の異常なまでの傷率をあげて、常習的に行《おこな》っていて余罪《よざい》があった筈と反論する。互いの意見はまっこうから対立した。

裁判を傍聴しているうちに、堂々としているパトリックの態度もあいまって、傷をつけたのは本当に一人だけなんじゃないかと思えてきた。これだけの状況証拠があるのだから、それはない。理解しているのに自分の望む形を信じたくなる。

コントロールできない苦しみを自分に与えたのはパトリックではない。【乗り換え】を勧《すす》めたのは、親切心から。傷なんて一つもつけられてない。そんなのおかしいとわかっている。わかっているのに……。

なぜ自分がここにきたのか、ようやく理解した。そう、自分は傷つけられたと信じたくなかった。お前のことは傷つけてない。お前のことだけは傷つけてない。気に入っていたお前にそんなことをする筈ないだろうと、パトリックに言われたかったのだ。

「大丈夫か？　顔色が悪いぞ」

隣に座っているバーンズがそっと声をかけてくる。

「……裁判が終わったあと、パトリックと話せないかな」

バーンズが首を横に振る。

「傍聴するだけでも大変だったんだぞ。面会なんて到底無理だ。おそらくパトリックは、歴代の犯罪者の中で、最も重い刑を課せられる。とはいっても、眠り以上の重刑《じゅうけい》はないんだが。とにかく加害が多すぎて、被害件数を把握するだけでも数年単位で時間がかかるだろう。結審《けっしん》するまではしばらく牢で拘禁《こうきん》状態になるだろうな」

では、今日がパトリックを見る最後になる。そして自分は、三十歳を迎えてこの肉体を弾《はじ》き出されたら永遠に「眠る」ことになる。ああ、それなら自分も一緒に独房に入りたい。どうにもならないのなら、もう何がどうなってもいい。いっそこの世界が、全てが滅《ほろ》びて、二人きりになればいいのに……と強く願ったその時だった。

電子制御なのにまるで蹴破《けやぶ》られたような、ズバンという激しい音をたてて扉が開き、法廷に誰か転がり込んできた。みな驚き、また呆気《あっけ》にとられた顔で、その男に注目している。

「何事だ、アレク！」

向かって右側の裁判官が、赤毛の若い男を睨む。

「皆様、私の秘書が申し訳ありません。アレク、謝罪して今すぐに退席しなさい」

上司の言葉が耳に入っていないのか、アレクと呼ばれた男は「たっ、大変です！　大変なんです。もう終わりだ。みんな終わりなんだ」とブルブル震えている。

「私たちOの存在が、人間やビルア種に知られてしまったんです」

隣の席で、バーンズが「まさか」と口許《くちもと》を歪《ゆが》める。

「そんなわけないだろ。俺たちは自分たちの種族のことを人間と普通のビルア種には物理的に『話せない』『書けない』ようになっているじゃないか」

バーンズの囁きが聞こえていたかのようなタイミングで「本当なんです」と赤毛の男が叫ぶ。

「知能の高いビルア種、ハイビルアの正体は、Oという種族がビルア種に寄生した状態なのだと報道されています。人間とビルア種は示し合わせていたのか、今朝から世界中のOが一斉に検挙《けんきょ》されています」

おそらくそこにいる全員が同時に、事の重大さを理解した。赤毛のアレクは、腕時計型のフォーンを調整し、映像を拡大して法廷の白い壁に映した。それはニュース映像で「速報」と銘打《めいう》たれていた。

『皆様、衝撃的な事実が発覚しました。ビルア種の中でも、高い知能を持つハイビルアと呼ばれる人物は、三十歳で知能低下、フェードアウトすることで知られています。しかし高い知能を有している期間はOという精神だけの種族に脳を乗っ取られた状態だったということが明らかになりました。この事実は長年、Oという種族によってひた隠しにされてきましたが、Oに脳を乗っ取られながらも、自我を保っている勇気ある一人のビルア種の少年によって告発されました』

人間のアナウンサーが、緊迫した声で語る。画像が切り替わり、幼い少年が映る。黒い髪で黒い犬耳、チルリの脱走時、手がかりとしてみんなに配布された3D画像の少年と同じ顔だ。

隣に座っていたバーンズが、ガタンと音をたてて立ち上がった。

『僕、ずっと暗いところに閉じ込められててね、そこで見たの。僕とおんなじぐらいのビルアの子がね、白い粒をごっくん飲むの。粒を飲んだら、その子がいなくなって、急に大人みたいなおしゃべりをするの。白い粒って大人になるお薬なんだよ。大人になった子はね、みんな自分のことを０って言うの。でね、おっきい大人もいてね、ぐうぐう寝てたら、口からぽろって白い粒が出るの。白い粒が出たなって思ったら、おっきい大人が、子供みたいなおしゃべりになってえーんえーんって泣き出すの』

少年は「それでね、それでね」と続ける。

『僕と同じ黒い髪のお兄さんがいてね、お話するとすごく苦しそうだけど、教えてくれたの。ビルアで僕と同じ五歳の子は、すっごくすっごく気をつけてって、みんなに教えてあげてねって』

子供が喉《のど》を押さえる。

『僕、ちゃんとおしゃべりできたね。でも、おしゃべりするとちょっとここが苦しくなるの』

子供は「はあ、はあ」と浅い息を繰り返しながら、目を閉じ俯いた。その数秒後、勢いよく顔を上げ「なっ、なっ、何だよ、これ」と泣きそうな顔で周囲を見渡した。

「これ、いったい何なんだよ。俺の夢か?」

チルリだ。今のはチルリだ……そう思っている間に、子供の画像が切れて、再びアナウンサーが映り「本日より、世界中で寄生する種族Oの一斉検挙がはじまりました」と締めくくられた。

法廷は水を打ったように静かになる。Oの秘密が暴露された。信じられない。Oは種の保存のために、自分たちの種や【乗り換え】の仕組みを人間や普通のビルア種に話せない筈だ。話すと喉が締まって……それなのに、なぜチルリは……。

ああ、わかった。わかってしまった。これで全ての謎が氷解《ひょうかい》した。なぜパトリックが百人以上にも及ぶ同胞の魂に傷をつけたのか。パトリックは自分たちの種の存在を「話せる」同胞を作り出したのだ。魂に傷をつけ、不完全な形にする。どれぐらい不完全な形にすれば、Oという種族の事実を人間やビルア種に話すことのできる同胞になるのか、試していたのだ。

おそらく自分は、パトリックの中で成功に近づいた失敗作だったんだろう。上手くいかないから、何度も何度も【乗り換え】させて、その度《たび》に傷を深くして、【本体の精神】と、乗りうつったOの出てくる割合、種族のことを話せるか否かを確認していたのだ。それで成功したのがチルリだ。チルリは全くと言っていいほど【本体の精神】をコントロールできていなかった。その不完全さ故《ゆえ》に、Oの存在を外へ伝えられる存在になった。そしてパトリックはチルリの【本体の精神】に【乗り換え】の現場を見せ、ネストの外へ逃がしたのだ。

「裁判なんてやってる場合じゃない。全員今すぐ逃げた方がいい」

アレクの叫びに「はははははっ、はははははっ」と甲高《かんだか》いパトリックの笑い声が重なる。

「おっ、お前っ！」

バーンズの怒鳴り声に、パトリックがゆっくりと振り返った。

「チッ、チルリの魂にきっ、傷をつけたんじゃないだろうなっ！」

ああ、駄目だ。それを聞いてはいけない。

「チルリ、彼は素晴らしい仕事をした」

パトリックは満足げに微笑《ほほえ》む。

「Oなどもとから存在してはいけなかったんだよ。ビルア種の肉体を奪うなんて、あってはならなかった。こんな馬鹿げた種族は、今日を限りに滅びるべきだ」

裁判官の一人が立ち上がり、足早に法廷を後にした。パトリックは「おいおい、仕事中だろう」と嘲《あざけ》りながら目を細める。

「人間やビルア種は、馬鹿じゃない。三十歳までのビルア種は全員、調べられるだろう。もうこの世のどこにも自分たちの逃げる場所はないんだ。一人残らず狩られるんだよ。さぁ、狩られる準備はできているか」

もう一人の裁判官、弁護士、候補生……みな一言も発さず法廷を飛び出していく。裁判は破《は》綻《たん》した。そして日常が音をたてて壊れていく。残ったのはパトリックとバーンズ、そして自分だけだ。

「ふざけるな！　俺たちだって、生きていきたい。生きていく権利はある筈だ。なぜこんな馬鹿げた皆殺しのような真似をしたんだっ」

色がなくなるほど両手を握り締め、バーンズが叫ぶ。パトリックは「生きる権利？」と含み笑いを漏らす。

「ビルア種を壊してまで生きる権利か？　人間とビルア種の寿命はせいぜい八十年前後。私たちはその何倍も生きてきた。もうこの辺で十分じゃないか。いや、十分すぎる」

自分たちの種族は終わった。一人残らず狩られて、この世からいなくなる……絶滅する。パトリックが、睨みつけるバーンズに向かって顎をしゃくった。

「あぁ、そうだ。いい機会だから教えてあげよう。チルリのことだけど、傷つけた場所がちょうど『虫』の記憶の部分だったらしくてな。君のことは、名前、顔、何一つ覚えてない。サラサラの削《けず》りかすになって、散っていった」

それから先は、一瞬だった。

「おおおおおおっ」

獣のような咆哮《ほうこう》に重なるパシュッという銃声。パトリックの体が弾かれたようにビクンと震え、ゆっくりと後ろ向きに倒れた。

「パトリック！」

ビーム銃を握り締めたまま、バーンズはブルブル震えている。シドは傍聴席を飛び出し、撃たれた男に駆け寄った。額《ひたい》が大きく凹《へこ》み、白い顔に血しぶきが飛んでいる。後頭部から溢れる

血が床に……じわあっと放射状に広がっていく。

両眼は開いているが、青い瞳はもう何も映していない。そして半開きの口許《くちもと》から、真っ白い粒がぽろりとこぼれ落ちた。


地下にある真っ暗な食料庫で、シドは腕時計型のフォーンのライト機能を頼りに、棚に残る食料品を数えた。保存食のパンが9個、缶詰の野菜が10缶、水が30本。普通に食べると、だいたい三日分の量だ。一度の食事量を減らせばもう数日持つかもしれないが、そうやって空腹を我慢する意味があるのかと考えはじめると虚《むな》しくなり、節約はしないと決めた。

重たい足取りで、バスケットコート半分ほどの広さの食料庫を出る。棚には保存食が大量に備蓄《びちく》されていたが、それもここ二年で食べ尽くした。

フォーンで時刻を確かめる。午後七時……この時間だと日は落ちているので、辺りはもう真っ暗な筈《はず》だ。寝室にしている裁判官の控え室へ戻るのをやめて、地下室の中央にある階段を上る。きっちり十五段上った所に、ドアが現れる。パスカードをかざしてそれを開き、エレベーターのボックス程度の小さな個室に入る。そこにはドアが四つあり、入って右側のドアにカードをかざすと、再び階段が現れる。階段、個室、階段……と三ヵ所の個室を経由し、ようやく一階にある書架《しょか》の裏、隠し扉まで辿《たど》り着く。四つあるうちの右から二番目の本棚が手前に動くので、そこからこの建物……ヨーロッパ地区を総括《そうかつ》するO《オー》専用の裁判所の一階に出ることができる。

裁判所といっても、地表《ちひょう》に建っている建物は一般的な別荘の体《てい》でいわゆるダミー。裁判所そのものは地下深くに作られている。ここは避難所も兼ねていて、多くの食料を備蓄し、地下水をくみ上げ、地熱《ちねつ》で電力をまかなうなど、外へ出て行かなくても地下で一定期間生活できる環境が整えられていた。

フォーンの明かりを使い、書架をぐるりと見渡す。この前と、別段何も変わった様子はない。誰も入ってきていないのだろう。廊下に出ると、建物の中なのにまるで外にいるかのような冷たさだ。頬に風を感じるのは、廊下の窓が割られているから。表向きはOの富豪が持っていた別荘とされていたので、今はもう管理されていない。Oの持ち家は、Oが許せないという輩《やから》や、単に面白がっている連中に荒らされることが多く、この別荘も例に漏れず破壊され、一部は焼かれるなどして、散々なことになっている。

夏の間はそういう輩がよく来ていて、見る度《たび》に部屋の中は荒《すさ》んでいったが、冬になるとぴたりと人足は途絶えた。ここは山から吹き下ろす風で冬は異常に寒く、そして雪が深い。

開きっぱなしの玄関ドアを出て、足首より少し上ぐらいまで積もった雪を踏みつけ、玄関脇にある自分の背丈の二倍はある樫《かし》の木の根元までゆく。パトリック……死んでしまった彼の肉体は、ここに埋《う》めた。この木は墓標《ぼひょう》だ。

ズボンのポケットに手を入れる。布袋越しの、丸く硬い感触。バーンズに殺されてしまった彼は、小さな白い粒になって、今自分の手の中にいる。木の下にあるのはただの抜《ぬ》け殻《がら》。わかっていても、ここに来るのを止められない。

雪はもう止《や》んでいて、白い地表に自分の影ができている。顔を上げると、空には青白い月が出ていた。足下からどんどん冷たさがせり上がってきて、全身にぶるっと震えがきた。急ぎ足で建物の中に戻る。足跡を残してはまずいと一旦足を止めるも、どうせ誰も来ないだろうと投げやりに放置する。

地下への階段を最下層まで下り、寝床にしている、テニスコート半分ほどの広さがある裁判官の控え室に入る。明かりをつけ、暖房器具を動かすと、ほんの数秒で部屋の中は常春《とこはる》の温度になった。

この部屋にあったソファをベッド代わりにしているうちに、一日の大半をここで過ごすようになった。袋に入った彼をポケットから出して食事用に使っているテーブルの上に置き、かじかんだ両手をすり合わせる。この地下室には生活に必要なものは何でも揃っていて、手袋もあったのにつけていくのを忘れていた。

退屈なので、投影《とうえい》装置でテレビを見てみる。バラエティ番組をやっていて、華やかな容姿の人々の楽しげな笑い声はまるで別世界のようだ。ぼんやりテレビを見ていると、そのうちニュースに切り替わった。

トップはエアカーの衝突事故で、次が政治家の汚職《おしょく》、その次がアメリカ地区でおこった食品会社のデモの様子だった。Oが捕まったという報道はない。ホッとため息をつくと同時に、テレビを消し、ソファで横になった。

二年前、犬の耳と尻尾《しっぽ》をもつ新人類、ビルア種の精神に寄生して生きていく自分たちの種族「O」の存在が、全世界に知れ渡った。Oは種族の保存のために、自分たちがどういう性質を持つのか、人間やビルア種には何も「伝えられない」ようになっていた。話そうとすれば喉《のど》が締まり、書こうとすれば手が止まる。絶対に自分たちの秘密は「漏れない」筈だったのに、Oであるパトリックが同胞《どうほう》を裏切り、ビルア種に寄生する前、粒の状態のOに傷をつけて不完全なOにした。不完全なOはもとのビルア種の精神が出てくる。それを利用してOの、絶対に外部へ漏らしてはいけない「存在」を公《おおやけ》にしてしまった。

不安定なOの告発に端《たん》を発した「O狩り」は凄惨《せいさん》を極めた。五歳以上三十歳未満の全てのビルア種がOの嫌疑《けんぎ》を掛けられ、調べられた。中でもOに乗っ取られ、二十五年を奪われてフェードアウトしたビルア種の家族の怒りは凄《すさ》まじく「一人残らず捕まえて、駆除《くじょ》して」と涙ながらに訴える様が繰り返し何度も放送された。

正義感から動く者、話題になっているからと面白半分にOをあぶり出す者、ビルア種というだけでOと誤解を受け殺された者……事実が明るみに出て半年ほどの間は、世界は混沌《こんとん》としていた。

Oの存在が白日《はくじつ》の下にさらされたあの日、パトリックの裁判が行われていたこの裁判所にいたのは、我先にと逃げ出した職員を含めて十名ほどだっただろうか。自分以外の者はみな、最も安全だとされる「03」という避難所に移動した。最悪のパターンを予測して、世界には01から07まで七ヵ所のOの避難所があり、03はそのうちの一つでここから一番近かった。自分も「早く来い」と声をかけられたが、パトリックの亡骸《なきがら》を残しておけず、かといって連れていくこともできないので、木の根元に埋めている間に誰もいなくなっていた。

エアカーやエアバイクは一台も残っておらず、移動手段もない。距離的に歩くのは非現実的で、途方に暮れた。仕方がないので、地下の裁判所に留まった。ここも03ほどではないにしろ、避難所としての機能を十分に備えていた。

……そしてOにとっての地獄がはじまった。連日、Oのニュースがトップを飾る。捕まえられたり、殺されたり、潜伏《せんぷく》場所が発見されたりと、世間は嬉々《きき》として「悪者」を報道した。危険だとわかっていながら寄生されたビルア種からOが取り出されることもあった。それがドキュメンタリー番組になり、人々は戻ってきた「本来のビルア種、その精神」に涙を流して喜んでいた。諸悪《しょあく》の根源《こんげん》であるO、白い粒は地面に落とされ、踏み潰《つぶ》されて粉々になっていた。その映像を初めて目にした時、あまりの残虐《ざんぎゃく》さに嘔吐《おうと》が止まらず、具合が悪くなって数日寝込んだ。寄生していた彼にも人格、人生があったのに、それらが何も考慮されることもないまま、蚊《か》を潰すような気軽さで自分たちの種は次々に殺されていった。

残酷な報道が辛《つら》く、しばらくテレビやネットニュースが見られなかった。数日後、やっと少し落ち着いて報道を確認すると、最初に目に入ってきたのは、01から07まで全ての避難所が特定され、大量の0を処分したという悲惨な現実だった。見ていなかった間も、0は次々と粛清《しゅくせい》されていた。

仲間がどんどん消えていく。この現状を何とかしたいのに、何もできない。世間が0に過敏《かびん》になっている今、のこのこと外へ出て行ったら速攻で捕えられ、殺されるだけだ。

自分にとっての「死」という概念《がいねん》が、次々に塗り替えられていく。最初は遠いものだった。0で死んでしまうのは、運の悪い個体。それも年に数人という認識。次は「この肉体がある間は生きていられる」という十数年の時限になり、今は「見つかれば殺される」という状況で、死が足許まで近づいてきている。

この先、どうなるかわからない。わからないが、死ぬのは怖い。殺されるのも怖い。その結果、地下室に潜《ひそ》んで仲間が殺されていくのをただ見ていることしかできない。

この建物は、ダミーの別荘部分こそ盛大に荒らされたが、地下裁判所はまだ気づかれておらず、0狩りの手は入ってきていない。自分たちは自分たちのことを「話せ」ない筈なので、施設の資料といったデータを誰かが破壊してくれたのかもしれなかった。けれど01から07までの避難所は摘発《てきはつ》されていたので、ここもいつ見つかるかわからない。毎晩「今日が最後の夜かもしれない」と覚悟していた。

今日か、明日かの摘発はいつになっても来ず、Oの存在が世に認識されてから半年ほどすると、報道が急速に下火になった。数的にほぼ全てのOを狩り尽くしてしまったからだ。今も摘発はされているが月に二、三件で、報道もどんどん小さくなっている。

もともと五歳のビルア種にしか寄生できないので「ビルア種の子供が五歳になる親御《おやご》さんは、この一年は子供を一人にさせないように。そして定期的にOが乗りうつっていないか、親御さんがチェックしましょう。何かおかしいなと思ったら、すぐに専門機関にご連絡を」というキャンペーンが大々的に打たれた。

一年が経過すると、摘発数も月に一件あるかないかと激減した。この頃にOは「ハイビルア」として高い知能を利用し、研究職などに就いて新しい発見をするなど社会に貢献したという事実も認められるべきではという意見も出たが、注目されなかった。Oの報道はほぼなくなり、あのO狩りの騒ぎは何だったのか？　と聞きたくなるほど、世間は静かになっていった。世の中的には「O」という厄災《やくさい》は過ぎ去った、と認識されたのだろう。03に逃げていったバーンズや裁判官たちも、自分と一緒に裁判所にいれば、03の摘発で消滅することもなかったかもしれないが、それを言っても今更だった。昨日、摘発されたOは民家の地下室に潜んでいたと報道されていた。見つかる、見つからないはもう運になりつつあった。

これから自分がどうすればいいのかわからない。わからないが、死は選べない。怖い。だけど寂しい。ずっと寂しい。どこかにまだ、自分のように生き残っているOはいるのだろう。彼らに会いたい。この苦悩を分かち合いたい。しかし横の繋《つな》がりを持ってしまったために、危機を招いてしまうこともある。潜んでいたOが互いに連絡を取り合っていたが故《ゆえ》に、そのやりとりが見つかって全員が摘発されたという事例を何件も見た。

生きるために食べ、眠り、何もせずに過ごす。殺された仲間たちには、長い人生があった。それが靴裏で踏み潰されて数秒で消える。何も残らず、消えたのだ。それなら、せめて自分の生きてきた証《あかし》、手記を残しておこうとノートに自叙伝《じじょでん》を書こうとするも、たびたび手が止まる。息苦しくなり、先へと書き進められない。傷をつけられた中途半端なOといえど、自分の存在を残すことは、種の特性としてやはりできなかった。

本当のことが書けない。何も書けない。それなら……半《なか》ばやけになって嘘の物語を書いた。まだら模様の耳をもつビルア種の男が、同じ黒髪のビルア種の青年に恋をする話。最初、黒髪の青年はつれないが、次第にまだら模様の男の優しさに気づき、最後は心を許して恋愛が成就《じょうじゅ》するという、ありふれた安っぽい話。そんな子供だましの話でも、書いているうちに物語が孤独な心に寄り添ってくる。自分は愛されていたのではないかという幸せな勘違いができる。日々、仲間が死んでいく絶望的なニュースに打ちのめされながら、現実逃避として自分とパトリックが幸せに暮らしている、ありえない話ばかりを電子ノートに延々と入力した。

たまにOが見つかっても「まだ残っていたのか」と言われる。世間の興味が薄れ、自分が地下室に潜伏してから二年と少しが過ぎた今、生きるための食料が底をつきかけている。

ソファで横になったまま、考える。このまま飢《う》えて死ぬか、それとも外へ出て行くか。外へ出て行き、Oだと知られたら捕えられ、殺される。ただ見た目ではわからないので、Oと知られなければ、食料品が買える。普通のビルア種に擬態《ぎたい》すれば、生きていくことはできる。

傷がつきすぎた自分は、脳死の状態のこの体でなければもうコントロールできない。だからフェードアウトがくれば人生が終わる。それなら残りの十四年、ただのビルア種として普通に暮らしたい。何より人と接したい。誰かと話をしたい。一人は寂しい。テーブルに手を伸ばし、袋を手に取った。中から彼を取り出す。その真っ白で傷ひとつない粒の表面を撫でる。手の中に、種を滅ぼし、自分を苦しめた彼がいる。彼はもう話せないし、自分を見つめることもない。

他のOが彼の粒の存在を知れば、種を絶滅させた彼を恨んで、粉々にしてしまうだろう。だけど自分は、こんな粒の状態の、何もできない彼にすがっている。一人じゃない、まだ彼がいると心の拠《よ》り所《どころ》にしている。

心の中で決めている。摘発されなければ、十四年後にフェードアウトする。その前に彼を飲み込むのだ。彼は自分の中で溶け、吸収されて体の隅々まで浸透《しんとう》していくんだろう。意味のない行為かもしれない。それでも……亡くなる寸前に二人は一つの肉体で溶け合うのだと思うことが、シドの生きる支えになっていた。

食料の枯渇《こかつ》をきっかけに、地下から外へ出ると決心したものの、まずはどこに行くかを決めないといけない。避難所には多くの現金があるが、個人IDを提示できないので、家を借りることも買うこともできない。知り合いや協力者がいれば何とかなるかもしれないが、ツテなどない。自然と行き先はホープタウン一択《いったく》になる。

調べているうちに、世界警察がOの手配書を出していることを知った。Oの施設にいたビルア種が顔写真、プロフィール付きで誰でも見られるようになっている。自分のいたネストは全員Oだったので案《あん》の定《じょう》、リストになっていて自分の顔写真もあった。捕まればリストから削除されていくので、表示されているのは百人ほど。その中にはパトリックの顔写真もあった。パトリックが寄生していた体、遺体は自分が埋めたが、それを世界警察は知らない。パトリックのようなパターンもあることを考えると、残っているのはこの百人よりも、もっと少ないのかもしれない。

自分の顔写真は、運のいいことにネストに入った五歳の時のものだった。現在の容姿を予測した写真も、実物とは殆《ほとん》ど似ていない。ただ特徴的な毛色がやけに目についた。都市部には世界警察の自動ロボが巡回しているので、自分の毛色だとたとえ買い物でも近づかない方がよさそうだ。

その点、ホープタウンは監視も形骸化《けいがいか》していて無法地帯だ。頭脳明晰《めいせき》なＯが生活に困ることはなく、低所得者の住まうホープタウンには縁がない。Ｏの中でも、一部の変わり者がホープタウンに暮らしていたことはあるかもしれないが……大半のＯは自《みずか》らを危険にさらす治安の悪いホープタウンに行くことはない。

食料の尽きる一日前、12月15日の早朝、食料と水、現金をリュックに詰め込み、地下の避難所を出た。都市部は電子マネーの取引がメインだが、ホープタウンはまだ現金の流通が殆どだというのが救いだった。

外は膝下まで雪がつもり、雪が断続的に降っている。吐く息は、白い。歩道の両脇にある木も、全方向から雪で覆《おお》われている。何もかも白い。食料が尽きたのが、雪の日でよかった。ロングのコートで頭からフードをかぶっていても違和感がないので、目立つまだら模様の犬耳や尻尾を隠すことができる。

しかし雪を歓迎したのも最初のうちだけで、三十分もするとその歩きづらさにうんざりした。靴の裏で雪が固まりになるし、油断するとすぐ転びそうになる。エアタクシーやエアバスを使うと痕跡が残ってしまうので、歩くしかない。八時間ほど歩けば一番近いホープタウンまで辿り着ける筈だが、なかなか思うように距離をかせげない。予定よりも時間がかかるかもしれない。

真っ白な雪の中、腕時計型のフォーンに記録していた地図を頼りに歩く。地下室には独自の回線がありテレビやネットが見られたが、外へ出るとそれらは使えなくなる。このフォーンで外の回線にアクセスすると、どこから足がつくかわからない。なので安全を確認できるまでは、事前にフォーンに記録してあるものしか使えない。

別荘が人里離れた山の中とはいえ、歩道は完備されてエアバスの停留所もある。しかし雪の日に外を歩こうなんて輩はいないのか、歩き出して一時間近く経《た》っても人と遭遇しない。それはそれでいいことだが、真っ白な中を、自分の足跡しかない道を歩いていると、この世界は自分一人を残して消滅してしまったのではないかという馬鹿げた妄想に囚《とら》われる。

二時間近く下ると、積もっている雪の量がぐっと少なくなり、歩きやすくなった。ただ寒い。歩いていても寒い。自分が産出する熱を凌駕《りょうが》する冷たさが、体温を奪っていく。持ってきたパンは、歩きながら食べた。食べること、消化で体内から少しでも熱を産出できないかと考えた。四時間ほど経った頃、別荘を出てから初めて民家を発見した。道から見る限り、簡素な作りの小さな家だ。都会よりも田舎を好む中間層の人々が、こういった外れの地域に家を建てて住んでいることがよくある。

家は十五分ほど歩くごとに、ぽつ、ぽつと現れた。そのうちの一軒の庭先で、何かが動いているのを発見した。それが人だとわかると同時に心臓がバクバクし、手袋をした手にじわっと汗が滲《にじ》んだ。その家を離れてからも「雪の中を歩いている不審な人物」として通報され、どこからかエアパトカーが集結してくるのではと心配になり、何度も立ち止まって物音に耳を澄ませた。

警察が来たら、どこへ逃げればいいのだろう。全ては雪に覆われて白く、何がどこにあるのかもわからない。そして見つかってしまったら、瞬時に包囲網《ほういもう》を敷かれる筈なので、逃げられるわけもない。用心深い住人の通報で、自分は為《な》す術《すべ》もなく捕まり、今日にでも死ぬかもしれない。いや、無事にホープタウンに逃げ込める可能性もある。先のことはわからない。たとえ一分先でも。不確定な未来を抱《かか》えたまま、この肉体を使って、最後まで生きていくしかない。

人を見かける度《たび》にびくびくして最悪の妄想に囚われていたが、次第に気にならなくなってきた。ホープタウンに近づくと道を歩いている人も多くなり、みんなフードや帽子をかぶっている。ビルア種か普通の人かもよくわからない。そして自分の存在も、歩いている人の中に溶け込んでいるように感じた。

ホープタウンに辿り着いたのは、予定よりも二時間遅れの午後五時過ぎで、辺りは薄暗くなってきていた。ここのホープタウンは、中央から川沿いが売春宿などの風俗街になっていて特に治安が悪い。それの反対側、広い道路に面したエリアは比較的安全で、飲食店やホテルが集まっていた。

地下の引きこもり生活でも定期的に体は動かしていたし、体力には自信があったが、十時間にも及ぶほぼノンストップの歩きはきつかった。ホープタウンに入った頃には冷たさと疲労で足の指先の感覚はなくなり、膝はがくがくと震えていた。

今すぐにでも宿に入り休みたい衝動を堪《こら》え、雑貨店を探した。そこで黒色の髪染めを購入する。ここまで人に接近したのは久しぶりでびくびくしていたが、レジの中年女性は不機嫌そうな表情で、会計をしている間も終わった後も、客の顔をチラリと見もしなかった。その無関心、無愛想さに心底ホッとした。

雑貨店の隣が四階建てのホテルになっていて、見た目は古いがもう一歩も歩きたくなくて、ふらふらとホテルのエントランスをくぐる。宿泊者名簿に偽のサインをして宿泊代を前払いすると、それ以上は何も聞かれずに部屋番号を教えられ、アナログな錠前《じょうまえ》タイプの鍵を渡された。

部屋はシャワーとトイレ、あとはベッドとサイドテーブル、椅子が一脚のみとこぢんまりとしていた。そして部屋の中にいても肌寒い。ヒーターはあるが温度調節をするシステムはないので、宿側がこの温度にしているらしい。寒いが凍死はしないだろうという絶妙なラインだ。地下室にいる時よりも部屋の状況は悪いが、それでも窓を開ければすぐに外の景色が見える。

荷物をベッドの上に置き、何よりも先にまだらの髪の毛や犬耳、尻尾を黒色に染めた。薬液が浸透する間、床に座り込んで自分の足を見ると、ふくらはぎが見たこともないほどパンパンに腫《は》れ上がっていた。足裏の肉刺《まめ》も潰れていて、痛かった筈なのに、足がキンキンに冷えていたせいで、痛みを殆ど感じなかった。

安い髪染めだったが白い部分に綺麗に黒い色が入り、まだらの時よりも顔がシャープな雰囲気になる。試しに前髪を後ろに撫でつけると、Ｏの手配書に掲載されている「予測された自分の顔」とは別人になった。巡回ロボットも、これなら気づかないかもしれない。

ホープタウンに入るまでの間に、何人もの人とすれ違ったが、誰も自分に関心を払わなかった。雑貨店やホテルでもそれは同じ。Oだと知られなければ、ここにいれば、案外普通に生きていけるかもしれない。そう、これまでもOだと公になるまでは、この世界の片隅で、自分たちは生きてきたのだ。

ホープタウンでは、身分証を手に入れることができると聞く。違法なので当然、裏ルートを通じてになるが、ツテはない。ホープタウンで働き、知り合いを作って、そっちに繋ぎを作るしかない。もしそれを買うことができたら、狩られて殺される確率は格段に減るに違いなかった。

ホープタウンにはどんな仕事があるだろうと考える。この二年で体は大きく成長し、成人体型になった。これだったらどんな仕事でもこなせそうだが、ホープタウンの肉体労働は危険を伴《ともな》うことが多いという情報があったので、できたら危険の少ない事務系の仕事がいい。あれこれ思案しながら、地下室から持ってきた最後の保存食をゆっくりと食べた。

お腹が満ちると同時に、猛烈な眠気に襲われた。髪染めを流すついでにシャワーを浴びたので、もう今日の予定はない。部屋の鍵がかかっていることを確認してからベッドに倒れ込む。ブランケットが何となくかび臭いなと思っているうちに、眠りの中にスコンと落下していた。

……明け方、自分の唸《うな》り声で目をさました。地下の、どことなく湿っぽいあの部屋と臭いが違う。一瞬、どこにいるのかわからなくなりパニックになったが、ホープタウンの安宿だとわかると、ホッとして涙が出た。

嫌な夢を見た。地下室の部屋で息を潜めていると、そこに沢山《たくさん》の警察官が押し入ってきた。周囲を取り囲まれ、もう逃げられないと覚悟したシドは、跪いて彼らに懇願《こんがん》した。この肉体は既に脳が死んでしまっている。自分が出て行っても本人の意識は戻ってこないし、この肉体も動かなくなるだけ。なので見逃してくれないかと。しかし裁《さば》きを下す人々から、捕獲したOへの言葉はなかった。

真冬なのに汗びっしょりになっていたので、いつまで経っても温度の上がりきらないぬるいシャワーで洗い流した。体はさっぱりしても、悪夢の残骸《ざんがい》は脳の端にこびりついていて、なくならない。薄いカーテンを少しはぐると、太陽はまだ出ていなかったが、外は周囲の景色がわかる程度には明るくなっていた。雪もそれほど積もっていない。

じっとしていると悪夢のことばかり考えてしまいそうで、散歩でもして気分転換したい。帰ってくる頃には隣の雑貨店が開いて、朝食用のパンも買えるだろう。犬耳と尻尾を黒く染め、外見を変えたことで、容姿を手がかりに見つかるかもしれないというストレスは大幅に軽減された。それでも念には念をいれてコートのフードをかぶり、尻尾は表に出ないように背中に巻き上げ、ビルア種だとはわからないようにした。

パトリックの入った布袋を持って行くか悩んだ。現金と間違われて掏《す》られたり、万が一警察に呼び止められて身体検査をされたら困る。今、真珠に似た粒といえば、十人中九人はそれは〇だと思うだろう。ホテルの部屋に置いてあっても盗まれる可能性はあるが、そちらがまだましかと、サイドテーブルの引き出しに入れた。

エレベーターはないので、階段を使って降りる。昨日、一日中歩いて酷使《こくし》した足は十分に疲労が取り切れていないのか、階段を一段降りる度に、太股《ふともも》からふくらはぎがピリピリと痺《しび》れた。フロントには誰もいなかったので、鍵を持ったまま外へ出る。

ホープタウンは街の中心部から川沿いが危険だという情報を見たので、ホテル街の外側をゆっくりと歩く。街の周囲には至る所に段差と壁があり、閉塞感が強い。歩道はところどころ舗装が壊れて穴が開いているが、補修はされていない。

危険とされる場所も、朝方は人が殆どいない。街全体に腐臭《ふしゅう》と排泄物《はいせつぶつ》の臭いが蔓延《まんえん》していると情報サイトにあったが、寒いからなのかさほど気にならない。自分はここで生きていくと決めたものの、先のことは何も……何もわからない。ただ未来の一つとしてあるのは、捕えられて殺されるという可能性だった。

外を歩いているうちにお腹が空いてきたので、ホテルに戻ろうと踵《きびす》を返す。通りにあるホテルのうちの一軒が、窓ガラスにクリスマスの飾り付けをしていた。そんな何気ない日常の光景に、心が柔らかくなる。寒さにこわばっていた自分の顔が、ふわっと微笑《ほほえ》むのがわかる。足を止め、クリスマスの飾りを見ていると、建物の間から「ふぎゃあああ」という鳴き声が聞こえてきた。

猫が犬にでも襲われたのかと、建物の狭間《はざま》を覗き込む。人がこちらに背を向ける形で立っていた。あの声は、猫ではなく人だったらしい。その人が着ているコートには穴が開き、裾《すそ》はほつれている。体格からして男だろう。ホームレスが奇声を上げていただけだろうか。

関わらない方がいいなと行きかけたところで「ううっ」とまた聞こえた。男の足下《あしもと》に、何かいる。犬？……いや、子供だ。幼い子供がうずくまっている。男は右足を振り上げ、その子供を勢いよく蹴《け》り飛ばした。ドゴッと音がして、子供は奥に積まれた段ボールに背中からぶつかり、バウンドして俯《うつぶ》せに倒れた。

「やめろ！」

怒鳴りつけると、ホームレスが振り返った。六十前後の初老の男で髭面《ひげづら》、中途半端に開いた口に歯は殆どない。

「小さい子に、なにをしてる」

初老の男は、怒りを滲ませた目でこちらを睨みつけてきた。

「邪魔すんじゃねえ。このクソガキはなぁ、俺のパンを盗みやがったんだ！」

俯せた子供を指さす。その子は両肘《りょうひじ》をついて立ち上がろうとしたが、少し顔を上げると同時に「げええっ」と吐いた。見ていられず、男を押しのけて子供に駆け寄る。三、四歳ほどの体格の男の子で、上はセーター、下はこの寒さなのに下着のパンツしか穿いていない。

怖いのか、それとも寒いのか男の子の歯がガチガチと音をたてている。一歩歩み寄ると、半身を起こした男の子はじりっと後退《あとずさ》った。着ていたコートを脱いで頭からかぶせ、包むようにして抱き上げる。暴れるかと思ったが、自分の腕の中で男の子はじっとしていた。

「パンを返せ、このクソガキが！」

初老の男が吠《ほ》える。ポケットからパンを十個は買えそうな金額のコインを取り出し「これで許してやってくれないか」と男に差し出す。途端に男の表情が変わり「しっ、仕方ねぇなぁ」とこそこそと路地から出ていった。

抱き上げた男の子の顔を、コートの狭間から出させる。「名前は？」と聞いても、返事をしない。

「お母さんはどこにいるのかな？」

じわっと首を傾《かし》げる。その子の顔は赤黒く汚れている上に、全身から生臭さが漂ってくる。二、三日、シャワーを浴びていないというレベルではない。よい生活環境で暮らせていないんだろう。あまりにガタガタと震えるので、とにかく体を温めてやりたくてホテルに連れて帰った。フロントに一声かけた方がいいかと思ったが、相変わらずの無人だった。

シャワールームで服を脱がせたその子は、手足が折れてしまいそうなほど細く、あばら骨が浮き出て、ガリガリに痩《や》せこけていた。ぬるいシャワーをかけながら、石けんを泡立てたタオルで小さな背中を優しく擦《こす》る。するとあっという間にタオルが真っ黒になった。こちらのなすがまま、じっと俯いている子供の髪を洗っているうちに、気づいた。ボサボサの髪の中に、何かある。最初は傷かと思ったが、違う。これは耳、犬の耳だ。ビルア種は人によって犬耳の形が違い、垂《た》れ耳や小さな犬耳の者もいるが、この子は違う。異常に小さくて形も不自然だ。これは髪の中に隠れるように切り取られたんじゃないんだろうか。じゃあ尻尾は？　と背中を見ると、こちらは小指の爪ほどの小さな突起《とっき》が腰に残るだけになっていた。

短い耳と尻尾を見ているうちに、ホープタウンの悪習を思い出した。ホープタウンでもビルア種、特に子供は数が少なく、さらわれてしまうことが多い。なので生まれたのがビルア種の子供だと、親が早々に耳と尻尾を切ってしまうことがある。この子の親は、ビルア種の子供がさらわれることを心配して切り落としたのだ。これは医療機関で手術したのだろうか。ホープタウンに住む者にそんなお金があるんだろうかと考えたところで、その先を想像するのは止めた。残酷すぎる。

子供の耳と尻尾を切り落とす行為が正しいとは思わないが、それほど気をつけていたにもかかわらず、子供は薄汚れ、人のパンを盗んでいた。親はいないのかもしれない。

子供を隅々まで洗い上げ、バスタオルで水気を拭《ふ》き取り、真っ黒の髪の毛にドライヤーをあてる。ぺったりとしていた髪の毛も、洗って乾かすと、ふんわりして少し癖がでた。顔は小さく、瞳は綺麗な水色。おとなしくて、無口な子だ。

子供の柔らかい髪を乾かしながら、こんな風に人と触れ合うのは久しぶりだなと気づいた。

赤の他人の子供でも、人肌の温《ぬく》もりを思い出させてくれる。

着ていたセーターは汚れている上に生ゴミのような悪臭を放っていたので、袋へ入れて口を縛った。そのかわり自分のセーターを着せる。裾が長くてワンピースみたいになってしまったが、何も着ないよりはましだし、ぶかぶかのセーターを着る子供は何とも愛らしかった。

「君は、一人でいたの？」

問いかけに、子供は首を傾げる。

「俺の話していること、わかる？」

今度は頷く。幼いけれど、言っていることはそこそこ伝わり、意思の疎通ができる。この子がどうしてパンを盗んだのか、聞こうとしたところで、ぐるるるっと元気な音がして、子供がお腹を押さえた。

「おーな、おーな」

子供が舌っ足らずな口調で喋《しゃべ》る。

「お腹が空いてるの？」

小さな頭がコクリと頷く。

「何が食べたい？」

子供は上をむいて「あーまいの」と口をぱくぱくさせる。お菓子が食べたいんだろうか。食事は甘めのパンなんかがいいかもしれない。

「じゃあ少しだけ待っていられる？」

子供は「うん」と返事をした。シドは財布を片手に部屋を出る。今度はフロントに人がいて、隣の食品店兼雑貨店も開店していた。そこで二人分のパンとミルク、甘そうなチョコレートを一つ買った。

「ただいま」

物音に驚いてしまうかもしれないと、声をかけてから部屋の中に入る。子供の姿が見えないと思っていたら、ベッドの上で横になっていた。

「ご飯を買ってきたよ。一緒に食べよう。甘いおやつもあるよ」

声をかけても起きる気配がない。シャワーを浴びて体が温かくなり、眠たくなったのかもしれない。

「……食事は起きた時でいいか」

サイドテーブルにパンの袋を置こうとして、それに気づいた。引き出しの中に入れてあった布袋がテーブルの上に出ていて、袋の口が中途半端に開いている。散歩に出るとき、中身を確かめてきちんとしまった筈だ。それからは引き出しに触ってない。

嫌な予感がする。袋を引き寄せて中を見ると……ない。パトリックがいない。床でうつ伏せになってテーブルやベッドの下を探したが、白い粒はどこにもない。

「おい、起きてくれ」

声をかけ、軽く揺さぶっても、子供は目を覚まさない。

「君に聞きたいことがあるんだ。袋の中に入っていた白い粒を知らないか」

抱き起こしても、目を開けない。スウ、スウと気持ちよさそうな寝息を響かせるだけだ。

「ねえ、寝てないで起きてくれ！　何か飲まなかったか？　飲んでたら今すぐそれを吐きだして！」

耳許で大きな声を出しても、子供は寝たまま。お腹を空かせていたこの子は、白い粒をキャンディか何かだと思って食べてしまったんじゃないだろうか。早く、早く起こさないと、胃酸《いさん》でパトリックが溶けてしまう。最後、自分と溶け合う筈だったパトリックが……。

目覚めない子供を必死になって揺さぶっているうちに、ふと我に返った。自分は何をしているんだろうと。次にきたのは、諦め。別にもう、いいじゃないかと。この子に噛み砕かれ、胃酸に溶かされてパトリックが消えてしまっても、そういう運命だったに違いない。

神さまが、人間が信仰する神さまが、もう自分に諦めろと囁いているのかもしれない。二年に及ぶ地下での生活で自分を支えたパトリックは、ホープタウンに出てきたなら、他の人間と関わるならもういなくていいだろうと、そう考えて消えたのかもしれない。

愛する者の真の終わりは突然で、拍子抜《ひようしぬ》けするほど呆気《あっけ》なく、最後は一緒という望みも絶たれた。何か疲れて、酷く疲れて、ベッドに潜《もぐ》り込み、寝ている子供を抱きかかえた。

ふと、この子は本当は何歳なんだろうと思った。耳と尻尾はないが、ビルア種だ。もし五歳だったなら、粒を噛まずに飲み込んでいたらパトリックが出てくる。今、揺さぶっても起きないのは、肉体が【乗り換え】をしているせいだとしたら……。

そんな都合のいいことがあるだろうか。この子は体がとても小さくて、見た目は三、四歳だ。ホープタウンの子だから、栄養不足で発育もよくない可能性はあるが……僅《わず》かな期待に、胸がザワザワするのを止められなかった。

目覚める寸前のまどろみの中、最初にパトリックが感じたのは「暖かい」だった。とても暖かい。ぬくぬくしている。ここはどこだろう。自分は……どうなっている？

裁判所で、チルリの相棒だった「虫」に銃《じゅう》を向けられ、頭部を撃たれたところまでは覚えているがそこから先の記憶がない。しかしこうやって思考しているということは、自分は死ななかったのだろう。手術をされたのだ。いったい誰が自分を助けた？　……全く、余計なことを。あのまま死に絶え、そして口から飛び出した自分の粒を、誰かが無造作《むぞうさ》に踏み潰《つぶ》して始末してくれればよかったのに。

右目が痒《かゆ》くなり、掻《か》こうとして顔の前に手を持っていくも、何だかぎこちない。神経の伝達がスムーズにいっていないのか、鼻ばかり擦《こす》ってしまう。頭を撃たれたようだし、神経の修繕《しゅうぜん》が上手くいかなかったんだろう。死んでもいい、死んだつもりでいたのに、いざ生きているとなると、できていたことができない不自由さに苛々《いらいら》する。

やっと目的の目まで手が届き、掻くことができた。愚鈍《ぐどん》すぎる手が視界を過《よぎ》り、違和感に首を傾《かし》げた。顔の前に手をかざす。あまりの小ささにギョッとする。まるで子供の手だ。自分の手は、こんな手じゃなかった。こんなんじゃ……もしかして……その可能性に気づいた時、氷の手で背中をなぞられたように、ゾゾゾッと怖気《おぞけ》が走った。

自分は【乗り換え】させられたんじゃないだろうか。いったい誰に？　何の目的で？　とにかく自分の現状を確かめたい。目を大きく見開いて、周囲を見渡した。コンクリートが剝《む》き出《だ》しになった灰色の壁、薄汚れた白いカーテンと、その奥にあるぼんやりとした明るい光。明け方……それとも夕暮れだろうか。ここは、とても小さな部屋だ。

スウ、スウと寝息が聞こえた。傍《そば》に、誰かいる。同じベッドの中にいる。誰だ？　振り返ろうにも、手だけでなく首まで動かしづらい。【乗り換え】直後は新しい体に慣れなくて肉体の操作に手間取るものだが、ここまで自分の意思にシンクロせず、動かしづらい体は初めてだ。何度か前後、左右に首を傾ける練習をしてから、振り返る。

そこにいたのは、黒髪の男だった。黒髪、黒い耳のビルア種。その顔をじっと見ているうちに、鼻の形、唇の形が記憶の中のそれと一致し、同時に腹の底から怒りが込み上げてきた。髪を染めてはいるが、こいつはシド、シド・オイラーだ。

世界へＯ《オー》の存在を知らしめるため、己《おのれ》を告発できるＯになるよう調整していた男だ。Ｏは基本、自分の種の存在を人やビルア種に「話せない」「書けない」という性質を持っているので、その性質を弱めるために【乗り換え】前の粒に傷をつけて「不完全なＯ」になるよう調整していた。数え切れないほどのＯに傷をつけてきたが、傷が浅かったり、逆に深すぎたりとなかなか上手く調整できなかった。シドは上手くいっている方だったが、こちらの言うことを聞かせるためになだめたり、体を与えたりと扱いが面倒だった男だ。途中から自分が望む進展が見られなくなったので見切りをつけ、上手くいきそうだった別の個体、チルリに集中した。

シドは自分を【乗り換え】させ、再び悲劇を繰り返した。全て終わる筈だったのに、罪のないビルア種の子を、この子の肉体を犠牲にした。世界が絶望で覆《おお》われ、目の前が暗くなる。ああ、今すぐ死にたい。消えたい。自分がやれることは、全てやった。Oの存在を世界に告発し、目的は果たした。今、世間は血眼《ちまなこ》になってOを狩りはじめた。そう、狩られてしまえ。寄生する魂《たましい》は、一人残らず消滅してしまえ。

ジェフリー、ジェフリー……自分が永遠に愛する唯一の魂に会いたい。けれど死んでも、ジェフリーに会えるかどうかわからない。誰も、死んだ後の魂の行方を知らない。教えてくれない。

同族を駆逐《くちく》する足がかりを作る。その目標を達成した途端、またこのやるせない感情が舞い戻ってきた。もう疲れた。疲れ果てた。ずっとずっとこの感情を抱《かか》え続けることに。早く終わりたい。こんな小さな体なので、数日食べなければ死ぬ。だけどもう一分も苦しむのは嫌だ。一瞬で意識を失いたい。

窓、窓だ。この部屋には、窓がある。ここが何階なのか知らないが、窓から飛べば死ねるかもしれない。時計塔から飛び降りたチルリのように、飛ぶのだ。ああ、その前にシドを殺しておかないといけない。放っておいたら、また自分の粒を拾って【乗り換え】させてくるかもしれない。

どうやって殺す？　この小さくて愚鈍な手では、首を絞《し》めることもできない。ナイフなら弱い力でもこの男の動脈を掻き切れるかもしれないが、シドが持っているかどうかわからない。

ああ、面倒くさい。もういい。手っ取り早く終わろう。自分から飛び出した粒を、誰か踏み潰してくれ。願いながら、死に向かう。じりじりとベッドサイドに寄り、ゆっくりと体を起こすも、座った状態で止まれない。この個体は驚くほど体幹が弱いと気づいた時には、前向きに体が折れて、反動で床にドタッと倒れ込んでいた。両手をつこうとしたが当然間に合わず、床に顔をまともにぶつけた。痛い。

「……んんっ？」

シドの声がする。奴が起きてしまった。寝ている間にこの肉体の始末をつけたかったのに……顔の痛みを堪《こら》えて立とうとするが、膝を曲げられず、四つん這いにすらなれない。この体は、想像を遥かに超えた酷《ひど》いポンコツだ。

「うわっ、大丈夫？」

小さな体が、背後からふわりと抱き起こされる。

「寝ぼけて転んじゃったかな？　どこかぶつけなかった？」

シドが膝の上に小さな体を座らせ、顔を覗き込んでくる。自分に苦しみを与える男。その間抜け面《づら》を思い切り叩きたいのに、腕に力が入らなくて少ししか上がらない。シドの目の中に、怒りに震える見知らぬ子供の顔が見える。

「君は、いくつ？」

シドが聞いてくる。【乗り換え】させられたビルア種なので、五歳に決まっている。

「……もしかして、パトリック？」

苛立ちが腹の中で膨《ふく》れあがる。この子に粒を飲ませておきながら、なんて白々しい。この男とは、もう口もききたくない。だから沈黙しか与えない。

「あぁ、変なこと聞いてごめんね」

シドは子供の背中をあやすように優しく撫でた。それからベッドの縁に腰かけさせられる。姿勢を保持できずぐらぐらしていると、壁を背に座らされた。その向かいにシドも座り込む。髪色が変わっただけではない、シドの雰囲気が記憶している姿と違う。背が伸びて、体も厚みが増している。肉体が成長しているのだ。ということは……前の肉体から出て【乗り換え】させられるまでに、ある程度の時間が経《た》っているということか？

「教えてほしいことがあるんだ。この袋の中に入っていた白い粒、食べちゃった？」

今がどういう状況で、何を聞かれているのかわからない。この肉体の【本体の精神】ならわかるかもしれないが、その精神の記憶を寄生している者が探ることはできない。

「お腹が空いてたんだろう。もし食べてしまったとしてもかまわないから、教えて」

シドの言葉から推測するに、白い粒とは、自分のことか？　この子供が勝手に粒を飲んだのではないかと、シドは疑っているんだろうか。この子供は五歳のビルア種で、偶然に自分は【乗り換え】てしまったということか？　そもそもこの子供は誰だ？　体の動きが猛烈《もうれつ》に鈍いこの子供は……。

「言いたくないの？　怒ったりなんかしないよ？」

推測では判断できない。自分がパトリックだと言った方がいいのか、言わない方がいいのか。どうすればいいのかわからない。わからない時は、答えを曖昧《あいまい》にしておいた方がいい。

わからない、と言おうとして自分の口から出てきたのは「わうえぇにゃい」という意味不明な言葉の羅列《られつ》だった。己の声に衝撃を受けて、もう一度口を開いた。それでも出てくる言葉は「わうえぇにゃい」だ。舌を意識して動かしても、ろくな言葉にならない。

「ああ、うん。そっか、わかった」

シドの手が、そろそろと子供の頭を撫でた。そうして窓辺に近づき、外を見る。窓からの光は薄いオレンジ色で、間に薄い紙でも一枚挟んだような曖昧さで差し込んでいる。

「……もう日が暮れちゃったな。夜は危ないから、明日の朝になったら君のいた場所というか、保護者の人を探しに行こう」

保護者、という言葉から、この子は迷子かもしれないと予測する。シドは迷子を保護し、それが偶然にも五歳のビルア種で、自分の粒を勝手に飲み込んでしまった。そしてその現場を、シドは見ていない。五歳以外の年齢だと、粒は胃液で消化される。シドは自分の粒が、子供の胃の中で消化されたと判断したんだろうか。

さっきまで頭の中には死しかなかったが、成長したシドを見ているうちに、自分たちの種族、Oは今どうなっているんだろうと気になった。大規模なO狩りが始まったところで、その結末を見届ける間もなく前の肉体は殺された。シドの成長ぶりから二、三年は経過していると予測されるが、普通に出歩いているようだし、まだ全ての〇は狩りきられていないのかもしれない。少なくとも一人残らず〇を絶滅させるという目的は、果たされていない。〇の存在が明るみに出てから何年経《た》ち、今現在どれだけ〇が残っているのか知りたい。それなら迷子の子供の振りを続けて、情報収集をすればいい。

状況を把握したら、残っている〇を掃討《そうとう》する。ああ、もしかしたら自分はそのために新しい肉体を得て、この世界に戻ってきたのかもしれなかった。

筋力がないのではないかと思うほどぐにゃぐにゃで立つこともできなかった「新しい体」は、時間の経過と共に少しずつ馴染《なじ》み、トイレに一人で行ける程度には歩けるようになった。ずっと大人用のセーターを着せられていて、翌日にようやく子供用の服を与えられたが、驚くほど質が悪かった。セーターは左右の袖《そで》の長さが違うし、ズボンや靴下も微妙に色あせている。古着かとげんなりしたが、タグがついていたし洗った形跡《けいせき》はないので、これでも新品だった。

ここが宿の一室だとわかった時、あまりにも薄汚く質素だったのでもしやと思ったが、窓から見える景色で確信した。低層《ていそう》で灰色の建物がひしめく町並み。ボロボロの服をまとった人や、酒瓶《さかびん》を抱えた人が歩道をゆらゆらと歩く。街中で立ったまま排泄《はいせつ》する。大声で喧嘩をはじめる。今まで見てきたことがない治安の悪さ……ここはホープタウンだ。狩られ、追われたΩが世界警察の手が届きにくい貧民窟《ひんみんくつ》であるホープタウンに逃げ込むというのは、ありそうなことだ。

午前十時過ぎ、シドは犬耳を隠すようにコートのフードをかぶり、子供を抱き上げてホテルを出た。廊下を歩いている間に、自分が二度も転びそうになったからだ。

どうやって子供の保護者を探すのだろう。Ωである以上、警察には極力関わりたくない筈《はず》だがなと様子を見ていると、シドは近くにある店を一軒一軒訪ねて「迷子なんですが、この子の保護者の方を知りませんか？」と聞いて回りはじめた。

買い者客ではないとわかると冷たくあしらう人、自分の顔を覗き込み「見たことない顔の子だね」と一応は協力してくれる人、店の反応は様々だった。店員とシドの会話を聞いているうちに、この子供は大人に暴力を受けていたところをシドに助けられ、親を探してもらっているのだとわかった。作り話の可能性もあるので鵜呑《うの》みにはできないが、逆を言えば作り話をする理由も見いだせなかった。

肉屋のレジをしていた黒髪の中年女性に「縁もゆかりもない子なんだろ。あんた、お人好しだねえ。警察に任せておけば？」と言われ、シドが「見つからなければ、警察にお願いしようと思いますが……」と歯切れ悪く答えると、肉屋の女性は「まぁ、警察に連れて行っても、親が見つからなきゃ孤児院に放り込まれるだけだろうけどね」と肩を竦《すく》めた。

八軒目に入った金物屋の初老の男は、白髪交じりの顎鬚《あごひげ》をさすりながら「その子は三、四歳か。自分で何か話せないのかい?」とシドに聞いていた。

「まだ上手く喋《しゃべ》れないようで……」

初老の男が「んんっ」と首を傾げ、自分に「坊主や、口を大きく開けてごらん」と言ってきた。面倒なので無視していると、シドに「口を開けてみて」と顎《あご》をつつかれ、仕方なく唇を大きく開く。口の中を見た初老の男は「あぁ」と下がり気味のトーンでため息をついた。

「この子、舌を切られてるよ。だから上手く喋れないんだ。マフィアが子飼いにすると決めたストリートチルドレンに、たまにこういうことをするんだ。ストリートの子は読み書きも習わないし、舌がこんなんだと上手く喋れないから、とっ捕まっても自白《じはく》もろくにできない。抗争の時なんかに、こういう子を使い捨ての鉄砲玉《てっぽうだま》として利用するんだ」

「そんな酷いことを……」

絶句するシドに向かって、初老の男は腰に手をあてた。

「この子の親だって名乗り出てくる奴がいたら、九割方そいつはマフィアだろうな。あんた、その子を警察に連れて行ったらどうだい。ホープタウンの警察は裏社会とズブズブなんでマフィアのとこに戻されるかもしれんが、運が良ければ孤児院に行けるだろ。まぁ、ホープタウンは親の死んだ子、親に捨てられた子が野良猫並みにいるし、孤児院もろくなもんじゃないが、それでもマフィアよりはましだろ。……あんた、見ない顔だけどこっちに来たばかりかい?」

シドは一瞬黙り込み、そして「色々と事情があって……」と俯《うつむ》く。途端、初老の男は「ははっ」と声を上げて笑った。

「ホープタウンに『事情のない奴』なんていやしない。みんな平等に脛《すね》に傷を持つ身さ」

店には客もおらず、初老の男は暇だったのか「あんた、どこに住んでるんだい？」「独り身かい？」とあれこれ質問してくる。話しやすい相手だと思ったのか、シドは「今は宿にいるけど、部屋を借りたいんです。信頼できる不動産屋を知りませんか？」と逆に聞き返していた。

初老の男は「部屋を借りるならニケル不動産がお薦《すす》めだよ。部屋は少々割高だが、安全なアパートを紹介してくれる。この通りにあるアパートなら、大抵どこも大丈夫だ。一歩奥の通りに入ると家賃は一桁《けた》安いが、その分だけ不具合が増える。電気がこない、水が出ないとかね。まぁ、部屋の程度は家賃相応だよ。金を出せば、そこそこ綺麗な部屋に住める。それは都市部でも同じだろうがね」

初老の男と長話をして店を出ると、午後一時を過ぎていた。シドは小さなスーパーマーケットでサンドイッチやミルク、パンや缶詰を買い、ホテルの部屋に戻った。サンドイッチの昼ご飯をすませたあと、シドはベッドの端に腰掛けた自分の前に椅子を置き、向かい合う形で座った。

「お母さんやお父さんのこと、何か少しでもいいから覚えてる？」

どういう反応がいいのかわからず、首を傾げてみる。

「舌が短いのはわかる？　それで喋りづらいのも」

これには頷いてみせる。「そっか」とシドは目を伏せた。両手を膝の前で組み合わせ、親指の先を擦り合わせている。そして勢いよく顔を上げた。

「君さえよかったら、俺と一緒に暮らしてみないか？」

シドの目はまっすぐこちらを見ていて、前の肉体「パトリック」に言われているような、何とも言えない気分になる。

「寝る場所と食事、服ぐらいしか俺は君に与えてあげられないけれど」

三時間ほどシドに連れられて店を巡り、会話を聞くことで、自分の置かれた状況を把握した。店にあった電子カレンダーを見て、自分が撃たれてから二年と少し経過していることも。O狩りの結末はわからないが、シドが髪色を変えて警察の手の届かないホープタウンにいることから、まだOは追われているんだろうなという予測はつく。

「一緒に住む？」

シドがもう一度、聞いてきた。どうすれば自分のやりたいことができるだろうと考える。Oの動向が知りたい。残っているOを撲滅《ぼくめつ》したい。シドを消滅させたい。目的を達するためには、生きていないといけない。そうなると、シドと暮らすのが最も効率的に思えた。この男を消滅させるために、この男の傍にいる。

同意の意思表示でコクリと頷いた。自分がターゲットになったと知らないシドは、ホッとし

た、嬉しそうな表情で「よろしく」と小さな頭を撫でてきた。

「君、名前は？　言える？」

この個体の本当の名前は知らない。適当につければいいのかもしれないが、考えるのも面倒だし、考えたところで喋りづらいこの口では、それを伝えるのにも苦労する。なので「知らない」のパフォーマンスで首を傾げた。

「名前がないことはないと思うんだけど……」

シドは「うーん」と唸《うな》りながら口許《くちもと》に手をあて、考え込む素振りを見せる。

「じゃあ俺がどんな風に呼んでもかまわない？」

こだわりもないので、頷いた。

「これから君のことを『パトリック』って呼んでもいいかな」

ギョッとする。本当は自分がこの個体に【乗り換え】ていると気づいてるんじゃないだろうか。いや、そんな筈はない。最初は疑っていたが、曖昧な態度を取っていたら「違う」と判断した。そうでなければ、わざわざこの個体の親を探し回ることはしないだろう。

「この名前は嫌かな？」

拒否すると、やっぱり名前を意識しているのかと余計なことを勘ぐられそうで、首を横に振る。

「よかった。じゃあ君は今日からパトリックだ。これからよろしくね」

シドのふさふさした黒い尻尾《しっぽ》が、嬉しそうに左右にブンブンと大きく振られている。体が成長しても、そういう感情表現は昔と同じだった。

共に暮らすと決めた次の日、シドは自分を連れて金物屋の男に教えられたニケル不動産を訪ねた。三十代半《なか》ばの金髪の社員、カムデンが担当になり、いくつか薦めてくれたうちの一つ、近くなので歩いていけるというアパートの内見《ないけん》をした。

アパートは大通りの端にある四階建ての建物で、一階は中古の自転車店だった。部屋は四階になり、間取りはリビングダイニングと寝室の二部屋だけで、バストイレ、小さなキッチンがついている。担当のカムデンは「ここの大家はバストイレのトラブルにもすぐ対応してくれるし、シャワーのお湯が使っている途中でも冷たくならないと評判なんです」と、都市部では当たり前のことを力説《りきせつ》していた。

シドは「この部屋、どう思う?」と聞いてきた。壁は汚れているし、暖房やキッチンの設備は三、四十年前のもので、都市部だと借り手のつかない物件だが、ホープタウンでは中の上だろう。自分が嫌だといえば借りないのかなとも思ったが、また別の部屋を内見するのも面倒だし、どこも似たようなものだろうと割り切り、いいという意思表示で頷いてみせた。

シドはこの部屋に決め、不動産会社に戻って手続きをはじめた。「サンディ・ネムキ」という偽名を書き込みながら「個人IDはないんですが、大丈夫でしょうか」とシドがおずおず切り出すと、カムデンは「あっ、そうなんですね。じゃ家賃は一ヵ月前払いで。払いがないと、予告なしに強制退去なんで気をつけてください」と慣れたものだった。

「サンディさん、都市部からの都落ちですか？　都市部から来る人、けっこう多いんですよ。ちなみにホープタウンの住人の半分は個人IDなんて持ってないですから。金に困って売っちゃう人が多いんですよね。まあ、自分の臓器を売るよりも健全だと思いますけど」

カムデンは陽気に笑っていたが、シドは頬をこわばらせていた。

「臓器は培養《ばいよう》できるのに、まだ売る人がいるんですか？」

都落ちの問いかけに、カムデンは「培養臓器は高いでしょ。まだ人間の方が手の届く価格なんで」と現状を伝えてきた。

シドは自分のことを「息子」という設定にしていたので「幼稚園に通わせたいんだけど、近くにいい所はないですか」と聞いていた。するとカムデンは眉間に皺《しわ》を寄せた悩ましげな表情で「幼稚園は危険ですよ」とため息をついた。幼稚園が裏でマフィアと繋《つな》がっていて、綺麗な子に早々に目をつけ、いい具合に成長したところで誘拐するらしい。なので小学校までは、子供は家から外へ出さない、外出には必ず付き添うのがベストだと忠告された。

基本、ホープタウンでは幼児を外で遊ばせないが、近年は少しずつ行政の手が入り、この辺は随分と治安がましになったらしかった。ここから歩いて五分ほどの距離にある図書館は、都市部の役所から出向《しゅっこう》してきた司書が管理しているので、館内のセキュリティが万全《ばんぜん》でマフィアも手を出せず、過去に誘拐の事例もないことから、ここの図書館でだけ子供を一人で遊ばせる親もいるとのことだった。

部屋は家賃さえ前払いすれば即日入居ができたので、シドはその場で契約し金を払った。寝具やキッチン用品は、入居するアパートの大家が保管していた、退去者《たいきょしゃ》が残していったものを格安で購入して、とりあえず必要最低限、生活に必要なものは揃《そろ》った。

シドは「どこか働ける場所はないかな」と聞いていたが、この周辺での仕事は治安がいいので人気があり、募集してもすぐに埋《う》まってしまうとのことだった。ホープタウンの川沿いに行けば日雇《ひやと》いの募集もあるが、そっちは事故が多発したびたび死人が出るのでお勧めしない。風俗は男でも募集はあるが、マフィアとのトラブルに巻き込まれることが多いので、こちらも……と正直に教えてくれるカムデンに、シドは黙り込んだ。

大家との顔合わせも終わって鍵を受け取り、新しい部屋で二人きりになると、シドは「俺が出かけている間、家の中に閉じ込めちゃうのは可哀想なんだけど……」と子供の頭を撫でた。

小さき者を優しく見下ろしてくる、黒い瞳。そして見ず知らずの子供を拾って、共に暮らしていこうとする行動の意味。シドはネストでも小さい子の世話をよくしていたから、子供は好きなんだろう。しかしO狩りから逃げている状況でありながら、足かせになる存在を抱えるのはなぜなのか。可哀想な子供に同情したから？　いや、もっと合理的な理由が欲しい。あぁ、そうだ。ビルア種の男が一人で暮らすよりも親子連れでいた方が、警察の警戒感は薄れるのかもしれない。

シドはホテルを引き払って荷物を持ってきたが、それは小さなリュックが一つだけだった。日が暮れ、固いパンと豆のスープの質素な食事を終えたあと、一緒のベッドに入った。この部屋にはベッドも寝具も一つしかないし、寒いので仕方なかった。目的を達したらすぐに死ぬつもりだが、それまでの間に肉体が寒かったり苦しい思いをするのは嫌だし、そうする意味もなかった。

背中にシドの熱を感じながら、ぼんやり考える。【乗り換え】た肉体は所詮《しょせん》借り物、心と体は別物だと割り切っているので、肉体が性交可能年齢になり、体が欲せば誰とでも寝た。【乗り換え】た肉体は服で、セックスは性欲を解消できる手軽なスポーツでしかない。

全てをかけて愛し、交《まじ》わったのはジェフリーだけだ。優しく、誠実で、自分を心の底から愛してくれた彼だけだ。しかし彼は人間だったから、月日の経過と共に老いてゆき、病で亡くなった。自分はOだから、二十五年ごとに肉体を【乗り換え】ないといけない。最初は「ハル」という女性体を狂おしいほど愛された。次は「アーノルド」という男性体に【乗り換え】、ずっとジェフリーの傍にいたのに「愛した人」とは認識してもらえなかった。容姿は違っても、中身は同じなのに……そんなジレンマに苛《さいな》まれ、最終的に新しい人間として再び彼に愛されるという所に落ち着いたが、そこに到達するまでに自分は悩み、苦しみ抜いた。そのアーノルドの肉体も脱ぎ捨てる時がきた。ハルの時は脱ぎ捨てた肉体が【乗り換え】た翌日に亡くなったが、アーノルドは脱ぎ捨てた肉体がもとの精神に返され、残った。その時、ジェフリーは、外見だけが「アーノルド」の肉体を、自分ではないそれを最後まで愛した。自分は「ナイルズ」という男性体に【乗り換え】ていたが、どんなに傍にいても、愛する人に対する視線が、感情が、愛情がジェフリーから与えられることはなかった。

「き……み……は、だれ」

ジェフリーが「ナイルズ」だった自分に向けた最後の言葉が、今でも耳に残っている。その問いかけに、答えることができなかった。それはＯの存在を外へ知らしめてしまうことになるからだ。だから、自分はお前が愛した「ハル」で「アーノルド」だと、ジェフリーが生きている間は言えなかった。

人間として生き、生涯を終えたジェフリーを見ているうちに気づいた。Ｏが存在しているのは間違いなのだと。突然変異で生まれた自分たちは寄生虫のようなもので、ビルア種の精神を封じ込め、害をなしている段階で、最初から存在してはいけなかったのだと。

自分たちの種族Ｏはいつか、絶滅する。子孫を残せないので、防ぎようのない不慮《ふりょ》の事故や、【乗り換え】のミスで少しずつ減っていく。しかしそれを待っていたら、あとどれだけこの世界に存在してしまうかわからない。存在しなくていいものなら、今すぐ排除《はいじょ》する。この世から全て抹殺《まっさつ》する。

種の保存の法則で「Oは自分たちの存在を外へ発信できない」が、粒に傷をつければ、不完全なOになる。不完全なOは、寄生した人間の精神を完全に乗っ取ることができない。そこを狙って、不完全が故《ゆえ》に、外へ発信できるOを作ろうとした。何度も失敗を重ね、ようやく成功したのが二年と少し前だ。

「……じぇえああ」

愛する人の名前を呼びたくても、この不自由な舌はその響きを発することもできない。だから心の中で繰り返す。

『ジェフリー　ジェフリー　ジェフリー』

愛する男の死から、時間は完全に止まってしまった。「Oを撲滅したい」そのためだけに、何度も何度も肉体を【乗り換え】て、目的をほぼ達したところで、最後はこの……ろくに声も出せない、耳も尻尾も切り落とされた無様《ぶざま》な肉体に寄生してしまった。

大切にしていた、自分とジェフリーを繋ぐトルコ石の指輪も、逮捕された時に没収《ぼっしゅう》された。もう二度と戻ってはこないだろう。何もかも失われていく中で、最後に与えられた肉体がこれであることを皮肉に感じつつ、目を閉じる。背中にある温《ぬく》もりをジェフリーのものだと思えば、途端に胸の中にある固い部分がほぐれて、記憶にある彼の声が脳裏《のうり》に蘇《よみがえ》ってくる。

「アニーアニー……愛しているよ」

はにかむような、甘い声。これまで何度も反芻《はんすう》してきた幸せな記憶なのに、両目からつらつらと流れてくる涙は止まらなかった。

翌日、シドは子供を連れて不動産屋のカムデンに教えてもらった図書館に向かった。そこは住居証明さえあれば誰でも入館でき、家を借りたシドはすぐに確認がとれ、利用することができた。

シドは自分を連れて館内を一周し、ロビーに戻ってくると子供の手首に薄く細いブレスレット状の「チャイルドパス」をつけ、こう注意した。

「ここで他の子と遊んでおいで。だけど図書館の外へ出たり、他の大人について行っちゃ駄目だよ」

「チャイルドパス」は手首に巻き付けるタイプの認識票で、こちらをつけていると、指定された建物の外へ出た途端に警報が鳴るシステムになっていた。連れ去り防止で、都市部では一般的に導入されている。

「俺はこれから仕事を探しに行ってくる。お昼には戻ってくるから」

子供を残し、シドは図書館を出て行った。仕事を探す、働かないといけないということは、金がないのだろう。金があれば潜伏《せんぷく》していられるので、見つかる危険性のある表に出て行く必要はない。

職探しのため図書館に一人置いていかれたのは、好都合だった。電子書籍が一般的になり、紙の本は大学などの教育機関にしか置かれていなかったが、子供の情操《じょうそう》教育には質感のあるものに触れるのがよいという研究結果が発表されてから紙の本が再注目され、子供向けの紙の本を置いた公共の図書館が新たに作られた。貴重な紙の本に触れられるいい機会なので、親もよく子供をつれてきて、質感のある本の読書を体験させている。

紙の本のほか、膨大《ぼうだい》な電子本のデータベースがあるので、好きなだけ知識を吸収できる。備え付けられている閲覧《えつらん》の端末《たんまつ》を貸してもらい、水色やピンクといった優しい色合いの壁、ふわふわしたクッションがいくつもあるテニスコートほどの広さのフリースペースの隅っこで、粒で過ごしていた空白の期間の世界情勢を貪《むさぼ》るように読んだ。

その存在を知られたことで、Oは世界中で狩られていた。ビルア種というだけでOではないかと疑われ、襲われる、殺されるといった凄惨《せいさん》な事件もいくつか起こっていた。緊急時のOの避難所だった01から07、Oの寄宿舎であるネストも残らず摘発《てきはつ》されて、もうどこにも逃げ場はなくなっている。よくシドは捕まらずに過ごせたものだと逆に感心した。いったいどこに潜伏していたのだろう。不安になると心理的にどうしても集団で集まりたくなるが、そうやって集まれば集まるだけ、見つかる可能性は高くなる。シドは一人で行動しているようなので、それがよかったのかもしれなかった。

膨大な記事を読んでいくうちに、世界警察が出しているOの手配書を見つけた。似ている人物を通報し、無事に捕獲できた際には高額な報奨金《ほうしょうきん》が出ていた。

そこには百人ほどがリストアップされ、シドと自分の顔写真も掲載されていた。ただシドの写真は古かった。ネストで名簿は作るが、【乗り換え】した五歳児の顔写真を使い、以後は本人が希望しなければ更新されない。五歳児の時の写真で、現在の顔の予測画像もあったが、今の本人とは似ても似つかなかった。まだらの髪や犬耳が最大の特徴だが、髪色を変えている。今のシドを見て、手配書のシドと同一人物だと気づく者はいないだろう。

手配書の自分を、不思議な気持ちで見つめる。リストに掲載されているということは、前の肉体は死んだが、死体は見つかっていないのだろう。

情報収集をしているうちに、昼になる。お腹が減ったなと腹を押さえていると、シドが戻ってきた。図書館の中庭で、二人並んでサンドイッチを食べる。すると三歳ぐらいの子供を連れた若い女性が近づいてきて「息子さん、おいくつですか?」と声をかけてきた。シドは「四歳なんです」と答えている。通常であれば若い男に子連れの女性が声をかけることはないと思うので、やはり親子だと周囲の警戒心は薄れるのかもしれなかった。

図書館から借りた閲覧の端末にカメラ機能があったので、庭の風景を写真に撮る振りでシドの顔を映した。本人は多分、気づいていない。午後からシドは再び出かけていった。自分は中庭に残り、端末を使って撮影した写真を加工した。世界警察の手配書のシドの部分をコピーし、その似てない顔写真の上に昼に撮ったシドの写真を貼りつける。その下に越したばかりのアパートの住所とシドのフルネームをタイプした。端末で撮った写真は一日二枚まで無料でプリントアウトできるサービスがあったので、加工したシドの写真を二枚、プリントする。できあがったカードサイズの写真は、ズボンのポケットにしまった。

夕方の四時頃、シドは自分を迎えに来た。薄い雪の積もる道を、手を繋《つな》いでアパートに帰る。この子供の髪色は黒で、シドも同じ。こうして並んでいると、自分たちは親子にしか見えないだろう。

「手が冷たいね。手袋を買っていこうか」

ホテルの隣にある雑貨店で、シドは子供用の手袋を買った。そこのレジ横に、そっとカードサイズのシドの写真を置く。

「お湯を沸かすのに、ケトルがないよね」

呟き、お喋り好きな店主のいる金物屋に立ち寄り、ケトルを買う。そこにもシドの写真を置いてきた。自分は傷一つない完全な0なので、自分が0だと告白することやそれを伝えること、そして同類のシドを0だと告発することはできない。けれど手配書を細工し、置いてくることはできる。それはシドの顔と居場所を知らせるだけで、0の正体に迫《せま》るものではないからだ。

あの写真を見た誰かが、報奨金目当てに警察に通報するかどうかは、賭《か》けでしかない。明日も図書館に連れていってもらえるなら、また作る。そうやって多くの人の目に真実を晒《さら》していけば、いつか誰かが通報してシドは捕獲されるだろう。

夕食の際、シドはその日にあったことを、こちらが聞いてもいないのに話してきた。町外れにある家電の修理工場で雇ってもらえたらしく「明日から働くんだ」と嬉しそうだった。シドが過去にどういう生き方をしてきたか聞いたことはなかったが、機械を扱う職業に就いていたことがあるのかもしれない。たとえ経験がなくても、傷ついた0でも、基本的に知能が高いので、慣れればなんでもできるだろう。

「明日も図書館だけどいいかな？　お昼は何か買ってくるから、一緒に食べよう」

頷くと、シドはテーブルの向かい側から身を乗り出して、子供の頭を撫でてきた。この男は頻繁《ひんぱん》に体に触れてくる。昔はこれほどスキンシップは多くなかった。人の頭を優しく撫でながら「もうちょっと大きくなったら、学校に行かないとね」と微笑《ほほえ》みかけてくる。

シドの言葉を信じるなら、自分たちは出会ってまだ三日の筈だ。それなのに、自分に向けられる優しさや愛情のようなものは何だろう。親のいない可哀想な子供だから、同情しているんだろうか。親子連れとして生活することで、周囲に怪しまれないようにするという目的があったとしても、よく他人の面倒を見る気になったなと思う。

食事のあと「君は舌が短いけど、調べてみたらそういう子でも練習したら上手く喋れるようになるそうだよ。練習してみない？」と提案された。向かい合わせで喋る練習をするも、体同様、舌も上手く動かない。自分の脳内に、こう動かせば声が出るという感覚があり、それに従っているのに、耳に聞こえてくるのは、音痴《おんち》なカエルの合唱だ。自分の思うようにできないことに苛々し、途中で練習をやめる。促《うなが》されても、口を閉じたまま。シドは「焦《あせ》らなくてもいいか。また明日しよう」と、切り取られた耳の付け根をそろそろと撫でてきた。それはちょっとだけ気持ちよかった。

翌日も図書館に連れてこられた。シドは仕事に出かける。昨日作成していたデータを本日分、二枚印刷しようとするも、図書館のプリンターが反応しない。機械の調子が悪く、そのことを伝えたくても、舌が回らないので「ぷぅたぁ　こおたぁ」と曖昧な発音しかできず、司書に首を傾げられる。それなら書いてと色鉛筆を握りしめるも、愚鈍な右手はぐらぐらと揺れて、ミミズが躍《おど》った文字になる。最終的に端末デバイスに入力して司書に自分の意思を伝えたが、トータルで十五分ほどかかり、猛烈にストレスがかかった。プリンターの不具合は伝えられたが、その日のうちに修理が来ることなく写真の印刷もできなかった。

その日の夜、アパートの部屋で発声と文字を書く練習をした。急にやる気を出した子供を見て、シドは「えらいなぁ」と頭を撫でてくる。褒《ほ》められたいわけではなく、意思を伝えられないことが不便だからやりはじめただけ。ここで自分がどういう風に生活していくのかは何となく把握《はあく》できたが、これはシドが「狩られる」まで続くわけで、いつまでなのかわからない。それなら生活する上での不自由は取り除いておいた方が、自分の精神衛生上よかったからだ。

その翌日も翌々日も、シドは子供を図書館に置いて仕事に行った。同じように、朝に図書館に来て、夕方親が迎えに来るまで放置されている子供が、六、七人いた。司書も気づいているが、見て見ぬふりをしている。置き去りにされた子供の一人に「あそぼ」と誘われたが、無視して側《そば》から離れた。子供と遊ぶ意味はないし、遊びたいとも思わない。それよりも、どうすればシドを人間に狩らせることができるか、そのことばかり考えていた。プリンターはいつまで経っても修理されないし、写真を置いた二つの店の誰かがシドを密告する気配もない。そもそも店の誰かが写真に気づいたかどうかもわからない。いっそシドの写真を世界に配信してしまえばどうかと思ったが、図書館の閲覧用端末は、閲覧やダウンロードはできても、こちらからの発信は制限されていて、写真やテキストの送信は一切できなかった。

何も進展がないまま悶々《もんもん》と日々を過ごす。することがないのでOの記事を読みあさり、世界で起こったOの絡《から》んだ事件は全て把握した。

自分はOという種族の最後の一人になりたかった。ビルア種を苦しめ続けた種の、最後を見届ける者に。しかしみんな潜んでしまったのでどこの誰で終わりなのか特定するのは現状では不可能だろう。最後の一人になった、自分以外の誰かを妄想する。追っ手から逃《のが》れ、しかしもう次に自分を寄生させてくれる者はいない。その時、最後の一人は種と自己の終末に何を思うのか知りたい。聞いてみたかった。無理だろう。

プリンターが修繕《しゅうぜん》されないまま年末になり、年明けの七日まで図書館は休みに入った。クリスマスの際、シドは小さなケーキと手のひらサイズのツリーを買ってきて、自分に子供用のスニーカーとチョコレートをプレゼントしてくれた。プレゼントがおもちゃではなく実用的なものであったことに心底ホッとした。そういえばシドはよく自分の頭を撫でてくるが、子供扱いされていると感じたことはあまりない。図書館にいると、同じぐらいの背丈の子供は、すぐに泣いたり、怒ったりと感情表現が豊かだ。未成熟な肉体なので、感情は成人よりも不安定だが、普通の子供のように取り乱すことはない。自分は「普通の子供」らしくしようとはしていないし、そのせいでどこかに違和感があって、シドは寄生していることに気づいているのではないかと感じることもあるが、最初に確かめられて以降は何も聞かれていないので、やはりただの子供だと思っているような気もする。

年末は晩ご飯に美味《おい》しいチキンを食べて、窓の外に降る雪を見ながら、静かに過ごした。テレビや動画を見るデバイスもなく、することがないので早々にベッドに入る。日に日に寒さは増していき、夜は暖房が入っていると思えないほど室内は冷え込むが、シドに抱っこされて眠ると暖かい。シドは尻尾を子供の腹辺りにおいてくれるので、それがふわふわして湯たんぽみたいで気持ちいい。心地よさに弛緩《しかん》していく肉体を感じつつ、考える。

自分たちの種、Oは、精神体だからこそ崇高《すうこう》なのだとずっと思ってきた。けれど肉体がないと何もできず、その肉体はしばしば不都合がおこる。健康で美しい肉体を選べない、取り換えられない人やビルア種は気の毒だというのが、Oの共通認識だった。そうやって肉体を卑下《ひげ》しつつも、結局は肉体がないと自分たちは活動できない。そういった矛盾に気づきながらも、みな頑《かたく》なに口を閉ざしていた。

自分たちはウイルスであり、寄生生物だ。ワクチンをきっかけに存在してはいけなかったものが生まれ、一気に拡散し、ビルア種を不幸にした。後は消滅するだけだ。今、Oは最終局面にきていて、死すべき残党は背後で寝息をたてている。誰かの告発を待たなくても、自分でこの男の息の根を止めてもいいのかもしれない。今、この家には料理用のナイフという鋭利《えいり》な刃物がある。実行は可能だが、普通の子供よりも非力で不器用なこの体だ。失敗するかもしれない。

シドは自らが殺されかけたからといって、この子を虐待する、殺すイメージが浮かばない。それよりも厄介な子供を置いて逃げ出し、またどこか別のホープタウンに潜伏しそうだ。そうなるともう見つけられないかもしれない。やはり警察にシドを捕まえてもらうのが一番だ。それなら確実に、シドを消滅させてくれる。

不意に「何か」の気配を感じた。玄関のドア越し、廊下から足音が聞こえる。響きの感じから人数は多そうだが、声はしない。表通りに出て、新年の馬鹿騒ぎをしていた輩《やから》が帰ってきて、アパートの住人に配慮して足音をひそめて歩いているんだろうか。隣の部屋に住んでいる、いつも喧嘩をしている若いカップルなら馬鹿騒ぎも好きそうだが、そういう気遣いのできるタイプではないようなと考えているうちに、ガチャリとドアが開けられる音がした。最初に脳裏に浮かんだのは強盗の二文字。このアパートはホープタウンでも中流かやや上の層が住む場所なので、狙われたのだ。

咄嗟《とっさ》に背後で寝ているシドを揺さぶる。すると「んっ、パトリック？」と声をあげて眠たそうに目を擦った。寝室のドアがバーンと開き、眩《まぶ》しいほどの光が自分たちに向かって浴びせられる。シドは「うわあああっ」と叫び、ベッドの上で飛び上がった。

警察の制服の上に防弾服《ぼうだんふく》を着た三人の男が、ベッドにいるシドを取り囲む。

「世界警察だ。サンディ・ネムキ、お前がＯのシド・オイラーではないかという告発があった」

最初に入ってきたかぎ鼻の男が喋る。やっと警察がシドを狩りに来た。シドの職場の同僚が密告したか、店に置いてきた告発カードに誰か気づいたのか。ついさっきまで、シドが捕獲されるのはいつだろうと思っていたのに、その瞬間は数分後にやってきた。何にせよ、呆気《あっけ》ない結末だった。

「話を聞きたいので、我々と一緒に来てもらおうか。抵抗しなければ、手荒なことはしない」

シーツを握り締めるシドの右手が、カタカタと細かく震えている。

「あ……はい。あの、俺はいいんですけど、この子はどうなりますか？　身寄りがいなくて……」

かぎ鼻の男はチラと自分を見やった。

「しかるべき施設に送られるだろう」

「それは都市部の施設ですか？」

右の口角《こうかく》を上げ、かぎ鼻の男はクッと笑う。

「お前、ここをどこだと思ってるんだ？　ホープタウンだぞ。都市部の施設に送られるわけがないだろう」

シドは「そう……ですか」と俯き、ベッドから降りた。おとなしく、近づいてくるシドの手を、かぎ鼻の警察官がぐいっと乱暴に掴んだ。そして手首に電子錠《でんしじょう》をかけようとしたその瞬間、シドはかぎ鼻の男に体当たりした。不意をつかれて、かぎ鼻の男は後ろに倒れる。抵抗しなかったシドに、両脇にいた二人の警察官は油断していたのか、反応が遅れた。シドは右隣にいた警察官の足を払い、相手の体勢がくずれたところで服を掴み、もう一人の警察官に向かって突き飛ばした。かぎ鼻の男の上に二人の警察官がもつれ合って重なり、ひっくり返ったカメのようにバタついている間に、シドは部屋の外へ飛び出していた。

「まっ、待てっ」

ワンテンポ遅れて、三人が追いかける。自分も警察官の後についていったが、足が遅くて階段で見失った。部屋に戻り窓から外を見ると暗い街灯の下、積もった雪の中を駆けていくシドと、建物を飛び出した警察官がエアバイクに乗り込む姿が見えた。

シドは路地裏の奥へと入り込む。あそこは道が細くてエアバイクは入れない。無駄な悪あがきをせず、早く捕まればいいのに……そう思っている間に、エアバイクを降りた警察官が路地に走り込んでいった。捕まったシドが路地から引きずり出されてこないかと期待してしばらく眺めていたが、警察官もシドも戻ってこず、体が氷のように冷え切ってしまったので窓辺を離れ、ベッドに潜《もぐ》り込んだ。シーツの中は外と同じく冷え切っていて暖かくなくて、体を丸めてブルブルと震えた。ベッドに入ってから寒いと思ったことはなかったのに、という疑問はすぐにとけた。背中の熱がなくなったからだ。

シドは逃げ切るだろうか。たとえ昔、多少の関わりがあり、今の肉体が世話になっているとしても、あれはOだ。ビルア種に害をなすO。消滅すべき存在。個々の持つ優しさなどの性質は、関係ない。シドが捕まれば、おそらく報道される。情報を得られる端末はシドの腕時計型のフォーンしかなく、シドはそれを肌身離さずつけていた。なので自分が事の顛末《てんまつ》を知りたければ、休み明けに図書館へ行き情報収集するしかなかった。

騒々《そうぞう》しかった夜が明け、朝がきた。暖房の効きが悪い、薄ら寒い部屋の中、上着を着込んでシドが買い置きしていたパンを食べていると、不意に玄関のドアが開いた。警察官が五人、何も言わずに部屋の中へなだれ込んでくる。足音も聞こえなかったので驚いて、短い犬耳が髪の中でもぞもぞと動いた。

警察官たちは寝室に入ったり、バストイレの中を覗いたりと傍若無人《ぼうじゃくぶじん》に歩き回る。寝室から「こちらの部屋にはいません」という声が聞こえた。パンを手に持ったまま、この状況は何だろうと推測する。もしかして……。

四十前後か、髭《ひげ》の警察官が近づいてきて、青色の瞳でジロリと自分を見下ろしてきた。

「おい、この子供は何だ?」

髭の警察官が威圧的《いあつてき》な大声をあげる。すると寝室から二十代と思われる若い警察官が出てきた。

「通報者の話ですと、O《オー》は路上生活をしていた子供と暮らしていたそうです」

髭の警察官の太い眉が、ヒクヒクと上下に動く。

「親子連れの振りをしていれば、Oだと疑われる可能性が低くなるとでも考えたか……」

膝を屈《かが》めた髭の警察官は、子供と目線を合わすとニイッとわざとらしい笑顔を浮かべた。

「一緒に暮らしていたおじさんは、夜の間に帰ってこなかったかな?」

こういう質問をされるということは、シドはまだ捕まっていないのだ。首を横に振ると、髭の警察官は「本当かい?」と念を押してきた。

「ほうとぉ」

声を出してみたが、まともな言葉にならなかった。案《あん》の定《じょう》、髭の警察官も首を傾《かし》げている。

次はかなり気をつけて舌を動かしたが、それでも「ほんとぉ」とやや改善した程度だ。

「……見た目の割に言葉が遅いな。おい、口を開けてみろ」

素直に口を開くと、髭の警察官は「あぁ」と頷いた。

「この舌じゃあな。ホーギーの組織で子飼いにされていた子か」

髭の警察官はそれ以降、子供の存在を忘れ、こちらを見もしなかった。五人の警察官は部屋の中をメチャクチャに荒らし、一時間ほどで帰っていった。ベッドのシーツははぎ取って踏みつけられ、数少ない食器は全て割られている。逃走した0を探すというよりも、取り逃《のが》した腹いせに物に当たっていった、そんな雰囲気だった。

いつもシドはリュックの中に現金を入れていた。寝室にある壁のフックにかけられていた筈《はず》のそれはベッドの上で転がり、中身がシーツと床の上にばらまかれている。現金を入れてあった袋の中身は空《から》。ゼロということはなかったと思うが、ない。

夜中、部屋を飛び出していったシドが持ち出せるわけがないので、捜索していた警察官が盗んだんだろう。捕えられた0は、一人の例外もなく消滅させられている。その0が所持していた金を取ったところで、訴《うった》え出る者はいない。

人間の中でも、悪い奴はいる。でなければ、世界警察は必要ない。とはいえ秩序《ちつじょ》を守る側がこれかと呆れ果てる。それともモラルの低さは、ホープタウン特有だろうか。

そういえば、ホープタウンの警察官は都市部で左遷《させん》された者や、問題のある輩《やから》が多いと記事で読んだ。都市部であれば取り逃しはありえないので、シドを捕まえられなかったのは、そういうレベルの低い警察官だったからという可能性もある。

ベッドに腰掛け、これからの身の振り方を考える。死んでもいいが、ここまできたらシドが捕まるまで見届けたい。幸い買い置きされている食料が一週間分ほどあり、その間は飢えずにすむし、この部屋も家賃を前払いしているので、しばらく住むことができる。

図書館は年始で閉館中だし、することがない。この家には何もない。仕方ないので、ぐちゃぐちゃになった部屋の中を片付けた。自分はここで生活していかないといけないので、荒らされた部屋は目障《めざわ》りだった。

子供なのですぐに疲れてしまい、休み休み片付ける。昼も朝と同じパンと缶詰のスープですませる。お腹がいっぱいになったので眠たくなり、ベッドに寝転がりうとうとしていると、また部屋の中に入ってくる足音が聞こえた。警察官が戻ってきたのかとうんざりしたが、足音は一つ。一瞬、シドかと脳裏《のうり》を過《よぎ》るも、警察に追いかけられているこの状況で、待ち伏せされている可能性の高い自宅に戻る間抜けでもないだろう。となると、泥棒か？　この部屋は警察が押し入ってきた時にドアを壊されたので、鍵がかからなくなっている。

非力なこの肉体で泥棒に立ち向かえるわけもなく、見つからないようじっとしているか、逃げるの二択しかない。外へ出ていくのは寒いし、金がないとわかったら泥棒もさっさと引き上げるだろうと、シーツに潜り込んで寝ているふりをすると決めた。

侵入者はキッチンの辺りをごそごそと歩き回っている。そして寝室にも入ってきた。

「残ってるものは、殆《ほとん》どないな」

その声に、聞き覚えがあった。シーツの隙間から顔を出すと、寝室のクローゼットを覗き込んでいる金髪が見えた。不動産屋のカムデンだ。泥棒ではない、そして知った顔だったことに内心、ホッとする。もしかして壊れたドアを直すよう、手配してくれるのだろうか。シーツからもぞもぞと顔を出す。振り返ったカムデンと目が合った。

「うおっ！　……お前、まだいたのか」

はあっ、とため息をつき、カムデンが自分に近づいてくる。

「お前と一緒にいた男、本当の父親じゃなかったんだな。金物屋のザイルのおっさんは、子供はその辺で拾ったストリートチルドレンだって言ってたけど、そうなのか？」

部屋を案内してくれた時の、愛想《あいそ》の良さはない。そしてカムデンの言葉から、昨日の出来事が解明された。シドを告発したのは、写真を置いていった金物屋の男、ザイルだ。自分の蒔《ま》いた種が、上手く実を結んだことになる。シドと親しげに話をしていたのに告発したということは、ザイルも報奨金《ほうしょうきん》に目がくらんだのだろう。そして借り主が逃げ出した部屋を、カムデンは確かめに来たのだ。

「お前は知らなかっただろうから教えてやるよ。お前と一緒にいた黒い犬耳の男には、Oっていう化け物が取り憑《つ》いてたんだ。Oはすごく悪い奴だから、警察が捕まえようとして今も追いかけてる。だからお前も、今すぐここを出て行くんだ」

意味がわからない。一ヵ月分の家賃は先払いしているので、たとえシドが捕まったとしても、期限まではシドにこの部屋の居住権《きょじゅうけん》がある。よってシドはいなくても、自分はここにいてもいい筈だ。それなのにOと一緒にいたことを理由に、理不尽に、幼い子供を雪の積もる路上に追い出そうとしている。

「ここはもうお前の家じゃないんだ。申し訳ないが、出てってくれよ」

ドアの方角を指さされても、立たない。腕を引っ張られても、嫌々をして反発する。カムデンは金色の髪に指を突っ込みガシガシと乱暴に掻《か》き回したあと、ため息をついて部屋を出て行った。乱暴に連れ出すのは諦めたらしく、内心ホッとする。しかしいつまでここにいられるかは、時間の問題になりそうだ。あと数日もすれば食料が尽きる。その先のあてもない。肉体が大きければ働けるが、幼児体では無理だ。上手く喋《しゃべ》れない、書けないことで頭脳を生かすこともできない。死ねばいいのかもしれないが、まだシドの結末を見届けていない。

ベッドに腰掛けて悶々《もんもん》としていると、再びドアの開く音がした。カムデンが寝室に入ってきて「お腹、空《す》いてるんじゃないか」といい匂いのする紙袋を差し出してきた。開けてみると、中身はハンバーガーとコーラ。食べ物で懐柔《かいじゅう》しようとしているのかもしれない。それとも同い年ぐらいの子供がいると話していたので、少しは同情したのか……。

部屋を出て行くつもりはないが、お腹は空いていたので遠慮なくいただく。ハンバーガーの肉は薄く、コーラは変な味がしたが、ホープタウンの食べ物にはよくあることなので、気にしなかった。カムデンは向かい側で、夢中になって食べる子供をじっと見ている。

「美味《おい》しかったか？」

食べ終えた時にそう聞かれ、こくりと頷く。それと同時に、頭がふわっとする。前に倒れ込みそうになり、背中に力を入れた。目が乾いて、やけに欠伸《あくび》がでる。何だか眠たくなってきた。お腹がいっぱいになったせいかと最初は思っていたが、それにしては猛烈《もうれつ》に眠い。異常な眠気に、嫌な予感がした。やけにケミカルな味がしたコーラ……もしかして……。

座っていられなくて、ベッドで横になる。カムデンは必死に眠気と闘う自分にコートを着せ、抱きかかえた。ゆら、ゆらと階段を降りる。そして頬が凍るほど冷たい外へ出た。抗《あらが》いたいのに、腕もろくに動かせない。言うことを聞かないからといって、子供に睡眠薬を飲ませるとか、最悪だ。フッ、フッと気が遠くなる。意識が混濁《こんだく》しているのか、自分を抱いているのがシドのような気がしてくる。そんなわけはない。あの男は、もうすぐ警察に捕まる筈だ。

「おい、着いたぞ」

揺さぶられて、目をあける。そこは大人の背丈ほどの柵《さく》でぐるりと囲われていて、門柱の前には「フラワーホーム」と書いた看板がかけられていた。

「……俺もお人好しだなぁ」

カムデンの呟きが聞こえる。

「路上に放り出さずに、新しい家まで連れてきてやるなんてさ。ここまでしてやったんだから、俺のことを恨むんじゃないぞ」

カムデンは左右をキョロキョロと見渡すと、ぐったりした子供の体を大きくゆさぶり、ぽーんと放り投げた。浮遊感は一瞬、自分の体は柵の内側、積もった雪の中に頭からズボッとめり込んだ。

ふわふわして、眠たくて、冷たい。眠たいけど、冷たい。頬が氷になる。起き上がれもしない自分の体が、雪の中からズボリと乱暴に引き抜かれた。

「あぁぁぁ、もうっ」

甲高《かんだか》い、声が聞こえた。女性だろうか？

「新年早々、何てこった。ここはゴミ捨て場じゃないんだよ！」

ぐったりした体は誰かに抱えられ、運ばれている。途中で右足が何かにあたり「あおうっ」と叫ぶと「何だ、生きてるのかい」と驚いた声が聞こえた。

建物の中に入れられ、玄関だろうか、冷たい床の上に横たえられる。自分を見下ろしているのは、豚のように丸々と太った中年の女性。歳は四十前後で、浅黒い肌をしている。顔が大きく、その奥にある目は糸のように細い。特徴的なチリチリに縮《ちぢ》んだ黒髪は、後ろで一つにまとめられている。

「あんた、名前は？」

何と答えればいいのかわからない。

「親は？」

黙ったままでいると、中年女性はため息をついて「……冬は多いんだよね」とぼやき、腕を摑んできた。指が腕に食い込んで痛い。「いたう、いたぅ」と叫ぶと、右頬でパンと痛みが弾《はじ》けた。

「うるさいんだよ、黙ってな」

平手打ちされた。衝撃に思考が停止し、腕と頬が痛むまま引きずられた。女性は廊下の一番奥にある部屋の扉を開けると、中に子供を投げ入れ、扉を閉じた。猛烈に眠いのに、部屋の中に漂う強烈な糞尿《ふんにょう》の匂いで、嫌でも眠気を引き剝がされる。

部屋はテニスコートの四分の一ほどの大きさで、中央にはストーブがあり、その周囲に二十人ほどの子供が虫のように群がっていた。どの子も薄汚れていて、そしていきなり部屋に入ってきた子供を、うろんな目で見ている。

「あたらしいこ?」

声が聞こえる。

「うごかないよ。いきてるの?」

「いきてるよ、きっと」

痩せこけてぎょろ目の子が唇を尖《とが》らせた。

「いやだなぁ、あたらしいこがきたら、またぼくのごはんがへっちゃうじゃん」

カムデンに睡眠薬を盛られ、パトリックは親のいない子が集められる孤児院「フラワーホーム」の庭に捨てられた。真冬の寒空の下に追い出すのは忍びなかったのかもしれないが、外で凍《こご》え死んだ方がましだったのではと思うほど、孤児院の生活環境は劣悪を極めた。

排泄《はいせつ》用のおまるが室内にあったが、日に二度しか排泄物を捨てられなかった。一つのおまるを二十人近い子供たちで共有するので、おまるは常に汚物が溢《あふ》れ、室内に漂う排泄物の臭いは鼻が曲がりそうなほど強烈だった。暖房のため常にストーブは焚《た》かれていて、換気で窓を開けるその一瞬だけ、臭いが少しマシになった。

施設には数人の職員がいて、この部屋を担当しているのは初日に自分を平手打ちした中年女性、アーミナだ。子供たちは、騒がずにおとなしくしているようアーミナに言いつけられていたので、一日中部屋の中でじっとしていた。機嫌が悪いと、子供に平気で暴力を振るうアーミナを恐れていたのもあるが「動くとお腹が減る」というのも理由の一つだ。それもその筈、ここで子供たちに出される食事は一日一食、それも一切れのパンと薄い味のスープだけだった。

少し大きな子になると、日中は外へ働きにいかされたり、おむつをつけている小さな子の面倒を見させられたりしていた。自分と同じぐらいの体格で顔の整った綺麗な子が、夜にどこかへ連れ出され、明け方にぐったりして戻ってきた。身体中に残る暴行の跡と、止まらぬ下半身からの出血。まともな施設ではないと最初からわかってはいたが、これで確信した。

この施設は不愉快極まりないし、自分的には死んでもかまわないが、シドの件だけが気になっていた。捕まったのか、まだ逃げ回っているのか、それだけは知りたい。しかしゴミため同然のこの部屋に情報収集できるツールがあるわけもない。

膨大《ぼうだい》な情報をいくらでも得られる図書館に行きたい。年始の休みも終わり開館している筈だ。どうやってここを抜け出そうと考えながらおとなしく過ごしていたある日「臭い、臭い」とわめきながら子供部屋を歩き回っていたアーミナが足を止め、じっと自分を見下ろした。「あんた、よく見たら小綺麗ね」と呟いたあと、部屋を出て行った。背筋がゾワゾワする。もしかしたら次は自分が性的な暴行を受ける番かもしれない。性行為は好きだが、この個体にはいくら何でも負荷が大きすぎる。この前、夜に連れ出された子は、まだ下半身からの出血が止まっていない。痛いのも、下半身を壊されるのも嫌だ。苦しむぐらいなら一瞬で死にたい。もう潮時《しおどき》だ。死のう。けどこんな臭い場所での最期《さいご》は嫌だし、死ぬ前に図書館に行きたい。シドの結末を確かめたい。

孤児院を逃げ出すと決め、夜中にそっと子供部屋の窓を開け、外へと抜け出した。雲はなく、月が綺麗な夜だった。庭に外灯はないが、それでも月明かりで周囲がよく見える。庭は雪が膝下ぐらいの高さまで積もっていて、酷《ひど》く歩きづらい。この中で寝たら数時間もせぬうちに凍死できそうだ。

孤児院の出入り口である鉄の門扉《もんぴ》までようやく辿《たど》り着く。ここは周囲の柵よりも一段低くなっているものの、それでも自分の背丈より高い。門扉に足をかけて上ろうとしたところで「なーにーしてるんだぁ」と背後からアーミナの声が聞こえてギョッとした。捕まったらまずい。声はまだ遠い。門にやってくるまでに、外へ出る。門扉の上に腹がかかり、越えられそうだったのに、右足を摑まれた。無我夢中で暴れているうちに、何かを蹴飛ばす感触と「ぎゃっ」という叫び声が聞こえた。足を摑んでいた手が離れ、体が前のめりになる。あと少しで外に出られるというところで、何かが腰にがっつりと絡《から》みついてきた。そのまま引き戻され、雪の上に投げ飛ばされる。月明かりを背後に、両目をつり上げたアーミナが、ハア、ハアと肩で息をしながら自分を見下ろしていた。

「このクソガキがぁ！」

アーミナに襟首《えりくび》を摑まれ、植木に叩きつけられた。自分がぶつかった振動で、木に積もっていた雪がドサドサッと落ちてくる。激しく背中をぶつけたせいで、息ができない子供を引き起こし、右、左、右とアーミナは平手打ちする。そうして雪の中に投げつけると、今度は腹や足をこれ見よがしにガツガツと踏みつけてきた。激しい痛みと冷たさで朦朧《もうろう》とする中、頭に強い衝撃がきて、意識は穴の底に落ちていくようにフウッと途切れた。

……目を開けると、そこは悪臭の籠《こ》もった子供部屋だった。頭、首、腹、足……痛くない場所がないほど、全身がズキズキする。少し体をよじっただけで、激痛が走る。特に右足が酷くて、何もしなくても拍動《はくどう》するように痛む。骨が折れているのかもしれない。都市部に住んでいれば、骨折などすぐに治療できるが、ここはホープタウン、そして劣悪な環境の孤児院だ。下から出血している子はずっと部屋の隅でうずくまったままで、世話をしている子が「血がずっと出てる」と訴えても、アーミナは「放っておきなさい」と言うだけ、一度も病院に連れて行ってもらえない。アーミナを怒らせた自分も、きっと何もしてもらえないだろう。

「あ、めがあいた」

近くにいた金髪の子の、緑の瞳に自分の顔が映っている。

「しんじゃったかとおもった」

その子は、苦痛に顔を歪《ゆが》めている自分を、じっと見ている。すると子供部屋の世話係をしている七、八歳ぐらいの女の子、リディアが近づいてきて「あっちいって」と金髪の子の背中を軽く叩いた。リディアは自分の顔を見下ろして「あんた、よけいなことしないで」と睨みつけてきた。

「あんたが逃げ出そうとしたから、アーミナの機嫌が悪くなって大変だったんだから」

そうして、自分の耳許に顔を近づけた。

「……あたしが庭にいたあんたを部屋に連れてきたけど、アーミナに聞かれたら自分で部屋に戻ってきたって言うのよ」

意識を失ったあと、外に放置されていた自分をリディアが助けてくれたらしい。それは親切心からかもしれないが、本音を言えば放っておいてほしかった。そうすれば気を失っているうちに凍りついて死んでいただろう。生きているから、体の痛みを引き受け苦しむ羽目になった。

右足が痛くて立ち上がれず、部屋の隅で寝転がっていることしかできない。子供部屋に顔をだしたアーミナは、自分が部屋にいることに気づくと、真っ直ぐ近づいてきて背中を蹴《け》り飛ばした。そして「最初からそうやって大人しくしときゃいいものを」と顔に唾を吐きつけた。その後も、アーミナは部屋にくるたびに、脱走しようとしたらこうなるんだよと、まるで他の子供への見せしめのように自分を蹴っていった。

脱走に失敗した子供を疎《うと》ましく思っているのに殺さないのは、ボロボロの小さな体でも利用価値があるからだ。子供部屋の子の中には、片目が見えなかったり、お腹に大きな傷のある子がいる。臓器をぬかれているのだ。おそらく自分も「それ用」にとっておかれているんだろう。もう散々だった。死んでもいいと思っているのに、体の痛みに苦しむ意味がわからない。痛みに耐えかねて、心の中で「ジェフリー、ジェフリー」と愛する人の名前を呼んだ。痛いんだ、苦しいんだ、だから……助けに来て、ジェフリー、ジェフリー。現実でも、夢の中でも痛みにうなされる。けれどいくら呼んでも、自分を助けるジェフリーはやってこない。知っている。彼はもう、この世にいない。自分の傍《そば》には、いないのだ。ずっと、ずっと、いなかった。

助けの手がさしのべられることがないのなら、今度こそ死のう。外で凍死しようと思っていたら、熱が出てきた。自分で死ななくても、このまま死ねるかもしれない。そっちが楽でいい。亡くなった自分の口からは、白い粒が飛び出してくるだろう。それをこの部屋にいる誰かが踏みつける。そうして長い間生きてきた罪深きOは、呆気《あっけ》なく最期を迎える。それでいい。そういう雑な感じで終わりたい。

死ぬのを今日か明日かと待っていたのに、期待に反して熱は次第に下がっていく。食べなくても飲まなくてもいいのに、リディアが口の近くに水や食べ物を持ってくる。喉《のど》がカラカラに渇くと、自分の意思より先に肉体がそれを欲し、口を開けてしまう。そうしているうちに、平熱に戻ってしまった。右足は相変わらず痛いが、それだけ。この肉体に任せていても、当分は死ねないだろうというのは、何となくわかった。

もう終わらせたい。どうやって死ねばいい？　舌は短かすぎて噛めないから、首を吊るのが一番手っとり早い。庭には木がいくつもある。細い紐《ひも》さえあればすぐにこの肉体は生命活動を止めるだろう。

死のうと決めた日の真夜中、トイレに行く振りで這いずって窓の傍まで近づいた。左足は痛くないので、それを軸《じく》にして立ち上がる。静かに窓を開け、両手と左足を使ってそっと窓枠《まどわく》を乗り越える。そうして窓を閉じたところで、左手が滑《すべ》って後ろ向きにドッと倒れ込んだ。積もった雪の上だったので、痛くはない。仰向《あおむ》けで寝転がっていると、背中から固まった雪の冷たさがせり上がってくる。寒い。あぁ、別に首を吊らなくたって、この寒さだ。ずっと外にいれば、凍って死んでしまうだろう。首を吊る方が早く死ねるし、寒いのを我慢するのは嫌だが、それも少しのあいだだ。

ここで凍ってもいいが、建物の近くだと誰かに見つかるかもしれない。それがアーミナだったら最悪だ。死ぬ前に折檻《せっかん》の痛みが追加されるのだけは避けたい。できるだけ遠く、塀《へい》の傍か木の陰がよさそうだ。出入り口の門のすぐ横に、大きな木がある。その裏に隠れれば、建物から自分の姿は見えない。両手をつき、四つん這いになってその木に近づいた。雪の中についた両手は、冷たさでもう感覚がなくなっている。

「パトリック」

ギョッとした。俯《うつむ》けていた顔を上げる。誰かに見つかった……のか？

「パトリック」

やっぱり呼んでる。けれどそれは建物ではなく反対側……出入り口の方から聞こえてきた。門の格子《こうし》の向こうで、黒い影が揺れていた。誰かいる。フードをかぶっていて、顔は見えない。

「パトリック……元気にしてる？」

シドの声だ。間違いない。ここにいるということは、まだ警察に捕まっていなかったのか。……がっかりだ。

背後で、ドアの開く音がする。振り返るとアーミナが雪の中、こちらに向かってきていた。あぁ、まただ。真夜中なのに、なぜいつも見つかってしまうんだろう。もしかして脱走防止にセンサーが設置されていたんだろうか。どうして自分はその可能性を考えなかったんだろう。この古臭くて薄汚い孤児院に、そういう設備があるとは思っていなかった。

最悪、最悪だ。今すぐ死にたい。暴力の記憶が蘇《よみがえ》り、寒さではなく恐怖で体がブルブルと震えだす。アーミナは決まりを破った子供の前に立ち「またお前かぁ！」と四つん這いになった小さな腹を蹴り上げた。体がバウンドするように浮いて、落ちる。みぞおちがズクンと痛む。

雪の中に横たわる子供の襟首を摑んで、アーミナは後ろ向きに引きずる。首が絞《し》まって息ができない。苦しさから逃れようと、無意識に両手が首を掻き毟《むし》る。苦しい、苦しい。いっそ殺してくれ。痛いのも、苦しいのも、もう嫌だ。死にたい。助けて。死にたい。助けて……誰か……誰か……。

苦しさのあまり大きく見開いた目に、見えた。門扉を飛び越えた黒い影。影はザッザッと雪を蹴り上げて駆け寄ってくる。アーミナは足を止めて振り返り「あっ、あんたは誰だよ」と怒鳴った。

シドがアーミナの右手を摑んだ。襟首の拘束《こうそく》がフッと解かれ、口を開けると、大量の冷たい空気が飛び込んでくる。一気に吸いすぎて、仰向けになった雪の上でゲホゲホッと激しく咳き込んだ。

「この子から離れろ！　そしたらあなたに危害は加えない」

シドがコートのポケットに手を入れる。今にも銃《じゅう》を出しそうな素振りにアーミナが頰をこわばらせ、じりじりと後退《あとずさ》った。

シドは仰向けになっている子供を抱き上げ、そして門に向かって走った。格子の柵に足をかけ、階段でも上るような身軽さで飛び上がると、小さな体を抱えたまま柵を越えた。着地の際、ずんとした衝撃が自分の体にもきて、蹴られた腹がズクンと疼《うず》き、吐きそうになった。

衝撃の余韻《よいん》が消える間もなく、シドは子供を背負って走り出した。振動は腹に響く。何がどうしてこうなっているのかわからないながらも、ホッとした。少なくとも、アーミナにこれ以上、殴る蹴るの暴行は受けなくていい。

シドは走ったり、歩いたりを繰り返す。どこに向かっているのかは、知らない。あの場所から遠ざけてくれるのなら、どこでもいい。街灯は殆どなく暗いので、周囲はあまりよく見えない。バルバル……頭の上で、エアバイクの音がする。

「ちょっと、そこの君」

シドが足を止める。正面にエアバイクが止まった。眩《まぶ》しすぎるエアバイクのライトの向こうに、警察官の制服が見える。

「こんな夜中に、どうしたんです？」

シドは「子供が熱を出してしまったので、知り合いに診《み》てもらおうかと」と荒い息で答えた。若い警察官は「この時間にやっているのはアカシ病院ぐらいだろ。あんたが行ってる方向と反対じゃないか」と首を傾げる。

「その……病院にはかかれないんですが、看護師の知人がいるので」

警察官は「ああ」と頷きながらも近づいてきて、自分の顔を覗き込んだ。シドの体が緊張したようにこわばり、自分を抱える腕に力が入る。そのせいで蹴られた腹がズキリと痛み、顔が歪んで「あうっ」と声が出た。警察官は「おっと」と慌てて後退り「あぁ、早く連れて行ってあげな」とエアバイクに戻り、走り去っていった。俯《うつむ》き「はあーっ」と深い息をついたあと、再びシドは歩き出した。孤児院の庭は雪で覆《おお》われていたが、外は除雪《じょせつ》されて道の脇に積み上げられ、歩道には積もっていなかった。

シドの息が、暗闇にハッ、ハッと白く躍《おど》る。珍しく街灯のある場所を歩いていると思ったらそこは橋だった。橋を渡りきると周囲は再び暗くなる。これまでは建物から漏れ出たようなぼんやりとした明るさが所々にあったが、今度は本当に何も見えない。シドは腕時計型のフォーンのライトをつけた。そのうちザクザクという雪を踏みしめる音が大きくなり、ホープタウン独特の生臭さがいつの間にかなくなっていた。

シドの体が大きく揺らぐ。自分を背負ったまま転んでしまうのではないかとひやりとしたが、シドは前に数歩踏み出して、転倒は回避した。

「あ、危なかった」

腕の中の自分を、ぎゅっと抱き締める。そして「ちょっとだけ休憩させてね」と道の脇に寄り、大きな木の下に自分を下ろした。

「……こんな所まで、連れてきてごめん」

シドが子供の髪に顔を押しつけてくる。

「君がどうしてるか気になって戻ってきたんだ。アパートにいると思ってたのに、知らない人が住んでいて驚いた。俺がいなくなってから部屋を追い出されたんだとわかって、親のいない子が集まる廃ビルなんかを回ったけど、どこにも君はいない。もしかして施設に入れられたのかと何度かあそこを見に行ったんだ。昼間は目立つから、夜に。君がきちんと生活しているか見たかっただけなのに、あそこは酷い。ホープタウンの孤児院は劣悪だって聞いてたけど、想像以上だ」

抱き締める腕の力が強くなる。

「俺といてもいいことはないかもしれない。けど俺が君と一緒にいたかったんだ。ごめんね、ごめんね」

本当にそうだ、あのタイミングでお前が来るから、死ねなかった。自分はこの同族を嫌悪する。けど……シドの体は温かい。そしてこの男が決して自分に乱暴しないということだけはわかっていた。

少し休憩したあと、シドは歩きはじめる。どこを目指しているのか知らない。都市部には行けないし、比較的安全なホープタウンでもおそらく指名手配されている。

シドが休憩する時間が長くなってきた。座り込み、神経質に両手を擦《こす》り合わせる。寒いんだろう。もしかしたら、シドにも行くあてはないのかもしれない。風が出てきて、寒さの体感が倍になる。二人でこのまま、雪の中に埋《う》もれて死ぬのかもしれない。それもいい。自分はシドの結末を、その腕の中で見届けるのだ。

吹いてくる風の中に、ふっと土の匂いを感じた。家畜だろうか。シドも気づいたのか、上を向いてスンと鼻を鳴らした。よくよく見れば左手の木々の間に、雪に覆われてわかりづらいが人が通れるだけの道がある。私道だろうか。

シドは立ち上がり、自分を抱いて細い道に入っていった。除雪されていない、くるぶしまで積もった雪をキュッ、キュッと踏みしめて歩く。少し上り坂になってきて、シドの息がフウッフウッと荒くなる。もう疲れただろう。諦めろ。お前に逃げ場はない。ここで終わってしまえ……それを望む自分の心を、シドは読めない。仲間が駆逐《くちく》される中、たまたま拾った孤児に執着し、生きていこうとするその思考は、ある意味現実逃避ではないだろうか。

しばらく歩いているうちに、不意に視界が開けた。林が途切れ、目の前に小さな家が現れる。家の横には、小屋が二つある。シドは小屋の方に近づいた。一つは牛の鳴き声がしたので畜舎《ちくしゃ》だろう。もう一つの小屋の扉にシドが手をかけると、鍵がかかっていなかったらしくギイイッと外側に開いた。シドはライトで中を照らす。そこはダブルベッドを二つ合わせたぐらいの広さがあり、右側一面が棚になっていて、ロープや鍬《くわ》、耕運機《こううんき》らしき農機具がしまわれていた。

シドは古いたらいを下に置き、壁際に詰まれてあった薪と干し草をいれ、火をつけた。燃えはじめると、周囲がじわっと暖かくなる。小屋はあちらこちらに隙間があるので、換気の必要もなさそうだ。化繊《かせん》の大きなシートを見つけたシドは、子供を抱いたままそれに包《くる》まった。

ここが誰の家なのか知らないが、外での凍死は回避できそうだ。それがよかったのか悪かったのかわからないが……あそこでアーミナに痛めつけられるよりは、遙かにましだった。

ぬくぬくとしたブランケットの中で寝ている、そんな夢を見ていた。こんなに暖かいのは久しぶりだ。糞尿の匂いもせず、ただただ心地よいしかなく、ずっとずっと寝ていたいと思うのに、ワンワンという犬の鳴き声で目が覚めた。

「タンカや、そんなに吠《ほ》えてどうしたんだい？」

人の声が聞こえる。自分の体が、寒くはないのにブルブルと震える。抱きかかえているシドの体が揺れているからだ。バタンと扉が開く音。シート越しでも外の光が差し込んでくるのがわかる。

「……誰かいるのかい」

シドが子供を抱く腕にぎゅっと力を込めるのがわかった。それが蹴られたお腹に少しだけ響く。

「いるんだろ」

しわがれた声が、更に追い打ちをかけてくる。シドはぐっと口許を引き締め、包まっていたシートから顔を出した。フードをしていなかったことに気づいたのか、慌ててかぶっている。

自分も顔を出してみた。ドアの前に立っていたのは、髪の真っ白な老婆だった。歳は七十過ぎか、背は低く、酷く痩《や》せている。

「勝手に入ってごめんなさい」

シドは自分を抱き寄せ、そして謝った。

「寒くて……その、昨日はとても寒かったから」

冷たい風が吹き込んでくる。開いたドア、老婆の背後に横殴りの雪が見えた。白黒の鉢割《はちわ》れのボーダーコリーが、ドアの向こうから顔だけ出して「ワンワン」と威嚇《いかく》してくる。シドがビクッと大きく震え、老婆は「タンカや、いい子だからあっちにお行き」と犬を遠ざけた。

「あの、もう少しだけここにいてはいけませんか」

老婆はじっとシドを見下ろしている。

「……その子は?」

皺《しわ》だらけの指は、自分を指している。

「俺の子供です」

老婆はしばらく無言だったが、不意に「お帰り」と呟いた。シドは小さく首を傾げ、何度か瞬《まばた》きする。

「やっと帰ってきたんだね。そこは寒かっただろう。火を始末したら、家の方においで」

老婆がドアを開けたまま、歩き出す。シドは戸惑った表情で「えっ、えっ」と繰り返していたが、ゆっくり立ち上がると、火を完全に消してから自分を抱きかかえた。雪の中、隣の家に向かって足跡が続いている。シドがその上を歩いていると、小さな家のドアが開いた。老婆は家の前に立ち、自分たちが来るのを待っている。

シドは納屋《なや》と家の間で一旦足を止めた。

「油断させて、それから通報するつもりかな」

ぼそりと呟く。

「……けどこの雪で外を歩いたら、二人とも凍えて死んでしまうんだろうな」

シドはノロノロと家に近づき、そして促《うなが》されるまま中に入った。そこは春先のようにふんわりと暖かい空気に満ちていた。部屋の奥にある暖炉《だんろ》で、赤々と火が燃えている。都市部ではインテリアとしての暖炉はあるが、本物の火は使わない。ホープタウンのアパートでも、暖房機器は電力だ。孤児院で使っていたストーブも、熱を出す石を使うタイプだった。

「そこにおすわり」

老婆が指さす先には、ダイニングテーブルと椅子がある。シドは背中を丸め、小さくなったまま椅子に腰かけた。玄関から入ってすぐにリビング、その奥に台所という配置は、古い農家によくある間取りだが、最近は殆どみかけない。

主人が家の中に招き入れたことで、この二人は不審者ではないと判断したのか、犬は吠え掛かってこなくなった。しかし興味はあるのか、やたらと自分たちの周囲を歩き回り、クンクンと匂いを嗅《か》いでいる。

老婆は台所の横にある棚からポットを取り出し茶葉をいれ、暖炉の上でさかんに蒸気を吹いていたケトルから湯を注《そそ》いだ。そして茶の入ったポットと二つのカップをダイニングテーブルに置く。自分たち二人の前に置かれたティーカップに、紅茶がなみなみと注がれていく。

「それでも飲んで、あったまるといい」

老婆は台所に戻る。シドはカップをじっと見つめるも、手を出そうとしない。コートの裾《すそ》からはみだした尻尾《しっぽ》の毛が逆立《さかだ》っているので、何か盛られていないか警戒しているんだろう。自分はどうでもよかったし、喉が渇いていたから、体の欲するまま手を伸ばした。

「あっ……」

狼狽するシドをよそに、温かい紅茶に口をつける。味は期待していなかったが、素朴で美味しかった。カップを手にする指はじわっと温かく、お腹の中からぽかぽかしてくる。

こちらを横目に、シドもおそるおそる手をつける。紅茶で体の芯から温まっている間に、台所からいい匂いがしてきた。しばらくすると、パンとスクランブルエッグ、ピクルスの載った皿が二つ、テーブルに置かれた。

「お腹も空いてるんじゃないか、食べな」

すぐさまパンにかじりついた。精神じゃない、体が食物を強烈に求めている。孤児院の食事は、吐き気がするほど酷かった。まともな食べ物は、カムデンに薬入りのコーラとハンバーガーを与えられて以来だ。

パンは柔らかいし、玉子もふわふわして美味しい。シドはこれにもしばらく手をつけなかったが、隣の皿が半分ほど空《から》になったのを横目にようやくピクルスを一つだけ口にいれた。それが呼び水になったのか、その後は猛烈な勢いで皿を空にした。

老婆は椅子から立ち上がり、シドの皿に新しいパンを置いた。

「あの……ありがとうございます」

食べることに勢いがつき止まらなくなったのか、シドは二つ目のパンにかぶりつく。

「ビゲルや、久しぶりだからって、その他人行儀な喋り方は止《や》めてくれないか」

向かいに座った老婆はテーブルの上で両手を組み、嗄《しゃが》れた声で喋る。忙しくパンを咀嚼《そしゃく》していたシドの口が、中途半端に止まる。

「……随分と長い家出だったけど、無事に帰ってきてくれたのならそれでいい。私は何も聞かないよ」

どうやら老婆は、シドをビゲルという男と勘違いしている。当然、シドもそのことに気づいている筈だが「自分は違います」とは言わない。

「お前とその子は、二階の部屋を使うといい」

シドは上目遣いに老婆を見ている。何かを疑っている目だ。自分もこの老婆に違和感を覚えている。長く家出をしていた身内が帰って来たにしては、喜びのようなものが感じられない。反応が薄く、何もかも淡々としているのだ。感情を表に出すタイプではないのかもしれないけれど……それにどこか、疲れた目をしているのが気になる。

「二階で……」

シドが小さな声で口にする。

「少し、休んでいい？　ずっと歩いてきて、すごく疲れてるんだ」

「ああ、そうだろう。少し休むといい」

シドは子供を抱いて、玄関ドアの横にある階段から二階に上がった。そこには二つ部屋があり、右側は物置になっていたが、左側にはベッドがあり、暖かそうな毛布がかけられていた。部屋は埃《ほこり》っぽくもなく、シーツも清潔で、いつ誰が来てもいいように整えられていた感じだった。

シドは自分を連れて毛布の中に潜り込んだ。そして「今なら、ここでだったら、もう死んでもいいや」と呟いた。


老婆はサンドラという名前だった。最初のうちは、サンドラは自分たちを油断させ、隙を見て警察に通報しようとしているのではないかと警戒していたが、いつまで経《た》っても警察が来ることはなく、昼には食事が出てきて、夕刻になるとシャワーを浴びて着替えるように勧《すす》められた。

シドに背負ってもらって移動したが、長時間外で寒い思いをしたためか、それとも地獄の孤児院から抜け出して気が抜けたのか、ここに来た翌日、自分は熱が出た。ベッドでおとなしく寝ていると、サンドラが野草で作ったという苦い薬を持ってきて、半《なか》ば強引に飲まされた。科学的根拠が薄い、こんな民間療法的な薬が効くものかと腹立たしかったが、翌日にはすっきりと熱が下がり「あれが効いたのか?」と、微妙な心持ちになった。

シドはじっとしていられなかったのか、それとも食事と寝床のお礼のつもりか、破れた軒下《のきした》を修理したり、庭で薪割《まきわ》りをするなど、常に動き回っている姿が窓から見えた。

アーミナに蹴《け》られた腹は軽い筋肉痛ぐらいに落ち着いたが、最初の脱走を試みたときに踏みつけられた右足は相変わらず調子が悪く、足をつくと痛い。多分、折れている。歩く度《たび》に足を引きずっていると、シドが小さな松葉杖《まつばづえ》を作ってくれた。意外に手先が器用な男だった。

サンドラは無口で愛想《あいそ》もないが、気持ちが優しいというのはわかる。この家には古い子供服がたくさんあったが、どれも自分には少し大きかった。するとサンドラはサイズの合わない子供服の丈やウエストを縫《ぬ》い詰めて、サイズダウンしてくれた。

家の横には最初に自分たちが潜《もぐ》り込んだ納屋《なや》と、それに連なって畜舎《ちくしゃ》がある。サンドラは雌《め》牛《うし》を二頭、鶏《にわとり》を十数羽《わ》飼っていて、ミルクと玉子には困らない。少し離れた場所に畑もある。この旧時代的な環境で、サンドラは自給自足の生活をしていた。

サンドラは買い物にも殆《ほとん》ど行かず、誰かが訪ねてくることもない。家も大きな道から外れ、随分と奥まった場所にある。シドと自分が隠れ住むのに、これほど好都合な家はなかった。

シドは自分を「ビゲル」だと思っているサンドラに違和感を抱かれないよう、最初のうちは言葉少なだった。サンドラも無口なので、三人で食事をしてもパチパチと暖炉《だんろ》で爆《は》ぜる木の音がよく響くほど静かだった。けれど腰痛のあるサンドラのかわりにシドが動物の世話を任されてから、二人は天気や家畜の話をよくするようになった。

肉体的に子供で、足が悪い自分に仕事は任されない。かといってじっとしているのも退屈なので、二階の物置を探索してみた。古い椅子や丸い鏡のドレッサー、大きな時計や重たいブーツ、小さなチェストなどが雑然と置かれている。外と通信のできる機器がないか探したが、サンドラの生活とここに置かれている物を見たところ、出てきそうな雰囲気はなかった。

暇つぶしにチェストの引き出しを開けると、アルバムが出てきた。紙に印刷された写真を本に貼る旧式のものだ。こういうものは収録する写真の量も少ない上に嵩張《かさば》るが、電力を必要としないので誰でも、いつでも見ることができる。

若い頃のサンドラの写真がある。家族写真らしきものの中にはビルア種も何人か写っていて、黒髪のビルア種が二人いた。ビゲルの顔が知りたかったが、シドの外見年齢を考えるとサンドラが若い頃のこの写真にはまだ存在していない筈《はず》だ。息子だと若すぎるので、ビゲルはおそらく孫だろう。

サンドラと暮らしはじめて感じたのは、彼女はシドのことを本当に「ビゲル」と思っているわけではないだろうということだった。サンドラは細かな針仕事ができるので、目は悪くない。自分が言ったことを忘れることもなく、頭がぼけているわけでもない。

おそらくサンドラは、シドを「ビゲル」という名前の親族だと勘違いした振りをしている。その疑惑は当初からあった。ではなぜサンドラは納屋に忍び込んだ、素性《すじょう》の知れない黒髪のビルア種の男と子供をこの家に招き入れたのだろう。

雪の日に、納屋で寝ていて可哀想だと思ったんだろうか。自分たちの粗末《そまつ》な身なりから、都市部ではなくホープタウンから来たということはすぐに察しただろう。身の危険は感じなかったんだろうか。いくら子連れとはいえ、シドは成人の体型だ。

「……パトリック、おやつがあるよ。降りておいで」

一階から、サンドラの声が聞こえる。髪に隠れた短い犬耳が、ピクピクと震えるのがわかる。体中についた埃《ほこり》を払って、トントンと杖をつきながら一階に降りていく。テーブルの上に、砂糖がけしたドーナツが見えて、切り取られた尻尾《しっぽ》がむずむずしてきた。

「食べる前に、手を洗うんだよ」

大きく頷く。お昼をしっかり食べたのに、もうお腹はグウグウと鳴って「食べたい、食べたい」と自己主張する。

この個体の精神は完全にコントロール下にあるが、基本的欲求までは制御しきれない。例えば性欲の強弱や、食の好みだ。この個体は、食に対する欲求が異常に強い。特に甘い物に目がない。自分が甘い物が好きだと知ると、サンドラは毎日、甘いおやつを用意してくれるようになった。食事もとれているしおやつもあるので、年の割に小さかったこの体はどんどんと栄養を吸収し、背が伸び始めている。

手を洗ったので、椅子に座ってドーナッツにかぶりつく。サンドラの作るおやつはどれも素朴《そぼく》な味だが、それ故《ゆえ》に飽きがこず、いくらでも食べられる。

自分の足許で、ボーダーコリーのタンカが物欲しそうに鼻をクンクンさせている。サンドラが「タンカ、お前はこれだよ」とジャーキーをチラつかせると、そっちに飛んでいった。

夢中になってドーナッツを食べる子供を、サンドラはニコニコしながら見ている。お腹がいっぱいになったら今度は眠たくなってきて、ソファに移動して横になった。一階にはダイニングテーブルと椅子しかなかったが、シドが二階から横長のソファを下ろしてきて、暖炉の前に置いた。

ソファに寝転んでうつらうつらしていると、タンカが傍《そば》でうずくまる。サンドラも隣にやってきて、編み物をはじめる。丸く黄色い毛糸が、サンドラの膝の上でくるくる回る。ぼんやりとそれを見ていると、サンドラの右手がスッと伸びてきて、子供の、切り取られた短い犬耳の付け根をそろそろと撫でてくれる。それがもう最高に気持ちよくて、うっとりする。

切り取られた耳と尻尾に最初に気がついた時、サンドラは「パトリック、あんたビルア種だったのかい」と驚き「これはどういうことなんだい」と珍しくシドに詰め寄っていた。シドが困った顔で俯《うつむ》くと、それ以上は何も言わず「痛かっただろうに、惨《むご》いことを」と短い犬耳にキスしてきた。

「かわいいねぇ」

サンドラが子供を撫でながら呟く。一般的に見れば、自分はかわいい子供ではない。耳や尻尾は切り取られ、顔は凡庸《ぼんよう》。舌が短くてろくに喋《しゃべ》れず、足も悪い。それでも一人暮らしの老婆にしてみれば、ドーナツをバクバクと食っているだけで、心の底からかわいい存在なのだ。

ギイッと音がして、玄関の扉が開く。シドが飛び込んできて、雪まみれになったコートをはたきながら「ただいま」と息をついた。畜舎の掃除をしていたのか、ふわふわと鶏の羽がこっちまで飛んでくる。シドはちらりと暖炉を見た。

「サンドラ、今晩も寒くなりそうだよ。納屋からもっと薪をもってきておこうか」

「あぁ、そうかい。じゃあお願いしようかね」

シドが再び外へ出て、薪をいっぱいに抱《かか》えて戻ってくる。暖炉に新たな薪をくべたあと、ソファに戻ってきて人の頬を摘《つ》まんだ。

嫌だったので首を横に振ると「口にいっぱいお砂糖がついてる」とシドが笑う。サンドラが「パトリックは一生懸命食べるからねぇ」とハンカチで口許《くちもと》を拭《ぬぐ》ってくれる。

「サンドラ、おやつは残ってる？」

シドに聞かれて、サンドラは「ドーナツなら戸棚の中にあるよ」と指さす。シドは「ありがとう」とサンドラの頬に軽くキスして、おやつの残りを取りにいった。

シドとサンドラ。お互いに「赤の他人」と知りながら、そこを見ないようにして暮らしている。そして日が経つごとに、赤の他人だと忘れそうになるほど、家庭として機能しはじめてしまった。シドはサンドラを大事にしているし、サンドラもシドを頼りにし、おまけの子供をかわいがっている。サンドラは若い男手ができて楽になっただろうし、シドも人里離れた一軒家、食事付きという最高の隠れ家を得た。

この家には、固定型のフォーンもなければ、電波も通っていない。シドが置き忘れた腕時計型のフォーンをこっそり使ってみたが、電波は拾えなかった。森の奥深すぎて、背の高い木々が邪魔をしているのかもしれない。

フォーンがあってもなくても、サンドラはシドを通報することはないだろう。一つの、自分も含めた生活の集合体が形成されていく過程を前に、どうしたものかと考える。最初の通報は失敗し、シドは警察に捕まらなかった。サンドラの家にいると通報すれば、今回こそ捕まる可能性がある。そうした場合、匿《かくま》っていたということで、サンドラが罪に問われるかもしれない。いや、サンドラは罪云々よりも、シドが捕まることで嘆き悲しむのではないだろうか。取り残された子供を孤児院に放り込んだカムデンのように薄情な人間もいれば、誰かに見立てた振りで救ってくれるサンドラみたいに優しい人もいる。そんな優しい人の悲しい顔は見たくない。

一分一秒でも早く自分たちの種族が死に絶えればいいと思っていたが、それほど必死にならなくても、既にO《オー》は絶滅間近だ。シドは十四年、自分は二十五年で確実に終わる。次はない。それならばこのまま、サンドラが召されるまで、もしくは警察に狩られるまで、ひっそりとここで過ごしてもいいかもしれない。十四年後にはなるが、シドが消滅するのを見届けられる。肉体を【乗り換え】、長い間生きてきた。最後が十四年後になろうと二十五年後になろうとも、大差なかった。

二月、世界は凍りついて消滅するのではないかと思うほど絶え間なく雪が降り続けた。シドはせっせと屋根の雪かきをし、タンカは雪の庭を走り回り、サンドラは自分とシドのセーターを編み上げた。

それが三月にはいった途端に寒さが緩み、雪が減って茶色い地面が見え始めた。あちらこちらに緑が芽吹《めぶ》く。自分たちがここでの生活に馴染《なじ》んでも、サンドラはシドに「パトリックの学校はどうするんだい」という、普通であれば当然聞いてきそうなことを言わなかった。薄々、表には出られないと察しているんだろう。

シドは自分に文字を教えてくれようとしたが、必要ないので逃げ回った。手先が不器用で字が書きづらいだけなので、少しずつ指を動かす練習をし、ある日、自分の名前……パトリックと地面に書いて見せたら、シドは「いつの間に」と目をまん丸にして驚いていた。それから自分に「字を覚えよう」とは言ってこなくなった。

言葉に関しては、サンドラに「パトリックがお話ができたらねぇ」と何度も言われたので、こちらももう少し明瞭《めいりょう》な声が出せるよう、自力で練習した。喉《のど》が半分閉じたような籠《こ》もった声は相変わらずだし、短い舌のせいで濁音《だくおん》の発音が不明瞭になってしまうが「サンドァラ、おやつちょうだぁい」と最低限、伝わる言葉で話ができるようになっった。

四月に入ると、家の周囲は草木の花で満開になった。天気のいい日は、ミモザの木の下にテーブルを置き、そこで食事をする。サンドラの作るイチゴジャムが美味《おい》しくて、朝のパンに山盛りにのせていたら、数日でなくなってしまった。そしたらサンドラは大きな鍋を取り出して大量のイチゴジャムを作った。部屋の中いっぱいに広がる甘酸《あまず》っぱいイチゴの香りがたまらず、木べらでジャムをかき混ぜるサンドラの後ろから、何度も鍋の中を覗き込んだ。そんな自分にサンドラは「一日一瓶《びん》食べても大丈夫だよ」と笑っていた。

この頃になると、折れていたかもしれない足も痛みがなくなり、杖をつかなくてもよくなった。走ろうとすると少し足を引きずってしまうが、その程度だ。雪も溶けて歩きやすくなり、気候もいいので、シドとサンドラが畑仕事に行っている間に、森の中を散歩した。よくタンカがついてくるけど、この日は畑の方に行ってしまい一人だった。

小さなミモザが咲き誇る花畑《ほこ》までやってきて、木の下に座り込む。O専用の寄宿舎であるネストにも、大きなミモザの木があった。もっと昔……ハルの時にジェフリーと遠出し、ミモザの木の下でランチをとったこともあった。久しぶりに思い出す。前はジェフリーとの幸福な記憶を何度も掘り返していたが、サンドラの家に来てからそれが少なくなった。外の情報が一切入ってこず、その媒体《ばいたい》もない……まるで中世のようなのんびりした生活で、自分は気が抜けているのだ。目的はほぼ果たされていたのに、更に種を追い詰めようとして失敗し、自分も散々な目に遭《あ》った。後は死ぬだけだが、そこに「サンドラを見守る」がイレギュラーで入り込み、残りの生は消化試合になっている。

柔らかい草の上でごろりと横になる。世界で今、〇はどうなっているんだろう。ここ数ヵ月で捕獲された同胞はいるんだろうか。残っているのはあとどれぐらい……知りたい欲求はあるも、前ほど強くはない。どうせあと十数年もせぬうちにみんないなくなるのだ。

ミモザの黄色い花の、甘く優しい香りが降ってくる。人口は都市部に集中し、中間層が住む都市部とホープタウンとの間にある土地は、何をするにも中途半端で利便性が悪く、価格も安い傾向《けいこう》にある。サンドラの住むこの土地も、そういった中間層の住むエリアになる。とはいえ後から勝手に区分ができただけで、サンドラは先祖代々この土地で生活してきたらしい。サンドラの所有している土地は広く、畑は三つある。サンドラの土地で、一番遠い場所にあるのがこの花畑だ。小さなミモザの木の周囲に、沢山《たくさん》の花が植えられている。すぐに花を楽しめる家の庭ではなく、なぜ遠くに花畑を作ったのかわからないが、サンドラはこまめに手入れをしていて、時々自分も手伝っている。

横になっているうちに眠り込んでしまい、目をさますと日が西に傾き、少し肌寒くなっていた。お腹も空《す》いている。サンドラが作り置きしてくれたドーナツがある筈なので、食べたい。急ぎ足で家の近くまで戻ってきたところで、人の話し声が聞こえた。サンドラと誰か。シドではない。……木の幹《みき》に体を隠しながら、物音を立てぬよう近づいた。

玄関の前に、サンドラが立っている。向かいには農作業用のつなぎを着た中年の男。男の後ろにはエアバイクがとまっている。短くなった耳をピクピクと動かす。この長さになっても、物音は敏感に捉えられる。注意深く耳をかたむけていると、腰に手をあてた中年男が、ハハハッと大きな笑い声を上げた。

「元気そうでよかったよ」

中年の男が、サンドラに話しかけている。

「あんたは滅多《めった》に町に顔を出さないからな。今年の冬も厳しかったが、その年で一人暮らしだと不便なこともあるんじゃないか」

「まぁ何とかやってるよ。あと孫が子供を連れて帰ってきてね」

中年の男が「孫って、行方不明になっていたビゲルか。そいつは本当か」と目を丸くし、驚いている。

「いつ帰ってきたんだい？」

「そうだねぇ……そろそろ一年になるかね」

「そんな話、初めて聞いたんだが」

「お前さんがうちに来るのも二年ぶりだろう。田舎の外れに住む年寄りにもね、色々とあるんだよ」

中年の男が「ビゲルはどこに？」と辺りを見渡す。

「畑に行ってるよ。呼んでこようか？　ちょっと最近、足が痛いんだけどね」

サンドラが足を引きずる素振りをみせると、中年の男は「ああ、いいよ、いいよ。また近いうちに寄らせてもらうから、その時に」と帰っていった。サンドラはエアバイクを見送ると、大きなため息を一つついて、家の中に入っていったが、もう足を引きずってはいなかった。サンドラはいくつか嘘をついた。これまで足が痛いという話は一度も聞いたことがなかったし、自分達がここに来たのも一月の中頃。まだ三ヵ月も経っていないのに一年と、わざと時期をずらしていた。

その日の夜、夕食の席で、サンドラはシドに「外へ出る時は、右手に手袋をしてくれないか」とお願いしていた。シドは「右手だけ？　どうして」と不思議そうに首を傾《かし》げる。サンドラは目を伏せ「お前が右手を怪我してしまう夢を見てね。心配なんだよ」と呟いた。シドは「夢なんだろう、心配性だな。けどそれでサンドラが安心するのなら」と面白そうに笑っていた。

サンドラが倒れたのは、この家に来て七回目の夏が終わる頃……パトリックは十二歳になっていた。

台所で蹲《うずくま》っているのを見つけて、慌ててシドを呼びに畑へ行った。真っ青になって帰ってきたシドは、サンドラをソファに横たえ、医者を呼びに行こうとした。そんなシドをサンドラは「どうかよしとくれ」と引き止めた。

「私はもう十分に生きた。いつ神様のお迎えが来たっておかしくない歳だ」

「そんなことない。治療したらよくなる。きっと長生きできるから」

涙目のシドを見上げ、サンドラは目を細めた。

「泣くんじゃないよ。本当にお前は優しい子だね」

サンドラはフウッと細く息をついた。

「私は入院なんてしたくないよ。ここで静かに終わりたい。どうか最後の願いを聞いてくれないか」

サンドラの最後の願いに、シドが抗《あらが》える筈《はず》もない。そのかわり、シドはつきっきりでサンドラの世話をしていた。四日後、サンドラは自分とシドに見守られ、眠るように息を引き取った。

サンドラは、自分が亡くなっても葬式はしなくていいし、亡骸《なきがら》は遠くの花畑にあるミモザの木の傍に埋《う》めて欲しいと言い残していた。シドは納屋にあった廃材で泣きながら柩《ひつぎ》をつくり、サンドラを寝かせた。そしてひなげしやマーガレットの花を柩にたくさん敷き詰めて、遺言どおりミモザの木の下に埋めた。

その日の夜、シドは「サンドラから、私が亡くなったらこの箱を開けてと言われてたんだ。一人で見るのが怖くて……パトリック、傍にいてくれる?」と赤い箱をテーブルに置いた。それはサンドラの部屋にある棚の一番上にあったものだ。布張りで、ところどころにガラスビーズが縫《ぬ》い付けられた、とても美しい箱だった。

シドはおそるおそる箱の蓋《ふた》を開ける。そこには「ビゲル・カウマン」の出生届があり、個人のID番号が記《しる》されていた。二つ折りのメモが入っていて「最後の数年、とても楽しかった。ありがとうビゲル。必要ならこの個人IDを使ってください。家、田畑はお前にあげます。そのかわりここにいる間は5月8日、奥の花畑のミモザの木の下にいるビゲルを参ってください」と書かれてあった。箱の底には写真が入っていて、おばあちゃんだけどまだ若いサンドラが黒髪のビルア種の子供を、シドと似ても似つかない丸顔の男の子を抱いていた。

シドはサンドラを埋葬《まいそう》したあと、ぼんやりすることが多くなった。家畜の世話はしても畑は見に行かず、サンドラの定位置になっていたソファに座り、思い出したようにぽろぽろと涙をこぼしていた。

自分も悲しかったが、シドみたいにところ構わず泣くことはなかった。サンドラを愛していたし大事に思っていたが、彼女は老人で先も見えていた。シドよりもダメージが少ないのは、自分は最も愛していたものを失うという自我が破綻《はたん》しそうになるほどの絶望を、既に経験していたからかもしれない。何があっても、あれより酷《ひど》いことはないと。とはいえ、愛情をかけた者と、死で別れるという喪失感《そうしつかん》に慣れることはない。気持ちは沈み、胸は痛む。

サンドラが亡くなって十日目、目をさますとシドがベッドの中にいなかった。一階にゆくと、いつも自分が座っている席に朝食の準備はしてあったがシドの姿はなく、先に食べて畜舎の掃除に行ったのかもしれなかった。テーブルの上には、シドの時計型のフォーンがぽつんと置かれている。いつも肌身離さずつけているのに、忘れていったんだろうか。

朝食を食べたあとも、どうしてもその欲求に抗えず、忘れられたシドのフォーンを摑み、外へ出た。エアバイクがぎりぎり走れるかどうかの細い私道を、大きな道の方に向かって歩く。何度かこの道を歩いたことはあるが、大きな道が見えてきたところでいつも引き返していた。大きな道はエアパトカーがよく巡回《じゅんかい》している。面倒事は避けたかった。

時計型のフォーンに電源をいれ、大きな道に近づいていく。そうしているうちに、ようやくフォーンが電波を拾いはじめた。さっそく「ビゲル・カウマン」で検索すると、古い記事が出てきた。ビゲル・カウマンは七歳の時に行方不明になっていた。そして一ヵ月後、ビゲルのものと思われる右手首から先がホープタウンに近い道の脇、水路から発見されている。行方不明の子供の手首だけが見つかったということで、当時話題になっていた。ビゲルは両親が相次いで病気で亡くなり、祖母のサンドラに育てられていた。「ビゲルは生きています。生きてるんです。どうかあの子を探してください」と祖母が訴えているという記事を最後に、ビゲル・カウマンの続報はどれだけ検索しても出てこなかった。見つかったのが手首だけ、しかもホープタウンの近くとなると、ビゲルが生きている可能性は低い。ここで思い出した。サンドラがシドに「右手だけ手袋を」と頼んでいたのは、誰か来た時に「ビゲルにはないはずの右手」を義手だと誤魔化《ごまか》す為だったのかもしれない。

そういえばサンドラは温かくなると月に一回、町に買い物に出ていた。その際、シドと自分に「何か欲しいものはないかい？」と聞いてくれた。シドは申し訳なさそうに黒の髪染めを頼んでいた。白髪でもないのに髪染めを頼むのはおかしいが、サンドラはなぜそんなものが必要なのかと、シドに一度も聞かなかった。全員が嘘をつき、気づかない振りで、この疑似家族は成立していたのだ。

ついでにOの手配書を検索をする。七年前に見た時よりも随分と数が減り、残りは三十人ほどになっていた。自分の顔は抹消されていた。【乗り換え】時期を過ぎたので、消滅したとされたんだろう。

シドの写真は残っていて、相変わらず五歳児のままだった。予測される現在の顔も、全く似てない。自分がシドの成長した顔をカードに印刷し密告したが、修正はされていない。証拠はないので、信憑性《しんぴょうせい》を疑われたのかもしれなかった。

このペースだとシドが吐き出される頃には、手配書のOは一人も残っていないかもしれない。さて、これからどうしようと考える。サンドラも看取《みと》り、もう気遣う者はいなくなった。

この体は成長しても相変わらず愚鈍《ぐどん》で、指先も不器用だ。とはいえ、働いているわけではないので問題はない。シドもあと七年もせぬうちにあの体を追い出されて終わる。わざわざ見届けなくても０は自滅する。

自分達は小さくなった蝋燭《ろうそく》の火で、強い一吹きで消えてしまうんだろう。自分も死んでいいのだが、ここは死ぬには不便な場所だ。飛び降りできるような高い場所や、溺《おぼ》れることのできる深い川がない。そしてサンドラだけでなく自分まで死んだら、シドは深く嘆き悲しむのだろう。シドは消滅すべき存在だが、だからといって徒《いたずら》に苦しめたいわけではない。

家に帰るため私道を引き返していると、前方に人影が見えた。ここは、自分の他に一人しかいない。駆け寄ってきたシドは、荒い息のまま自分の腕を摑んだ。

「どうして一人で、こんな遠くまで来てるんだ！」

シドが声を荒げるのを久しぶりに聞いた。

「ここから出たことなんてないのに。迷子になったらどうするんだよ！」

腕を乱暴に引っ張られる。「いたっ」と声をあげると、シドの手はパッと離れた。

「ごっ、ごめん」

謝ったあと、シドは自分を横抱きにした。昔はよくそうしていたけれど、最近はしなくなっていた。成長して大きくなったからだ。重たいだろう子供を抱いて、シドは家まで帰った。抱っこしたまま二階にあがり、ベッドの上に横たえる。そして自らも隣に入ってくると、背後から強く抱き締めてきた。耳許に、ヒック、ヒックと小さくしゃくり上げる声が聞こえる。

「君まで俺の傍からいなくならないで……」

思わずため息が漏れる。シドは寂しいのだ。姿が見えないだけで、探し回って感情を昂《たかぶ》らせるほど。そういえばボーダーコリーのタンカが死んだ時も、シドはしばらくの間、残された首輪を眺めては目に涙を滲《にじ》ませていた。共に暮らせば、犬でも人でも情がわく。

シドが離してくれないので、仕方なくベッドでおとなしくしているうちに、眠気が膨《ふく》らんでうとうとしてきた。

……性器を、誰かが擦《こす》っている。指の腹を使って撫で回す。「気持ちいい？　パトリック」その声はシドだ。シドは慣れた手つきで自分を追い立ててくるのに、なかなかいけない。快感を放出できないむず痒《がゆ》さを抱えたまま、出したい、出したいと思っているうちに、目がさめた。

シーツの中を覗き込み、ズボンをそっと押し下げる。膨らんだ性器が飛び跳ねる勢いで出てきた。小さなペニスが勃起《ぼっき》している。肉体は十二歳なので、精通がきてもおかしくはない。この体は性的行為の全てにおいて未経験だが、自分には知識がある。擦って出してしまえばいいとわかっていても、シドが背中にぴたりとくっついている今の状況では、自慰《じい》をすると気づかれてしまうだろう。それは避けたい。

バスルームで抜こうとベッドを出ようとしたら、腹に手が回ってきてぐっと引き戻された。

すすり泣きが聞こえなくなったから寝たと思っていたのに、起きていたらしい。

嫌がっても「ここにいて」と言われる。出ようとする、引き止めるの小さな攻防のあとに、シドがそこの異変に気づいた。

「もしかして、ペニスのところが変な感じがしてる？」

向かい合わせにされ、そう聞かれた。ズボンの前は盛り上がり、勃起という証拠を相手の目の前にさらけ出している状況では誤魔化すこともできなくて、仕方なく頷く。

「精通がきたんだね。あんなに小さくてやせっぽちだったのに……」

シドは「君にはまだ教えてなかったね。ペニスがそうなるのは、男の子が大人になる準備をしているってことで……」と、いきなり性教育をはじめた。今更そんなことを聞いても仕方ないし、早々にコレをどうにかしたい。ふと、シドは手淫《しゅいん》が上手かったなと思い出す。この前の肉体の記憶だが、シドは決して乱暴にはせず、丁寧に人に触れてきた。自分は、この男に触れられたいんだろうか……と自問した時に、背筋がゾワッとした。

性行為に意味はない。ジェフリーでなければ、それはただの生理的欲求だ。それならば、どういう形で欲求を解消しても別にかまわないだろう。それにもうばれているのだから、隠す意味もない。

自らの性器に手を添え、ゆっくりと擦り上げる。「好きな人と愛し合うってことは……」と説明していたシドの言葉が途切れ、ゴクリと唾《つば》を飲み込むのがわかった。

「あ、うん。そこがむずむずしたら、そんな風に擦るといいんだけど……」

シドが自慰をはじめた子供からフッと視線をそらす。前の肉体でシドとした時は、自分の方が年上で肉体的にも成熟していた。しかしこの若い肉体はギリギリ性交可能年齢に達したばかり。こういう未成熟な肉体を好む者もいれば、成熟した肉体がいいという者もいる。シドの好みはどうか知らない。シドはこの個体を大切にしているが、この肉体と交《まじ》わりたいと思ったことはあるんだろうか。

こちらを見ない男の前で、自慰を続ける。この個体は指先が不器用なので、上手く力を入れられない。しかも初めての精通で肉体の反応もよくわからず、擦っても擦ってもなかなか射精しない。そうこうしているうちにペニスの括《くび》れを強く引っ掻《か》いてしまい、少し血が出た。触れると痛い。

「もう少し優しくした方がいいよ。そこの皮膚はデリケートだから」

見てないようで見ていたのか、シドの助言が入る。そんなこと言われなくてもわかっているから苛々《いらいら》する。手は諦め、ベッドの上で四つん這いになった。ペニスをシーツに押しつけて刺激するも、先端が擦れるだけであと一押しが足りない。段々と疲れてきて、動くのをやめる。じっとしていても、そこが萎《な》える気配はなくて、ずっと腰がむずむずする。括れは触れると痛いから先端をつつくだけだ。

「……パトリック、苦しい？」

見ればわかることを聞いてくるシドに苛立ちながら、乱暴に頷く。

「仰向《あおむ》けになれる？」

言われた通り、仰向けになる。シドは擦りすぎて腫《は》れ上がった子供の股間をじっと見ている。

「これから俺がすること、嫌だったら言って。頭を叩いてもいいよ。すぐに止めるから」

前置きし、シドは口を開いた。小さなペニスが咥《くわ》えられる。生暖かく、しめった場所に呑み込まれ、小さな性器はびくびくと震えた。ゆっくり、じわじわと圧をかけながら吸い上げられる。

口淫は何度もしたし、されてきたのに、かつて経験したことがないほど凄《すさ》まじい快感に襲われた。火花が弾《はじ》けるように目の前がチカチカする。気持ちいい。ものすごく……気持ちいい。

これほど刺激をダイレクトに受けとめるのは、初めてかもしれない。この肉体は全体的に鈍《にぶ》いくせに、性行為にはおそろしく敏感で感じやすいというのが、いっそ忌々《いまいま》しいほどだった。

「ああっ、ああっ」

気持ちよすぎて声も出る。シドは口淫を続けながら、小さな陰嚢《いんのう》を指先で優しくもみ上げてきた。二箇所から与えられる刺激で、腰の奥が猛烈に疼《うず》く。刺激に翻弄され、五分もせぬうちにこの肉体は初めての精通を迎え、幼い欲望をシドの口の中に放出した。

シドは顔を上げ、手のひらで口許を拭《ぬぐ》った。犬耳の内側が真っ赤になっている。シドが開脚したままの子供の脚に手をかける。このまま挿入を伴うセックスになだれ込みそうだ。口淫だ

けでこれだけ気持ちいいなら、挿入したらどれほどだろうと期待していたら、予想に反してそっと脚を閉じられた。

「これからそこがむずむずしてきたら、自分の手で優しく擦るんだよ。こんな風に口を使ったりするのは特別だから、もうしない。好きな人ができたら、その人としてね」

しおらしくそんな話をしているが、前屈みになっているシドの股間は大きく膨らんでいる。子供のペニスを口に入れただけで勃起したのだ。そういえばシドは、性欲がかなり強かった。その短い尻尾の付け根がむずむずしてくる。さっき射精したばかりなのに、またしたくなる。その欲望に忠実に、閉じていた両脚を開いた。腰をふると、成長過程にあるペニスも揺れる。

「そんな行儀の悪いことをしちゃ駄目だ」

シドは顔を横に向けているけど、視線がチラチラと半勃起している小さなペニスを撫でる。

「もういっかい」

気持ちいいから、したい。されたい。明確に誘いかける。シドはぎゅっと目を閉じ「駄目だ」と首を横に振った。

「俺は……君のお父さんのつもりだから。お父さんとはこういうことをしないんだ」

先に人のペニスを吸っておきながら、後になって「父親」を主張するなど、滑稽《こっけい》も甚《はなは》だしい。父親ならたとえ滝から落ちてもああいうことはしないだろう。実際行為に及び勃起したのは、シドがこの肉体を意識しているからだ。

「シドゥ」

名前を呼ぶ。顔を背けていた男が、ハッとしたように振り向いた。

「ここ、すって」

股間を指さす。

「もういっかい、すって」

「だ、駄目だって……」

じりじり擦《す》り寄ると、シドは腰から後退《あとずさ》った。擦り寄る、後退るを繰り返しているうちに、逃げる男を壁際に追い詰めた。もう後がなくなったシドの前で、立ち上がる。そうすると、座ったシドの顔の前に、自分の股間がくる。シドは最初、俯いていた。じわっと顔を上げ、また俯く。そんなことを二度繰り返し、最終的に油を差し忘れた機械みたいなぎこちなさで前を向いた。そして刺激をほしがる子供の腰に震えながら手を添え、慎《つつし》みのない小さなペニスにそうっとキスしてきた。

孫のビゲルが生きて帰ってくると信じてサンドラは死亡届を出さなかったが、心の中ではもうこの世にいないとわかっていたのかもしれない。そんなサンドラが譲り渡してくれたビゲルの個人ＩＤのおかげで、シドは気軽に街中へ買い物に行けるようになった。

ホープタウンの警察はシドの顔写真を都市部の警察と共有していないようで、シドは都市部で警察に一度職務質問をされたが、ビゲルの個人IDを提示するとあっさり解放されていた。外へ出る突破口《とっぱこう》ができても、相変わらず二人でサンドラの家に住み続けた。シドがここでOという生物としての終わりを迎える気でいるのは、聞かずともわかった。そして自分は、その最後を見届ける。急がなくてもその日は向こうから、確実に近づいてきていた。

サンドラの死後、精通をきっかけに前回の肉体と同様、シドと性的な関係を持った。最初は性器を吸わせたり、手で擦るなどの愛撫に止《とど》まっていたが、肉体年齢が十四歳を迎えた頃に、挿入《そうにゅう》を伴《ともな》う行為に及んだ。それからは、どちらかが欲せば、アナルセックスを伴う性行為を行っている。

前の肉体も性欲に従順だった。今の肉体も性的欲求に忠実、かつ性欲と食に対する欲求が異常に強い。脳が三大欲求でできているのではないかと思うほど原始的で、自分がしたいと思えば、どこでもシドを誘った。納屋の中だったり、私道の脇だったり……時と場所を選ばない。訪ねてくる人もいないので、どこでしても誰にも迷惑をかけることはなかった。

シドは私道の入り口までしか来ていなかった電波を、家まで届くように工事してもらった。デバイスさえあれば情報が自由に手に入るようになり「何か欲しい機器がある?」とシドに聞かれたが「いらない」と答えた。残っているOもそのうち駆逐《くちく》されるし、自分たちは終末に向かっている。今以上、何も必要ないと気づいた時、忘れない脳に新しい情報と知識を入れるのをやめた。

シドはサンドラの残した畜舎と畑の手入れを続けながら、小説を書き始めた。夜、ベッドの中でフォーンに何か入力しているなと思っていたら、小説だった。シドはよく書きかけて寝落ちしていて、興味本位で読んでみると、よくある設定の恋愛小説で、何の面白みも感じられなかった。

シドは書き上げた小説を出版社に送り、それが電子本として出版された。ラム・ディーバという新人女優が主演し、ドラマになったことで本が売れ、シドは瞬《また》く間に売れっ子作家になった。シドは書く仕事が忙しくなり、暇をもてあましていた自分が畑仕事を請《う》け負《お》った。畜舎の仕事はシドがやりたがっていたので、任せた。

シドの書く小説は、登場人物こそ教師、社長、料理人と変わるものの、内容はどれも似通《にかよ》っている。そういう単純なものでも喜ばれ、世間に受け入れられているのかと、自分は一歩退いて冷めた目で見ていた。

収入も増えているが、いくら金をためたところでシドが存在するのはあと数年だ。最初は書くことが楽しいのかと思っていたが「あと二年だけ書く」と執筆期間を区切っていた。「もし俺に何かあったら、印税はパトリックにいくようになっているからね」と言われて、シドは己が消滅したあと、残していく者の生活を気にして、少しでも資産を残そうとしているのだと気づいた。

シドは印税を使い、闇で個人IDを購入して渡してくれた。元浮浪児に保証ができた訳だが、これを自分は必要としてなかったし、欲しいと言ったこともない。それでもシドが己の稼《かせ》ぎの中でしていることだからと、放っておいた。

肉体関係を持つ前から、シドは自分に対して優しかった。肉体関係を持ってからは、前以上に、慈しむように接してきた。

挿入の際も、絶対に無理をしない。いつも自分の反応を窺い、一番いいところを長く、緩《ゆる》くせめてくる。愛情の籠もったキスに、愛撫。セックスは性欲解消のスポーツだとしても、雑にされるよりは、優しく丁寧に扱われる方がよかった。

最初に挿入を伴うセックスをした際、シドは不思議なことを言っていた。

「俺のこと、好きにならなくていいからね」

シドは自分の髪を撫で、何度も額《ひたい》にキスしながら繰り返した。

「俺はパトリックのことが好きだよ。世界で一番大切に思っているけど、だからって君は俺のことを好きになる必要も、その努力もしなくていいからね。俺が勝手に、君のことを好きなだけ。こうやって愛させてもらえるだけで十分だから」

その言葉を、不思議な気持ちで聞いていた。シドに情は感じても、愛することはない。自分の心は、永遠にジェフリーのもの。ジェフリーのことを話していないのに、シドはまるでそのことを知っているかのようだ。誰かに聞いたんだろうか。人間に入れ込んだOのことを。いや、それはない。おそらく、ない。

ただ単に、シドは己が愛されない事への心の予防線として「好きにならなくてもいい」と言っているだけなのかもしれなかった。


バスルームの鏡に、自分の姿……黒髪の痩《や》せた青年が映っている。近づいて、鏡を覗き込む。癖のある髪、小さめの水色の瞳。鼻は小さく、先が少し尖《とが》っている。美形という顔ではなく、品もない。昔は容姿で肉体を選んでいたが、どういう見た目でも最終的には慣れるものだと、この肉体をもって実感する。

背後にぴたりとくっついてきた男が、人の腹を摩《さす》りながら「かわいい顔に見とれてる？」と耳元で囁いてくる。首を横に振ると「パトリックは世界一かわいいよ」と安っぽい台詞《セリフ》を吐いて、首筋にキスしてきた。勃起したシドのそれが、腰にごつごつあたってくる。

「ここがいい？　それともベッドにいく？」

ベェッドゥ、と返事をしたら、横向きに抱えられた。自分の肉体年齢は十九歳なのに、シドの中ではいつまでも五歳の子供の感覚なのか、よく抱っこされる。けれど真っ裸のままバスルームから二階の寝室に移動してするのは、大人の遊び。繋《つな》がる部分を丁寧に愛撫したシドが、じりじりと入ってくる。

「もっと、はげぇしいの」

要求すると、シドは「もうちょっと俺に馴染んでからね」と短い犬耳にキスしてくる。じれったいほどゆるゆると揺さぶられたあとで、ようやく激しいのが来る。気持ちよくて、シドの腰の動きにあわせて、自分の腰も揺れる。十二歳の時に精通したが、性欲は年を追うごとに増していく。生物的に今頃がピークかと思うが、それにしても強い。

二度射精しても、すぐまた下っ腹がむらむらしてくる。しんなりしたシドのペニスを、勃起しないかなと期待して弄《いじ》っていると「少し休ませて」とその手を摑んで離された。向かい合わせにされて、ぎゅっと抱きしめられる。ちょっといたずらして、止められてを繰り返しているうちに、温かい圧迫感に頭がふわっとして、いつの間にか眠っていた。

目覚めると、明け方だった。シドは隣で俯《うつぶ》せ、スウスウと寝息を立てている。黒い犬耳をぺたりと伏せ、尻尾は足の間でしんなりしている。シドがその肉体を出て行くまで、一ヵ月を切った。あと二十日。自分が【乗り換え】させたので、いつ出て行くかは知っている。

年明け、シドは小説の仕事をやめた。それからは動物の世話と畑仕事に戻り、淡々とそれらをこなしながら、夜はセックスしている。

寝ている男に顔を近づけると、嗅《か》ぎ慣れたシドの匂いがした。シドが出て行くと、シドではないのにシドの匂いのする体が残るのかと思うと、それも奇妙だった。シドの黒髪の根元に、白い毛が見える。個人IDを取得しても、出生時の記録が黒髪なので、シドはまだらの毛並みを黒に染め続けている。

髪の中に指を入れ、何とはなしに白い毛を探していると、シドがうっすら目を開けた。ぼんやりとした瞳で自分を見上げ、そして目を細める。

「パトリック」

膝に置かれたシドの手に、手のひらから染みこむ熱に、胸がざわりとする。

「まだ朝早いよ……おいで」

腕を引かれ、温かい胸に抱き込まれる。全身の力がふうっと抜けて、その体温の中に自分も溶け込んでいきそうな錯覚の中、目を閉じた。

眠りは浅く、意識の表層《ひょうそう》でゆらいでいる。シドとセックスをしているが、それが現実なのか、それとも夢なのかわからない。挿入されたまま「愛してる」と囁かれるのは、もはや日常だからだ。気持ちのいいセックスをしてる最中、視線を感じた。ふとそちらに目をやると、数歩離れた場所にジェフリーが立っていた。無表情のままこちらを、淫《みだ》らな行為を見ている。全身からザッと血の気《け》が引いた。

「これはちっ……違ぁう……」

自分にのしかかるシドを押しのけようとしても、重たくて無理だ。そうしているうちに、激しく下から突き上げられて「あああっ」と厭《いや》らしい声が出た。ジェフリーが顔をそらす。

「違ぁう、違ぁう……」

心臓がバクバクする。ジェフリーを裏切ったわけじゃない。これは……。

「パトリック！」

揺さぶられて、目をさます。目の前にいるのは、シドだ。夢だ。あれは夢だった。夢だったことに、脱力するほど安堵した。

「酷くうなされてた。大丈夫？　具合でも悪い？」

心配するシドを押しのけ、真っ裸のままベッドを出る。階段を降り、一階にあるサンドラの部屋に入った。ここはシドが月に一度、綺麗に掃除している。部屋の鍵をかけ、サンドラのベッドに倒れ込んだ。最悪な夢を見た。あんなこと、時空が歪《ゆが》みでもしない限りありえないのに。自分はジェフリーと一緒にいる間は、彼を裏切ることはしなかった。今は性欲の解消のためだけにシドとしている。シドとも長く一緒にいるので、情がないと言えば嘘になるが、愛はない。この肉体は最初の精通を迎えた時からシドとしているので、肉体はシドとの行為に依存しているかもしれないが、心は、自分の心はジェフリーに捧《ささ》げている。そこに嘘はないのに、どうしてあんな、罪悪感を覚えるような嫌な夢を見てしまったんだろう。

しばらくサンドラの部屋で過ごす。今はシドの顔を見たくない。あの顔を見ただけで、腹が立ってくるに違いなかった。コンコンと部屋のドアがノックされる。

「朝食ができたよ、一緒に食べないか？」

ドアの向こうから聞こえてくる声を、無視する。

「何か、君に嫌なことをしてしまったかな？」

それにも答えない。

「二階にいるから、食べたくなったら出ておいで」

気配が消えた途端、空腹を意識する。しばらく我慢していたが十時過ぎにはどうにも耐えられなくなり、シドはいないと言っていたので居間に出てみた。そこにはパンとサラダ、スープが用意されていた。

パンは固くなりスープは冷え切っていて、できたてだったら美味しかっただろうなと思うことに苛々した。食べ終わった頃に、階段の方でミシミシと足音がした。服を着たシドが、ゆっくりと降りてくる。途中で足をとめ、こちらの様子をうかがっている。

シドを意識の外に追い出していたのに、気配で自分の傍にきたのがわかった。

「怒ってるの？」

最愛の人に軽蔑《けいべつ》されるという悪夢を見たからなんて、言えるわけがない。シドの手が、俯いた髪に触れる。体がビクッと震えると、すぐに手は離れた。それからしばらく二人とも無言で、二度目にシドが触れてきた時は、もう体は震えなかった。

頭から肩、背中をシドはそろそろと撫でてくる。優しさを受け入れながら、あれは夢だと自分に言い聞かせた。顔を上げると、そこにはホッとした表情のシドがいた。シドは体を少しかがめると、椅子に座ったままの自分にキスした。

「二度と触れさせてもらえなかったら、どうしようと思った」

シドは自分を抱き上げた。この男に腹を立てているのに、密着した熱とその匂いに安堵する。使い慣れた毛布のように、この男に触れたくなる。

「……愛されないのはいいけど、冷たくされるのは少し辛《つら》い」

それはシドの本音だろう。夢は、ただの夢。自分はジェフリーを裏切っていないし、彼も自分を叱りにくることはない。シドとジェフリーは違う。違うから、問題にはならない。そう割り切ると、気持ちがフッと楽になり、不安そうに頭を伏せている男の犬耳を軽く噛んで、その根元に鼻先をこすりつけて甘えた。


サンドラの死は老衰《ろうすい》で、人として自然な最期《さいご》だった。シドが肉体から出て終わるのも、Oとして自然なことだ。その日までシドは普段通り過ごせばいいし、本人もそのつもりでいるように思えた。

シドが終われば、もうこの肉体とはできなくなる。最初の相手で、何もかもが馴染みすぎて、今後この肉体以上に相性のいい相手ができる気がしない。それならシドがこの肉体にいる間に、思う存分性を楽しむべきではないだろうか。

そう自分の中で結論を出してからは、毎晩シドを誘った。挿入を伴うこともあれば、触れるだけのこともあったが、とりあえず何らかの形の性行為を行っていた。誘えばシドは必ず乗ってきたし、最後と思っているのかより情熱的に行為に及んできた。

シドがその肉体を出て行くのは、9月14日の昼過ぎから夕方までの間になる。Oが新しい体に寄生するには時間がかかる上に睡眠が必要で、いつ完全に【乗り換え】たかは、個々によって多少の時間差ができる。なので日付はわかっても、時間には幅がある。

シドは折にふれ「もし俺がいなくなったら」という前置きをして話をするようになった。家の権利や預貯金は全て君の手に渡るようになっているし、もし何かあったとしても、後は弁護士に任せているからと言われた。終わりを見据えて、シドは効率的に諸々の後始末をしていた。

気温が高かったので、二階の窓をあけて獣じみた激しいセックスをし、都市部であれば通報されかねないレベルの声をあげた。一度達し、すっきりして仰向けに寝転がっていると、汗まみれのシドが上からのしかかってきた。深いキスをして、舌を弄《もてあそ》ばれる。舌が短いと喋りづらいが、短い舌でのキスは自分がかつて体験したことがない感触で変に興奮した。

自分の頬を撫でながら、シドが見つめてくる。何も言わないが、優しく触れる指先に、柔らかい眼差しに、愛情を感じる。その温かい目が、少し揺れた。

「もしかして、俺のことを好きになった？」

首を横に振る。シドは「ははっ」と小さく笑い「よかった」と自分の肩の上で息をついた。

その日の夜、またあの夢をみた。シドと自分がしているのを、ジェフリーが遠くから見ているという……。二度目だったので、夢だと気づいた。夢の中のジェフリーは、本物のジェフリーではない。ジェフリーは自分たちの行為を見たりなんかしないし、非難もしない。記憶の断片が脳内で組み合わさっているだけだと、目を閉じてシドとの行為に没頭《ぼっとう》しているうちに、目がさめた。

少しだけ肌寒い朝、窓の外からは明るい日差しが差し込んできていた。大きな手が、自分の頭を優しく撫でている。シドは全裸でベッドの上に座り、自分を撫でながらぼんやりと朝日を見ていた。ああ、これはシドが最後に見る朝日になるのかと、そんなことを考えてしまう。

シドはベッドを出ると、一階に降りていった。しばらくすると「朝ご飯ができたよ」と呼んでくる。全裸でもいいが寒いので、シャツとズボンを身につけて階下に降りる。普段と変わりない朝食がテーブルに並ぶ。

「さぁ、食べようか」

テーブルの向かいで、シドはパンをほおばる。その姿に、もしかして今日が己の終焉《しゅうえん》だと知らないのでは？　という疑問が浮かんだ。傷がついた魂《たましい》なので、忘れているのではと。いや、完全には忘れていないだろう。「もうすぐいなくなる」ということを暗に、繰り返し自分にアピールしていたのだから。

食事を終えたあと、シドに誘われた。最後の最後にもう一度やるのかと、ベッドにあがり半裸になったが、抱き合ったり、キスしたりと猫の子みたいにじゃれ合うだけで、先には進まなかった。やっている最中に期限がきて、シドが口から出てくるとかシュールにも程があるので、この程度のじゃれあいでよかった。

時計の針が昼の十二時を回る。ちらりと時計を見たシドが、不意に自分の頬を両手で挟んだ。キスをして「愛してる」と囁く。黒い瞳に、じっと見つめられる。

「一つだけ、教えてほしいことがあるんだ」

シドが自分の頬を撫でる。

「……きみは、だれ」

息をのむ。それはどういう意味だろう。この肉体の素性《すじょう》のことか、それとも……。真剣だったシドの表情が変化し、困ったような曖昧《あいまい》な口許で笑った。

「あぁ、変なことを聞いてごめんね。そんなこともうどうだっていいのに……困らせるつもりはなかったんだ」

ちょっと水、飲んでくるね、とシドは一階に降りていく。もしかしてあの男は、自分がO《オー》を破滅に追いやった「パトリック」だと気づいていたんだろうか。いったいいつ、いつから……それとも最初から?

ドタン、と階下で大きな音がした。ダイニングテーブルでも引っ繰り返したような激しさで、何事かと駆け下りると、台所の前にシドが倒れていた。

シドの、中途半端に開いた口から白い粒がぽろりと出てきた。それと同時に、顔からどんどん血の気《け》が失せ、土気色《つちけいろ》になっていく。寄生した肉体から0が出ても、残された肉体が死ぬことはない。寄生しているのは精神だからだ。

「おい、シドゥ！」

肩を掴んで大きく揺さぶる。さっきまでシドだった肉体の呼吸が、とても弱い。頼りなく弱々しいそれは、まるで糸が切れるようにふっと止まった。

ミモザの木の下に座り、ぼんやりと花畑を眺める。しばらく手入れを怠《おこた》っていたので、雑草が伸びて荒れ放題になっている。一角だけ綺麗なのは、シドの肉体を埋《う》めたからだ。

シドが呼吸を止めたあと、急いで救急エアカーを呼んだ。病院に搬送《はんそう》されたが、最初に医師は「この人は植物状態でしたか？」と聞いてきた。質問の意図がわからず問い返すと、長らく脳死の状態だったのでは？　と言われて言葉を失った。拍動《はくどう》は戻らず、延命が施《ほどこ》されることもないままシドは家に帰され、遺体はサンドラの隣に埋めた。

シドはいつ脳死になったのだろうと考え、ネストにいた時に高熱でしばらく入院していたことがあったなと思い出した。【本体の精神】は高熱による脳死で消えるも、たまたまシドが寄生していたことで、あの体は活動できていたのだろう。自分がつけた傷の影響で、完全な0ではなかったシド。【本体の精神】のコントロールが上手くいっていなかったのに、途中から何も言わなくなっていた。【本体の精神】が死んだことで、コントロールできないという悩みから解放されていたのだ。道理で【乗り換え】を勧めても、のらりくらりとかわしていたわけだ。そしてそれらの事実を、自分に伝えることはなかった。

シドの粒は、サンドラの箱の中に入れてある。潰《つぶ》せば終わるが、その気になればいつでも実行できるので、敢えてそのままにしている。何なら永遠に放置しても、問題はないだろう。粒になったシドはもう何もできない。無害なものだ。

シドが亡くなった翌日には弁護士がやって来て、諸々《もろもろ》手続きをしていった。シドは弁護士に毎日定時連絡をしていて、連絡が一日でも途絶えたら様子を見に来てほしいと頼んでいた。用意周到なシドのおかげで、サンドラの家と土地、シドの遺産が全て自分に残された。

世界は、自らが望んだ形になった。しかし現実は変わらず、そこに見えるのは過去と地続きの記憶だけだった。サンドラや、ボーダーコリーのタンカ……そしてシド。

花畑の向こうに、畑がある。手入れを怠ったあれを見て、シドが言いそうなことの予測がつく。

『随分とさぼっちゃったから、ちゃんと草引きしないとね』

その声色まで、脳内で再生できる。風が少し冷たくなってきて、ミモザの青い葉がカサカサと寂しげな音をたてる。ため息をついて立ち上がり、家に戻った。室内は暗く、シンと静まりかえっている。もう何年も暮らしているのに、まるで知らない家に来ているような気分になる。

腹が減ったので、台所の戸棚から古くなったパンを取り出し、かじる。シドが亡くなってから買い物に行ってないので、食料が少なくなってきた。雑な食事を終えてから、サンドラの部屋に入る。棚に置いた赤い箱をあけると、シドがいる。そのことにホッとして、二階の部屋にあがった。

ベッドに寝転ぶと、シドの匂いがする。あの肉体は土にかえろうとしているのに、その匂いはいつまでもシーツに残っている。

思い出す。「きみは、だれ」という最後の問いかけ。シドはこの肉体にネストの「パトリック」が寄生しているのではないかと疑いつつ、己が終わる直前まで聞いたりしなかった。

この家では、誰もが真実を隠し、見ない振りをして暮らしてきた。サンドラは孫でないと知りつつシドに孫の役割を与え、シドも孫でないのに孫の振りをしていた。自分も寄生していることを告げずにシドの傍《そば》にいた。全員が都合の悪いことを見ずに、それでもここでの生活は穏やかに過ぎていた。

ずっと考えてばかりいるのは、他にすることがないからだ。シドは自分に好意を持っていたし、鬱陶《うっとう》しいほど愛していると繰り返していたが、愛されることは望んでいなかった。

自分は……ジェフリーを愛したし、愛されたかった。自分に気づいてほしかった。姿形が変わっても、その心に気づいてほしかったが、あの頃の人間に「肉体を乗り換える精神だけの種」の説明はできなかった。今なら、ジェフリーは自分に気づいてくれただろうかと、変えられない過去を妄想する。

横になっているうちに、いつしか眠り込んでいた。そしてガタガタと窓を揺らす風の音で目をさます。カーテンが開きっぱなしで、月明かりが青白く差し込んでくる。

「……シドゥ、カーテンをしめて」

返事はない。

「シドゥ……」

いつもそちら側にいるつもりで出した右手は、ぱたりと落ちる。違和感と共に寝返りを打った先には、何もない。シーツは、ひやりとするほど冷たかった。あの肉体は、もうない。

胃の底《そこ》が、凍えるような感覚。あったものがない、苛立《いらだ》ち。舌打ちしてベッドを降りた。台所で水を飲む。それからサンドラの部屋に行き、赤い箱を覗き込んで白い粒があることにホッとした。唐突に、おかしいという感情がわき上がる。おかしい。自分はこの男の、0の消滅を望んでいたのに、なぜ日に何度も何度も、この箱の中を覗き込んでいるのだろう。

そこにシドがいるからだ。自分はこれが、シドだと知っているからだ。ジェフリーは人間だったから、死ぬと記憶の中以外には何も残らなかった。その肉体も、精神も、自分の手の届かない場所に行ってしまった。けれどシドはここにいる。

違う。ジェフリーとシドは違う。ジェフリーとシドが、同じ立場である筈がない。ジェフリーを愛していた。自分が愛したのは、あの男だけだ。

サンドラの部屋の中で座り込む。シドとは体の関係だけ。シド本人も「愛さないでほしい」と繰り返し言っていた。愛されることを、望んでいなかった。

シドを愛してはいなかった。だけど長く一緒にいたから、その感覚がなかなか抜けないだけ、一人に慣れていないだけだ。よくわからないまま、自分の中で乱れている感情が鬱陶しい。もう死のうか。自分も、存在してはいけないO《オー》だ。あぁ、死ぬなら、シドを始末していかないといけない。誰かに見つかり悪用されるようなことが、間違いでもあってはいけない。だから粉々の再起不能にする。

シドの粒を、箱から取り出す。床に置き、靴で踏みつけた。ザリッという感触が伝わり、慌てて足を上げる。粒は潰れていなかったが、傷ついたのか床に白い粉が散っていた。シドの粒を拾い上げ、再び箱の中に戻す。もう自分が何をしたいのか、何をしているのかわからない。

二階に戻り、頭からシーツをかぶる。シドの匂いに包まれる。すぐそこにいるみたいな匂いがするのに、いない。指先が震える。シドとしたくなる。もう一週間もしてない。だから、したい。あの体に抱きしめられて、眠りたい。そう、性欲さえ解消できたら……。

それは無理だ。シドはもう粒になった。じゃあなぜ自分は、こんなに感情を昂《たかぶ》らせて、震えているんだろう。無理だとわかっているのに、隣にいてほしいと思うんだろう……。これまでと同じように。愛ではない。ありえない。ではこの感情は、シドへの感情は、どこに分類すればいい？

そこにあるかもしれない答えを、見るのが怖い。愛していたかもしれないと、思うことが怖い。ジェフリーだけにと思っていたそれが、それとは別の形があるかもしれないと認めたくない。愛していたと認めても、もうシドはいない。いなくはないが、今のシドは自分に話しかけることも、抱きしめることもない。ただそこにあるだけだ。自分の感情も、寂しさも、受け止める形はない。

シドは、愛さないでほしいと繰り返していた。愛してないと知ると、ホッとした顔をしていた。だけど自分は、愛してしまっていた。確実に終わりのある相手を、愛して……。

今になって、今頃になってようやく理解した。愛さなくていい、愛さないでほしいとシドが語った意味。あの男の優しさが、今頃になって毒のようにじわじわと全身に回っていく。

……愛した者に、置いていかれる辛《つら》さ。それは誰よりも自分が一番よく知っていた筈だった。

風は海から吹いてきて、ほのかに潮の香りがした。遊歩道のベンチに腰掛け、真冬の寒々しい空を映した灰色の海をただ眺めている。

「ごきげんよう、ムジカ」

アパートメントの隣に住んでいる中年女性に声をかけられた。今日も白い犬を連れている。

「こんにちは」

挨拶《あいさつ》を返す。女性は足を止め、昼過ぎから雨が降るとか、無意味な世間話を繰り出してくる。本当にどうでもいい話ばかりで……うんざりする。

田舎の家から都市部に出てきて以降、シドが買い取った個人IDの名前、ムジカ・グレマンを名乗っている。パトリックの名前を長く使い過ぎて、ムジカと呼ばれても自分だと気づかないことも多い。そんな時、自分はいったい何者なのだろうとわからなくなる。

自分が【乗り換え】し、シドがその肉体から出て行くまでの十四年の間に、手配書が出回っていたOは一人、また一人と捕獲《ほかく》され、今は自分とシドを含めて八人だけになった。しかし肉体から出ていく年齢を考えると、自分のように【乗り換え】できていなければ、残りは多くてあと二人といったところだ。

シドとの思い出が色濃いサンドラの家にいるのが苦しくなり、去年の冬から都市部に出てきたが、だからといって孤独が癒《い》やされるわけでもなかった。サンドラの赤い箱を持ってきたので、シドは常に自分の傍《そば》にいるが、文字通りいるだけ。何度も死のうと思ったし、そうするべきだとわかっていたが、結局はシドの粒を前に、為《な》す術《すべ》もなく座り込むだけだった。

シドは、死んではいない。ビルア種の体を借りれば、生きることができる。シドと話をしたい。もう一度だけ話したい。ジェフリーではどれだけ泣きわめいても叶わなかったが、シドにはまだ希望がある。そこには胃が痛くなるほどの葛藤《かっとう》があった。

死すべきΩを復活させるのなら、なぜお前はΩを絶滅させた？　同族を全員死に追いやったのに、この期《ご》に及んでまた不幸なビルア種を作り出そうとするなど狂っている。

そう自分は狂ってしまった。……だからシドの粒を、五歳のビルア種、フランに飲ませた。

この公園によく遊びに来ていた子で、初めて会った時は四歳だった。母親が「来年は、幼稚園で一番お兄さんね」と笑っていたので、歳を知った。フランの母親に、自分は幼い頃に舌を手術して濁音《だくおん》があまり上手く喋《しゃべ》れないんだと話すと「私の弟も、小さな頃に右目の病気で大変だったの」と同情してくれた。「培養《ばいよう》臓器はつかわないんですか？」と聞かれて、アレルギーがあり体質的に無理なんだと目を伏せると「大変ですね」と労《いたわ》られた。アレルギーは嘘で培養臓器を移植すればもっとスムーズに話せるようになるが、シドが記憶している自分の姿を、状態を変えたくなかった。

母親と世間話をするうちに、自然とフランも自分に懐いてきた。「もらったお菓子、私はちょっとにがぁてだぁから、フランに」と母親にお菓子を渡したこともあった。フランの目はお菓子に釘付けで「おかし、たべたい」と母親の服の裾《すそ》を何度も引っ張っていた。

銀髪のフランは、元気がよくて明るい子供だ。銀色の犬尻尾《しっぽ》をぶんぶん振り回しながら公園を駆け回り、若い母親はへとへとになっていた。

この子を不幸にするのか、やめておけという気持ちと、どうしてもシドと話をしたい、会いたいという葛藤の末に、飲ませた。飲み込んだ方があまいお菓子だよ、と騙《だま》して。自分を疑いもせず粒を飲み込んだフランは「あまくなーい」と文句を言ったので、次は本物の白い飴《あめ》を渡した。

それが四日前の話だ。ここは幼稚園からの帰り道になっていて、フランと母親はこの時間によく通っている。それを知っているので一昨日《おととい》から待っていた。シドが上手く【乗り換え】できていれば、ここにいれば、きっと自分に気づく筈だ。それなのに、会えない。【乗り換え】がばれてしまい、強制的に排出されたのではないかと、もしそうなら飲ませなければよかったと何度も後悔した。排出され、シドが誰かに踏み潰されたのではと想像するだけで、息が止まりそうになる。

公園の横にはエアバスのターミナルがあり、建物の側面《そくめん》が3Dの巨大なビジョン広告になっている。そこから流れてくる牧歌的《ぼっかてき》な音楽が、後悔で気分が悪くなりそうな自分の鼓膜で不《ふ》協和音《きょうわおん》を起こす。

そんな自分の耳に、フランの声が聞こえた。母親と手を繋《つな》ぎ、スキップしながら歩いている。上手く【乗り換え】られた……のか。心臓がドクドクと激しく鼓動する。シドの粒は傷がついている。完全にはフランをコントロールできなくても、少しぐらいの会話ならできる筈だ。前はそうだった。

「ムジカさん、こんにちは」

母親が声をかけてくる。

「久しぶぅり、フラン」

シドの筈の子供に、真っ先に声をかける。フランは少し首を傾《かし》げて「こんにちは！」と元気よく挨拶してきた。早く二人きりになりたい。自分の思いを伝えたい。お前のことを愛しているかもしれないと伝えたい。けれど人通りの多いこの場所で、さらっていくことはできない。

フランの母親に、子連れの女性が声をかけた。同じ幼稚園に子供を通わせている知り合いのようだ。フランが退屈そうに、足踏みをはじめる。ターミナルのビジョン広告が、子供の好きそうな猫のキャラクターになった。

「フラン、いっしょにねこを、みよう」

フランが「うん」と大きく頷く。母親に「すぐぅもどぅります」と言い置き、彼の手を取った。母親に声が聞かれないと確信できる距離まで離れると、もう我慢できなくなり、子供の前にしゃがみ込んで「シド？」と聞いた。子供は目をぱちぱちさせている。

「シド、シドだろう」

「ぼくは、フランだよ」

まだこの個体をコントロールできていないのだろうか。

「シドなんてしーらない。ねこ、もっとちかくでみたーい」

フランが走り出し、急いで後を追いかける。フランは途中で足を引っかけたのか、前向きに転んだ。慌てて抱き上げると、額《ひたい》に血が滲《にじ》んでいた。頭を打ったのかぼんやりした顔をしている。これは病院に行った方が、と母親のいる方に振り返ったところで、腕を強く摑まれた。フランの表情が違う。子供のそれじゃない。

「ここは、どこだ?」

シドの口調だ。「シド!」と声をかけると「それは誰だ?」と逆に問い返された。シドの目が自分を見て「君は誰だ? 同類?」と首を傾げる。その直後、大人の顔が一瞬で子供の顔になり「いたあああい」と声を張り上げた。

呆然としているうちに、母親が駆け寄ってきた。「ムジカさんのせいじゃないので、気にしないでください。この子が勝手に走って、転ぶのが見えてましたから」と苦笑いしていた。フランは母親に連れられ、帰っていった。二人の後ろ姿が見えなくなったあとも……その場から動けなかった。

シドは確かに【乗り換え】していたが、子供が意識を失った一瞬しか出てこなかった。そして「君は誰だ?」と、自分のことを覚えていなかった。自分たちは忘れない種族だったのに、傷は、傷……。

自分の記憶に、血の気《け》が引いた。シドを殺すため、踏み潰そうとしたことを。床に残った、削《けず》れた白い粉。あの時、シドに傷がついた。あれが、あれがシドが持っていた「パトリック」の記憶だったんだろうか。全身がブルブル震え出す。自分で、シドからパトリックの記憶を消してしまったというんだろうか。

愛した男から、自分の記憶が消えた。もう全て自分の中にしか残っていない。絶望はそれが過ぎると、声も涙も出てこないのだと知った。フランの中のシドは、傷がつきすぎて頭に強い衝撃でもないと出てこられない。チルリよりも酷《ひど》いし、もう実質、消えたも同然だ。行き場のない思いが、どす黒い渦《うず》になって体の中を駆け巡る。

突然、速報のような胸がザワザワするメロディが流れた。顔を上げると、ターミナルの３Ｄ広告がニュース映像になり、世界大統領の顔が大きく映し出される。

『皆様にご報告があります。ビルア種の精神に寄生する『Ｏ』という種族についてですが、世界警察は長きにわたり奴らの捜索を続けてきました。民間からの協力もあり、駆逐《くちく》が進んでここ五年は一人も捕まっておりません。Ｏが二十五年でビルア種から排出されるという特性も踏まえて、そのほぼ全てを排除したと判断し、私は今ここでＯの絶滅宣言をいたしたいと思います』

世界大統領は誇《ほこ》らしげな顔をしていた。

「絶滅宣言かあ。Ｏって最近全然聞かないし、とっくにいなくなったと思ってた」

背後で聞こえた。

「今更って感じ。次の大統領選が近いから、何かやっているアピールだろ」

雑音の中、３Ｄモニターを見つめる。Ｏは駆逐された。いなくなった。自分が望んだ世界に、いる。それなのに、この焦燥感《しょうそうかん》は何だ。あれだけ最後の0を見届けたいと……最後の0は……。

「……私なのか」

種が消滅する。その日は、呆気《あっけ》ないほど日常の中で過ぎていった。


背中にズンと衝撃がきて、うたた寝していたベンチから飛び起きた。サッカーボールがコロコロと、黄色いたんぽぽの隣を転がっていく。どうやらこれがベンチにぶつかったらしい。

「ごめーん、ムジカ」

右手をあげ、フランが駆け寄ってくる。元気な子供はボールを拾い上げると、サッカーコートに向かって投げ込んだ。ボールを回収しても向こうに戻ろうとせず、隣にちょこんと座る。

「サッカー、やらないのか？」

聞くと「ちょっと飽きちゃった」と両手を上げて大きな伸びをした。小学校三年生になったフランは、よくこの公園で友達と遊んでいる。それを見るために毎日、三時過ぎになると定位置のベンチに自分はやってくる。

シドに少しでも一緒にいた時の記憶が残っていないか、パトリックを覚えているシドと話せないかと期待していた頃もあったが、いい加減諦めた。フランが【乗り換え】たばかりの五歳の頃、転んで頭を強打し、一瞬だけシドが出てきた。それから三年、一度もシドの人格とは再会できていない。フランはシドを飲ませる前と後で、何も変わっていない。フランの両親も何も言わないので、普段からシドは全く出てこられていないのだろう。

シドはフランを制御できないが、今はこれでよかったと思っている。シドがフランの人生に影響を及ぼすことはまずないだろう。全てを理解しても、欠片《かけら》でもフランの中にシドがいるのだと思うと、会いたくなり通ってしまう。

「ムジカ、何かある?」

子供にそう聞かれたので、ポケットからイチゴの飴を取り出すと、嬉しそうにニッと笑った。フランが幼い頃から頻繁《ひんぱん》にお菓子をあげていたせいで、この子の中で自分は「お菓子をくれるお兄さん」になっている。隣で飴を食べながら、フランはチラチラとこちらを見上げてきた。

「まだぁ欲しい?」

フランは頭をふるふると左右に振った。銀色の犬耳が、夕陽に透けて金色に見える。

「ムジカ、目閉じて」

「んっ?」

「ちょっとだけ」

何の遊びだろうと思いつつ、目を閉じる。ふわっと、懐かしい香りが鼻先を過《よぎ》る。あぁ、どこかでミモザの花が咲いていているんだろうか。ネストの中にあったミモザ、サンドラの家にあったミモザの記憶が、順に頭を過る。

唇に何か触れた感触があった。目を開けると、フランが顔を真っ赤にして自分の前に立っていた。キスされたのかもしれない。思わず笑ってしまった。

「キスしてみたかった？」

頷いたフランが「僕、ムジカが好き」と告白してきた。そして上目遣いに「何かずっと、前から好き」ともじもじと肩を揺らす。

「お母さんに言ったら、相手にされないわよって笑われたけど、好き。頭の中の、ずーっと奥のほうで好き、好きって言ってる気がする」

恥ずかしくなったのか、フランは走って友達のところに戻ってしまった。夕陽に染まる銀色の犬耳と尻尾が揺れる。

息が震えて、胸が詰まる。たとえシドでも、シドでなくても……それだけで、その気持ちだけで自分は救われていく。

ベンチの上で背を丸める。春の優しい風に頬を撫でられながら、ただただ感情のまま溢《あふ》れてくる涙をパトリックは止めることができなかった。

Birthday

その家には、写真がなかった。フランが知っている他人の家は、リビングに写真やデジタルフォトフレームが飾られていて、家族の風景を教えてくれるが、ムジカ・グレマンの家には何もない。寝室にはあるかなとこっそり覗いてみたけれど、そこにもなかった。

だいたいこの家は殺風景《さっぷうけい》だ。リビングにあるのは、ソファとテーブルのみ。来客をもてなす必要最低限のものしかない。まるで引っ越してきたばかりのようだが、ムジカはここでもう何年も暮らしている。初めて会ったのは自分が四歳の時で、もう十歳になる。

そんな殺風景な部屋に、今日は珍しく花が飾られていた。テーブルの上に置かれた白い花瓶《かびん》に、ミモザの花。黄色い花の甘い香りが、ふんわり漂ってくる。花に顔を近づけていると「ふふっ」と笑い声が聞こえた。ムジカが笑っている。犬みたいにクンクンしてたのがちょっと恥ずかしくなって、ソファに深く腰掛けた。

「ミモザァ、好き?」

ムジカに聞かれて「好きというか」と曖昧《あいまい》な返事をしてしまった。

「ムジカの家に花を飾ってあるの、初めてかなと思って」

「あぁ、田舎の家の庭から持って帰ってきたんだ」

「ムジカ、別荘があるの?」

ムジカは「別荘というより、実家かな」と首を傾《かし》げる。

「そうなんだ！　今度僕も連れていって」

ムジカは一瞬おしだまり「そうだね……夏休みになったら」と嬉しいことを言ってくれた。今、春だからあと三ヵ月ぐらい。今からわくわくする。

「はい、どうぞぅ」

ムジカが甘いココアとチョコレートを出してくれる。ムジカの家にはいつもチョコレートがある。自分が来るから用意してくれているのかなと思っていたけど、ムジカもよく食べているので、もとから甘い物が好きなんだろう。

ムジカは毎日、公園を散歩している。そこが幼稚園からの帰り道で、何度か顔を合わせているうちに母親とムジカは話をするようになった。

父親は昼間、仕事に行って居ないので、ムジカがいつも公園にいるのが不思議で母親に「ムジカはなんのお仕事をしているの？」と聞いたことがある。すると「小説の印税ですって」と教えてくれたが、ムジカは小説を書いてないので、本当はあまりよくわかってない。

「ムジカも呼んで」と母親にねだるから、毎年ムジカは自分の誕生日パーティに来てくれる。付き合いは家族ぐるみで、母親はムジカに絶大の信頼をおいていて、父親が急病で大変だった時は「実家よりも近いしフランも懐《なつ》いているから」とムジカに自分を預けたこともあった。

小さい頃からずっと、家族にもムジカにも「ムジカが大好き」と訴えているのに、みんなに軽くあしらわれている。あんまり「好き好き」言っていたので、母親は真剣な恋心に気づいたのか「あなたが好きでいるのはいいけど、ムジカさんの迷惑にならないようにしなさいね」と釘《くぎ》を刺された。

「僕が好きで、ムジカも僕のこと好きになってくれたら、結婚してもいいでしょう」

「それは無理じゃないかしら」

どうして！　と詰め寄ると、母親は少しだけ悲しそうな顔を見せた。「ムジカさんはまだお若いけど、パートナーだった愛する人を亡くしたんですって。小説の印税はその方の遺産だそうよ。自分が愛するのは永遠にその人だけだって話してたわ」

話を聞いた日は、自分に望みはないのかと、ご飯も食べられなくなるぐらい落ち込んだが、翌日には立ち直った。不謹慎かもしれないけど、ムジカの相手は死んでる。もういない。それなら自分がそのかわりになれるのでは……と気持ちを切り替えたからだ。

ムジカは昔から、特別自分に優しかった気がする。連絡もなしにやってきても、嬉しそうな顔で家に入れて、大好きなお菓子と飲み物を出してくれる。

傍《そば》に近づいたら、優しく頭を撫でてくれる。膝枕のまま寝た振りをしたこともある。ハグもしてくれるし、頬へのキスもしてくれるけど、唇へのキスは駄目って言われた。前に寝てるムジカにキスしようとしたら、寸前で寝てる筈《はず》の人の目が開いた。驚いて息を吞んでる間に「それは駄目だぁって」と優しく諭《さと》された。

やっぱり自分じゃいけないのかなあと悲しくなったけど、大きくなって、かっこいい素敵な大人になったら、ムジカも振り向いてくれるんじゃないかと期待している。だから早く大きくなりたい。この小さな体がもどかしい。

友達に「ムジカが好き」って話をしたら「あんなおじさんのどこがいいの？」とか「話し方、変じゃん」とか色々と言われて腹が立って、ちょっとだけ喧嘩した。年は上だけどムジカは優しいし、癖のある黒い髪も、あの顔も大好きだし、喋《しゃべ》り方だって、ちょっと舌っ足らずなとこがかわいい。

今も、ムジカはソファの向かいから、ニコニコしながらこっちを見ている。その目は、自分のことをかわいいと言っている。絶対に。

「ムジカ、僕のこと好きだよね？」

「好きだぁよ」

口の中のチョコみたいな甘い声で、ムジカは答えてくれる。

「じゃあ、大きくなったら結婚して」

我慢しきれず、告白した。

「結婚？　気持ちだぁけでぇ、いいんじゃないか？」

ソファの向かいに移動して、ムジカの隣に座ってぴたりとくっつく。ムジカはピンと立った自分の耳の付け根を、優しく優しく撫でてくれる。もっとムジカの気を引きたいのに、甘えるぐらいしか思いつかない。何か、したい。ムジカを喜ばせたい。

「ムジカ、誕生日はいつ？」

少し間をおいて「さぁ、いつだぁったかな」と首を傾げる。

「誕生日だよ。覚えてないの？」

ムジカは「うーん」と指先で顎《あご》を押さえ「フランが決めていいよ」と適当なことを言ってきた。

「僕が決めても仕方ないじゃん！　誕生日プレゼントをあげたいのに」

「いいよ、そんなの」

「ムジカは欲しいものはないの？」

「わたしは、何もないなぁ」

何を聞いても、ムジカの返事はふわふわしている。

「あぁ、一つだぁけ、おねがぁい、あるかな」

「えっ、なに！」

ムジカが自分の頬を、優しく撫でてくる。

「わたしがぁしんだぁら、きみにわたしを食べぇてもらいたい」

死ぬ？　食べる？　……目を丸くしていると、ムジカは「うそだぁよ」と呟き、目を細めた。

「じょうだんだぁよ」

「嘘でも、そんな怖いこと言わないでよ」

ムジカはカラカラと喉《のど》の奥で笑い「ごぅめんね」と謝ってきた。

the last one

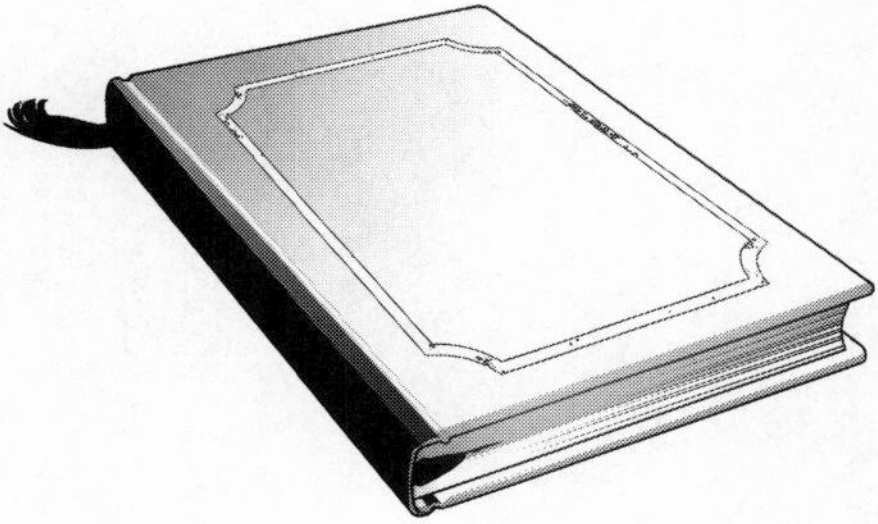

高校の近くにあるバーガーショップは、いつも学生で溢《あふ》れかえっている。店の前、ガラス越しにちらりと覗いただけでも、隣のクラスの奴や、どこかで見たような顔を見つけられる。

フッと辺りが暗くなり、柏陽《はくよう》は顔を上げた。青い空を背景に、エアカーが連なって走っていく。免許は16歳から取れるので所持しているけど、エアカーは持ってない。クラスメイトの中にはエアカーで通学している奴もいるので、そいつらが羨《うらや》ましくてたまらない。エアカーがあれば、多少の時間と燃料代はかかっても遠くまで行けるから、春に仲間と予定している旅行も選択肢が増える。エアカーはレンタルもできるが、高校生には貸し出してない。

店に入り、飲み物を注文して辺りを見渡していると「柏陽」と聞こえた。声のした方角、奥の席でカーチャが手をあげて「こっちだ」と自分を呼んでいる。周囲にはジョゼフ、アデリアの姿も見える。

「遅くなってごめん」

柏陽はホットココアのカップを片手に、自分用に空けてくれていた席、カーチャの隣に腰掛けた。

「遅かったじゃん」

向かいに座る、肌が黒くてドレッドヘア、アフリカにルーツを持つジョゼフが聞いてくる。

「先生と進路の話をしてたら時間がかかってさ」

「お前、ヴァレシナ大学じゃないの？」

ズルッと音をたて、ジョゼフは行儀悪《ぎょうぎわる》くジュースを飲む。

「そのつもりだったんだけど、モリ大学に変更しようかなって」

斜め向かいから「私と一緒だ！」とアジア系のアデリアが嬉しそうな声をあげる。

「モリ大学への進学は一人だったから寂しかったんだ。柏陽が来るなら嬉しい」

両手を組み合わせ、アデリアはニコニコしている。高校三年生になると、過去の成績を考慮して入学できる大学のレベルが掲示《けいじ》され、その中から生徒は自分の行きたい大学を選んで進学する。今は秋の終わりで、柏陽を含め四人とも進学する大学は決まっていた。入学に際し試験はないが、自分に掲示された大学よりも高いレベルの大学に進学を希望する場合のみ試験を受ける必要がある。

カーチャとジョゼフ、柏陽はヴァレシナ大学、アデリアはモリ大学と決まってた。とはいえ、大学変更は自由なので、進学してから自分には合わないと別の大学に転校する者も多い。

「どうしてモリ大学に変えたんだ？」

カーチャが頬に手をあて、不思議そうに聞いてくる。

「いろいろ考えたんだけど、やっぱりO《オー》の研究がしたくてさ」

ジョゼフが「Oっ！ Oってお前、本気か。マニアックだな」と大げさにのけぞる。

「そういえば柏陽《かし》、前からOが気になると言ってたな」

カーチャが首を傾げると、金色の巻き毛がふわりと揺れた。金色の犬耳に、金色の尻尾《しっぽ》を持つビルア種のカーチャは美人なのでモテる。ビルア種は、ビルア種同士でグループを組みがちだが、カーチャは「どうも肌に合わなくてな」と、ビルア種と人間が混合している自分たちのグループに入っている。そういう自分も、ビルア種だ。銀髪で青い瞳だが、酷《ひど》い癖毛《くせげ》に加えて生まれつき目が弱くて紫外線防止の眼鏡が手放せない。パーツは整っているのに、オプションのバランスが悪いせいで、美形だらけのビルア種の中で「ビルア種ぽくない」「オーラがない」とよく言われる。

「人類学者でOの研究で有名なキネン先生がモリ大学にいるんだ」

ジョゼフが「Oねぇ」とドレッドヘアの先っぽを摘《つ》まみ「Oってさぁ、本当にいたのかな」と驚くことを言い出した。

「いたに決まってるだろ。俺たちが小さい頃も、Oが捕獲《ほかく》されたってたまに報道されてたじゃないか」

「けどさ」

ジョゼフは摘まんだドレッドヘアをくるくると回す。

「『精神だけの種族』なんて目に見えないだろ。実在するって証拠もない。誰かが『俺はOだ』って宣言して確定するなら、もう言ったもの勝ちで確かめようがないっていうか」

「Oはビルア種に乗り移る時に、白い粒になって移動するんだろ。それが実体ではないのか？」

冷静なツッコミをしたカーチャを、ジョゼフが「それ！」って指さした。

「その白い粒も、キャンディだったんじゃないかって説があって……」

アデリアが呆れた表情で「ハイハイ」と前のめりなジョゼフの肩を軽く叩く。

「陰謀論はそこまでにしとこうね」

「それぐらい『O』の存在っていうのは不確定なんだよ。世界政府が邪魔な人間を始末したくって、Oっていうデマを流したって話もあるんだ」

ジョゼフは両手を握り締めて力説《りきせつ》する。

「その話、私も聞いたことがあるな」

全方向に冷静なはずのカーチャが陰謀論に乗ってくる。

「政府の陰謀論を言いだしたのは、ドガ・マニスル。ラトナ大学の講師だが、前に窃盗《せっとう》での逮捕歴があるぞ。ほら」

カーチャがフォーンで過去記事を表示してみせる。「信用に値《あたい》する人物か?」と問われ、ジョゼフは黙り込む。言い込められた友人をよそに、カーチャは「柏陽が好きなことをするのは止めないが……」とこちらを向いた。

「私はOに興味はないな。過去は脅威だったのかもしれないが、絶滅させられた種だし」

「ほら、柏陽的にはアレ……絶滅した種、古代生物を研究をする心理に近いんじゃない」

アデリアの解説に、カーチャが「そうか」と手を叩く。

「みんなには古代生物かもしれないけど、俺にとってOは魅力的な謎なんだよ。何回も乗りなってさ」

移ってもずっと記憶を持ち続ける種族って、いったいどういう心理状態なんだろうって気に

アデリアが「ふーん」と緩い相槌を打ったあと「私はリアルよりもロマンス小説の方に魅力を感じるな」とフォーンから小説の表紙を表示した。

「これ、昔のベストセラー小説なんだけど」

「あ、私も知ってるぞ。確かドラマになってたな。懐かしい」

「設定はベタだけど、それがよくて」

カーチャとアデリアはキャッキャッと楽しそうに、自分が爪の先ほども心を揺り動かされないロマンス小説の話で盛り上がる。その小説は社会現象と言われるほど売れたので自分もタイトルだけなら聞いたことがある。確か作者は三十前後と若くして亡くなったはずだ。

「……旅行の行き先を決めるんじゃなかったっけ？　どこか行きたいとことかある？」

しばらく沈黙していたジョゼフが、今回四人で集まった目的、卒業旅行の話題を振ってきた。

「私はアメリカ地区がいい。グランドキャニオンに行ったことがなくてな」

カーチャが金色の犬耳をピクピク揺らし、アデリアが「マチュピチュ行きたい」と右手をあげる。ジョゼフは「俺、まだモアイとか見たことなくてさ」とまるでバラバラ。一時間ほど話し合うもまとまらず、また後日ということで店を出て解散した。三人は同じ方角だが、自分は一人だけ反対方向だ。エアバス停に向かって歩きながら、ぼんやりと0のことを考えた。

Oという種族の存在は、幼稚園児の頃には知っていた。先生に「知らない大人についていってはいけません。特にビルア種の子は気をつけて。悪いOに、心を乗っ取られるかもしれませんよ」と何度も脅《おど》されたからだ。Oが何かもよくわからないまま「Oは怖いもの」という恐怖だけを植え付けられた。小学校三年生になると、授業の中でOについて学んだ。かつてビルア種の「精神」を乗っ取るOという肉体のない種族がいたことを。自分じゃないものに体を乗っ取られるなんて恐怖しかなかったが、五歳のビルア種にしか乗り移れないことや、ほぼ絶滅したと聞いて心底、ホッとした。それと同時に、他人に乗り移って生きるというのは、どういう感じなんだろうなと妄想した。もし自分がOでお父さんの中に入ったら、大人の体だから高いところに置いてあるお菓子が取れるのかなとか、早く走れるのかなとか考えていた。最近は見ないが、昔はOがヒール役のドラマが多くあった。Oが白い粒になって口から吐き出され、踏み潰《つぶ》される場面は残酷ながらも興奮した。そう、自分は昔からOに興味があった。いくら精神だけとはいえ、そこには人格があった筈《はず》で、どういう精神状態で生きていたのだろうと気になって仕方なかった。

モリ大学のキネン先生はO研究の第一人者で、実際のOと接したこともあり、Oの生態を観察記として出版していた。キネン先生の研究がおそらく現時点での頂点で、種が絶滅してしまったのでそれ以上の発見はないかもしれないけど、それでも関わってみたい。親に話すと「どうして今頃になってOなんだ?」と困惑されたが、「お前が好きなことをするのが一番だから」と最終的に許してくれた。理解のある両親で、本当にありがたかった。

バスに乗車している間に、フォーンに着信がある。父親からのテキストメッセージで『お前、明日、明後日《あさって》と予定はあるか?』とあった。『別にないよ』と返す。すると『バイトをしないか』ときた。卒業旅行の資金もためておきたいし、速攻で『する!』と返事をしてフォーンを閉じた。


「もう、飽きちゃった」

フランはゲームのコントローラーをテーブルに置き、床にごろっと転がった。あともうちょっとで終わるのになと思いつつ、柏陽は一旦セーブしてゲームの電源を切った。フランは床にうつ伏せたまま、銀色の尻尾を左右にダラダラと動かしている。

「じゃあさ、動画でも見る?」

「今、見たいのなーい」

銀色の犬耳は、退屈さを強調するように、ペタリと折れている。アレク叔父さんの息子で小学生のフランの子守を頼まれたのは、昨日のことだった。叔父さんには、息子のフランと娘のニナと二人の子供がいるが、ニナの方が病気になりスウェーデン地区の病院で手術をすることになった。入院してから退院まで一週間ほどかかるそうで、ニナには叔母さんが付き添い、叔父さんとフランは家で留守番をすることになった……がしかし、仕事のトラブルで休日にもかかわらず叔父さんにアフリカ地区の出張が入った。小学生の子供を家で一人にすることはできず、叔父は兄である父親に相談した。父親も土曜は母親と出かける予定があり、そこで息子の自分に子守の話が回ってきた。二日間、従兄弟《いとこ》と一緒に遊ぶだけでいい楽勝なバイトだ。フランは人見知りしない明るい子だが、少し神経質な面もある。初めての場所では眠れないこともあるというので、柏陽が叔父さんの家までやってきた。昨日は一日中ゲームをしていて、自分も面白かったしフランも楽しんでいたのに、二日連続となるとさすがに飽きてきたようだ。無理もない。

「じゃあさ、外で遊ぶ？　例えば、サッカーとか」

フランが勢いよく起き上がった。犬耳が、ピンと立つ。

「僕、ムジカの家に行きたい」

「ムジカって友達？」

コクコクとフランは頷く。

「ムジカの家に連絡して、向こうの親御《おやご》さんがいいって言ったらいいのかな」

「ムジカにはお父さんとお母さん、いないよ。一人なんだ」

何かおかしいな？　と思ってよくよく聞いてみると、ムジカは大人だった。フランの誕生日には家まで招待されるなど、家族ぐるみの付き合いをしているらしい。

「お父さんが出張になった時も、最初はムジカに僕のことを頼もうとしてたんだけど、ムジカが田舎に帰っちゃっててダメだったんだ。ムジカは今日、こっちに戻ってくるから、予定を早めようかって言ってたんだけど、お父さんがうちの事情のためにそれは申し訳ないって柏陽に頼んだんだよ」

「そのムジカさんも、家に帰ってきたばかりで疲れてるんじゃないの？」と言っても、フランは「ムジカの家に行きたい〜」とだだをこねる。ムジカさんの家は歩いて行ける距離とのことで、散歩ついでに家を訪ね、もしムジカさんがちょっとでも迷惑そうなら、すぐに帰るという条件付きで向かうことにした。叔父さんの家は、海沿いの郊外に建っている。公園も多く、大きなショッピングモールもあり、幼い子供のいる家族が生活しやすい場所だ。フランは「柏陽、こっち、こっち」と走る。ようやくフランに追いついたのはマンションの前で「柏陽、おそーい」と文句を言われた。

「ムジカ、家にいるよ。だって部屋の窓が開いてるもん」

フランは嬉しそうに目を細める。マンションのエントランスに入るドアの前で、フランは部屋番号を入力して「ムジカ、僕だよ。遊びにきたよ」と声をかけた。すると返事もなしにカチリとドアロックが解除される音がした。

「エレベーターはこっち」

フランは慣れているようで、堂々と中に入る。エレベーターに乗り込み、上昇している間に

「もしかしてこういう場合、手土産《てみやげ》が必要だったのでは」と気づいたが、それと同時に到着してドアが開いてしまった。エントランスから何となく察してはいたが、ここはいわゆる高級マンションなんじゃないだろうか。ムジカはお金持ちのおばあさんかもしれない。柏陽の不安をよそにフランは角部屋のインターフォンを押す。会えるのがそんなに楽しみなのか、フランの尻尾は左右にふるふる揺れている。ドアがゆっくりと開き、そこから現れたのは、女性でもおばあちゃんでもない……黒髪に黒い瞳、二十代半《なか》ばの痩《や》せた男性だった。

「いらっしゃい、フラン」

男は、ゆっくりと舌っ足らずな調子で喋《しゃべ》る。

「今日はね、いとこの柏陽も一緒なんだ」

男性が自分を見た。黒い、まるで吸い込まれそうに黒い瞳が少し細められ「こんにちは」と小さく会釈《えしゃく》する。慌てて柏陽も「どうも」と頭を下げた。

「フラン、ニナがぁ大変だぁったね」

男が優しくフランに話しかける。ちょっと発音が変だ。

「うん。けど元気になるためだって。手術は成功したってママがフォーンで話してた」

「そうか。それはよかった」

「ムジカ、外で遊ぼう」

ムジカ、と呼ばれた男は「そうだぁね」と後ろを振り返った。

「いいけどぅ、今にもふりそうだぁよ」

部屋の奥からザアアアッと雨の音が聞こえてきた。「外は無理かな。とりあえずぅ二人とも中に」と入るよう促《うなが》される。ムジカはおばあさんだとばかり思ってたので、そのギャップを埋《う》めきれないままおそるおそる足を踏み入れる。あまり物のない、すっきりした家だ。温かみがないので、一人暮らしだと言われても納得する。サイドボードの上にあるデジタルフォトは、叔父一家と彼が一緒に写っているもので、家族ぐるみの付き合いというのは本当のようだ。

フランは「田舎で何してたの？」と猫の子みたいにムジカにまとわりついている。

「畑の様子を見たり、本を読んだぁり、のんびぃりしてたよ」

ムジカに勧められて、柏陽はソファに腰掛ける。ムジカはリビングから見えるキッチンに入り、何かお茶でも淹《い》れてくれようとしているようだ。フランは開けっぱなしの窓からベランダに出て、外を見ている。風がでているのか、薄く白いカーテンがハタハタと小さくはためく。ムジカがトレイに三人分のお茶とお菓子を載せてテーブルに置き「窓ぅを閉めてこっちにおいでぇ」とフランを呼んだ。

「どぅうぞぅ」

ムジカが淹れてくれたお茶は自分には少し甘かったが、フランは喜んで飲んでいた。ムジカの膝に頭をもたせかけ、フランはまるで母親に接するように甘えている。母親はニナにかかりきりで不在。小学校高学年とはいえフランはまだ子供。父親も仕事でいないし、寂しいのかな？と思ったが、それにしてもベタベタだ。そんな遠慮なく甘えてくるフランの銀色の犬耳や尻尾を、ムジカも愛《いと》おしそうに撫でている。なんだか恋人同士のラブシーンを見せつけられているようで決まり悪いが、子守を言いつけられている甥《おい》っ子を置いて帰れない。こういう時に時間を潰せそうなフォーンも叔父さんの家に忘れてきた。周囲を何とはなしに見回していると、殺風景《さっぷうけい》な部屋のサイドボードの中に本があった。置いておく、というよりも飾られていた本は、アデリアがはまっているというロマンス小説の作者の紙本だ。男性でロマンス小説が好きなのは珍しい。紙の本はコレクション品なので、所持しているというのは相当なファンだ。

「本がぁ好き？」

自分の視線に気づいたのか、ムジカが話しかけてきた。

あまり興味もないのに、思わずそう返事をしてしまった。

「あ、はい」

「棚の中の、読んでぇもいいよ」

他に時間を潰せるものがないので、サイドボードの中から本を取り出す。ぱらぱらと捲《めく》ってみるが、やっぱり興味はそそられない。何だかフランがおとなしくなったな？　と思ったらムジカの膝の上で寝ていた。他人の膝の上で寝れるとか、随分と心を許している。身内でもない他人に子供を預けるなど自分はちょっと心配になるが、叔父夫婦もそれだけムジカを信頼しているということなんだろう。ムジカの手は、眠ってしまったフランの犬耳を、そっとそっと優しく撫でている。そんな男とふと、目が合った。

「ムジカさんは、一人暮らしなんですか？」

「そうだぁよ」

小さな声で、返事がある。どこか舌っ足らずな喋り方がどうにも気になるなと思っていたら「聞き取りづぅらあい喋ぇりでぇすまない」と謝られた。

「あ、いえ」

「私は舌がぁ半ぶぅんないから。再生もしてなくてね」

「えっ、そうだったんですね。病気ですか？」

ムジカはちょっと沈黙したあと「覚えてないんだぁけどぅ、幼い頃に切り取られてしまったようでぇね」と答えた。舌を切られるで真っ先に頭に思い浮かんだのは、ホープタウンだ。去年、ボランティア活動でホープタウンの子供にお菓子を配った。その時に上手くしゃべれない子がいて、それが気になって後で主催者に聞いたら、ホープタウンではマフィアが子供をさらってきて、舌を切ることがあるんだと教えられた。文字を教えず、舌を切られた子供は、どんな犯罪をおかして捕まっても自白ができないからと。それを聞いて、背筋が凍り付いた。あまりにも自分の生活とかけ離れた地獄に、それがわりと近い場所であるということが衝撃だった。ムジカはホープタウンの出身かもしれない。けどホープタウンの人間が、都市部の地域に住めるようになるんだろうか。もしかして裕福な夫婦の養子とか。ホープタウンの子供を都市部の夫婦が養子にするという話があるのは知ってるし同級生にもいたけど……違ってたら失礼だから聞けない。だから話題を変えた。

「あの、ムジカさんは何のお仕事をされてるんですか？」

ムジカは「何もしてないよ。本の印ぜぇいでぇ、生活してる」と答えた。

柏陽はテーブルの端においた本を見た。もしかして……。

「もしかしてこの本を書いた人ですか！」

聞いた直後に、本の著者が亡くなっていたことを思い出した。

「ちがぁうよ。本を書いていたのは私の……」

少し間をおいて、ムジカは「かぞぉく」と答えた。

「私は彼の残した貯金と印ぜぇいで暮らしてる」

ムジカは流行作家の遺族なのだ。

「……印税生活、いいなぁ」

思わずそう口にして、ムジカにフフッと笑われてしまった。

「君は高校生？」

「はい。来年、進学します」

「何を専攻するの？」

変わった奴だなと思われそうで「〇の研究を」と自然と声が小さくなる。ムジカは驚いたように目を丸くした。

「昔から、その……Ｏに興味があって。友達には、変わってるって言われたんですけど」

やっぱり呆れられたかなと俯いていたら「ひとそれぞれでいいんじゃぁないか」って言葉が返ってくる。社交辞令かもしれないけれど、この人はＯを否定しないんだなと嬉しくなった。

「Ｏの何に興味がぁあるの？」

ムジカが踏み込んで聞いてくる。

「Ｏは高いＩＱを持っていて、死ぬまで記憶をなくさなかったんです。全ての記憶を持ったまま生きていくって、どんな気持ちなんだろうって、ずっとそういうのが気になってて」

フランの頭を撫でながら「ふうん」とムジカは相槌を打ってくる。

「Ｏは絶滅したけど文献は残っているから、そういうので滅《ほろ》んでしまった種族の心理を読み解きたいんです。あとＯの粒が砕《くだ》けた粉は残っているらしくて、それの成分的な研究もしたいかな」

ムジカが「面白そうだね」と言ってくれる。Ｏの研究を面白そうだと言ってくれた人は初めてで興奮してきた。

「あと俺が気になっているのは、Ｏという種族は、乗り換えていく肉体、ビルア種のことをどう思ってたんだろうなってことなんですよね。残ってる資料だと、服みたいな感覚で乗り換えてた的なものが多いけど、本当にそうかなって。Ｏが滅ぶ原因になったのも、Ｏの中にＯをよしとしない反乱分子がいて、その存在を公《おおやけ》にしたからだし。何を考えていたのか、色々と知りたいです」

「反乱したOがぁ、気になるのかい？」

「そうですね。だって自分の種を自分で滅ぼすとか、小説やドラマみたいじゃないですか」

ムジカが肩を震わせ、笑っている。

「おかしいですか？」

「あ、いや。すまない」

ムジカは頭を掻《か》く。そこに耳が見えた気がした。注意して頭を見ていると、やっぱりある。短い耳が。この人はビルア種だ。けど尻尾は見えない。尻尾も短いんだろうか。耳は切り取られた感じだから、事故かもしれない。そこまで考えたところで、胸がドクンとした。ビルア種の耳や尻尾は、ホープタウンだとお金目的で狙われることが多いので、気をつけてとボランティアをしていた時に言われた。ムジカがホープタウンの生まれなら、ビルア種ということで舌だけでなく耳と尻尾も切り取られたのかもしれない。自分のそれを切られると想像しただけで、耳と尻尾の付け根がピリピリして、震えが来る。それと同時に、ムジカはこれまで、どんな人生を歩んできたんだろうと気になった。けれど今は都市部の高級住宅地に住んでいるから、地獄からは脱してるんだろう。

「……どうしてOなんて生まれたんだぁろうね」

ムジカが一人言のように呟く。

「神様のいたずぅらかな」

Oは伝染病用のワクチンの副作用で生まれたビルア種とほぼ同時期に発生している。キネン先生の著書にもそうあった。ムジカも知っていたんだろう。

「そんなの、もうどぅでぇもいいか」

ムジカがフランの丸まっている尻尾を撫でる。

「絶滅したって言われるけど、俺はまだOがこの世のどこかにいるんじゃないかと思ってるんです」

ムジカがこっちを見た。

「体を乗り換えて、ひっそり生きてる気がしていて」

Oがまだいるかもしれないと思うこと、これも陰謀論だろうか。けど、可能性がゼロなわけじゃ、ない。

「……もしOがぁいたら、会ってみたい？」

「会いたいです。話を聞きたい」

ククッてムジカが面白そうに笑う。自分はからかわれてるのかもしれない。

「やっぱり可能性はないのかな」

ムジカは「さぁ」と首を横に振った。

「どぅこかにいるかもしれないし、いないかもしれない。……私にはわからないよ」

ムジカのフォーンに着信がある。ムジカはフランの頭をソファにそっと横たえると、ソファから離れてフォーンに出た。

「あぁ、来てます。ええ、迷惑なんてことはありませんよ」

何度かやりとりしたあと、ムジカはフォーンをオフにした。

「アレクがぁ帰ってきた。君の残してきたメモをみて、うちに掛けてきてた」

「あ、アレクおじさん仕事終わったんだ。じゃそっちの家に帰ります」

「それがぁいい」

寝ているフランを揺り起こして「帰るよ」と背中を摩《さす》る。フランはもぞもぞと起き上がり、目を擦《こす》りながらムジカを見た。

「まだきて、ちょっとしかいないよ」

「フランが寝てたからちょっとって思うだけで、もう一時間ぐらい経《た》ってるよ」

「僕、帰りたくない」

フランがムジカの腰にしがみつく。ムジカはそんなフランの頭を、もう目に入れても痛くないといった優しい表情で「またおいでぇ」と撫でた。

別れ際、玄関先でムジカに「今日は君と話がぁでぇきいてよかったよ」と声をかけられた。

「あ、いえ。こちらこそお世話になりました。ごちそうさまでした」

お礼を言って、マンションを後にする。フランと手を繋《つな》いで歩きながら「ムジカはいい人だね」と話しかけたが、返事はない。

「フラン？」

フランがぎゅっと柏陽の手を握って、顔を上げた。

「ムジカとお話した？」

「したよ。フランが寝ている間にね」

「ムジカのこと、好きになった？」

はっ？　と思いつつも「いい人だよね」と返す。そしたら握った手をブンブンと振られた。

「ムジカを好きにならないで。ムジカのことが一番好きなのは僕だから。ムジカは僕のムジカだから」

必死な形相《ぎょうそう》に、ちょっとおかしくなる。まぁ、あんなかわいがり方をしたら、そりゃベタベタに懐くだろうなと納得しつつ「大丈夫、ムジカが一番好きなのはフランだから」と言ってやると、ホッとしたように胸を押さえていた。

ムジカは独特の雰囲気の、不思議な人だった。色々と複雑な過去がありそうだが、それを聞くことはできなかったし、もう二度と会うこともないんだろうなと、そう思った。

あとがき

AFTERWORD

―木原音瀬―

このたびは「パラスティック・ソウル　unbearable sorrow」をお手に取ってくださり、ありがとうございます。この本から入った方もいるかもしれないので説明させていただきますと、こちらは「パラスティック・ソウル」というケモミミ近未来シリーズの6作目にして最終巻になります。こちらをお読みになり、気になるようでしたら（この巻でネタバレしまくりですが）パラスティック・ソウル1にさかのぼって読み進めていただけると大変ありがたいです。

　このシリーズは2009年からはじまり、14年かけて終わりました。長いです。初出を調べてみて、そんなに経《た》ってたのか！　と驚くと共にしみじみしました。とはいえシリーズは3巻で綺麗に終わっているのですが、この話のキーになる「O《オー》」という種族の話を書きたくなって、6巻まで続けてしまいました。

　ここからネタばらしになりますが、私はOという種族は、いつかなくなってしまう種族だと思っていて、それならその最後を書きたいと目論《もくろ》んでましたが、その願望がこの巻で叶いました！　この最後のために4巻のendless destinyを書いたようなものだったので、行き着けてよかったです。5巻のlove escapeはOのいなくなった未来の話になっていますが、最初は刑務所に閉じ込められた最後のOという状況はどうかなとふわっと考えていて、けれどそれが最後のOにならずに、この巻が最終話になりました。最終話と言いながら、あれこれ考えてるうちに長くなり、最終的にこういう形におさまりました。この話を動かしていく、Oを壊滅させようとするのはパトリックというOですが、愛を知っていて、愛を知らなかった人物で、因果応報《いんがおうほう》を彼ほど体現した人物はなく、しかし最後は彼の望む形になったのでは、と思っています。あまり自分的に馴染みのない近未来ですが、書きたかったものを書いて終わらせられて本当によかったです。

シリーズを通して素敵なイラストを描いてくださったカズアキ先生。最後までこのお話に素敵なイメージと華を添えてくださいました！　ラフをいただくと、完成稿はどうなるんだろうとワクワクして、美麗なカラーイラストにいつもうっとりしていました。原稿が遅くご迷惑をかけてばかりでしたが、長きにわたり、最後までお付き合いくださりありがとうございました。

担当様には随分とお世話になりました。書きたいけれど、締め切りがないと書けないという現状で、いつもギリギリになってしまっていましたが、辛抱《しんぼう》強くお待ちいただけて大変ありがたかったし、励《はげ》みになりました。ありがとうございました。

最初のWEB掲載時から追いかけてきてくださっている方がいたら、本当に本当にありがとうございます。ようやくエンドマークをつけることができました！　面白いと感想を伝えて下さった方、ありがとうございました。このシリーズで少しでも楽しんでいただけたなら幸いです。それではまた別の本でお会いできたらと思いつつ。

木原音瀬

この本を読んでのご意見、ご感想などをお寄せください。
木原音瀬先生・カズアキ先生へのはげましのおたよりもお待ちしております。

〒113-0024　東京都文京区西片2-19-18　新書館
[編集部へのご意見・ご感想] 小説ディアプラス編集部「パラスティック・ソウル unbearable sorrow」係
[先生方へのおたより] 小説ディアプラス編集部気付　○○先生

- 初出 -
unbearable sorrow：小説ディアプラス22年ハル号(Vol.85)、ナツ号(Vol.86)、
小説ディアプラス23年フユ号(Vol.88)
Birthday：小説ディアプラス22年ハル号全員サービスペーパー
the last one：書き下ろし

パラスティック・ソウル unbearable sorrow

著者：**木原音瀬** このはら・なりせ

初版発行：2023 年 12 月 25 日

発行所：株式会社 新書館
[編集] 〒113-0024
東京都文京区西片2-19-18　電話（03）3811-2631
[営業] 〒174-0043
東京都板橋区坂下1-22-14　電話（03）5970-3840
[URL] https://www.shinshokan.co.jp/

印刷・製本：株式会社 光邦

ISBN978-4-403-52589-6